黑方白方

李元卿 著

九州出版社
JIUZHOUPRESS

图书在版编目（CIP）数据

黑方白方 / 李元卿著. -- 北京 : 九州出版社，
2022.1
ISBN 978-7-5225-0274-8

Ⅰ. ①黑… Ⅱ. ①李… Ⅲ. ①中篇小说—小说集—中国—当代 Ⅳ. ①I247.5

中国版本图书馆CIP数据核字（2021）第136764号

黑方白方

作　　者　李元卿　著
责任编辑　刘　嘉
出版发行　九州出版社
地　　址　北京市西城区阜外大街甲35号（100037）
发行电话　（010）68992190/3/5/6
网　　址　www.jiuzhoupress.com
印　　刷　成都市兴雅致印务有限责任公司
开　　本　880毫米×1230毫米　32开
印　　张　10.5
字　　数　218千字
版　　次　2022年1月第1版
印　　次　2022年1月第1次印刷
书　　号　ISBN 978-7-5225-0274-8
定　　价　59.80元

人们关注的几个话题

——自序

生与死。

生死，人类永恒的话题，避不开，推不掉。人来到世上是偶然的，别无选择；离开人间是必然的，也别无选择。“好死不如赖活”是一种人生观，“视死如归”也是一种人生观。“有的人活着，他却死了；有的人死了，他还活着。”只是，人来到世上是无知无觉的，离开的时候虽然也是无知无觉的，但在临死的那一刹却会有着无尽的思绪。怎么面对？是坦然还是愕然？恐怕与生前的修为、境地不无关系。有一种观念，活得越艰难越寒碜，死得就越坦荡越无憾；在世前呼后拥、高官厚禄，走时一定惊惶愕然。康熙不是“真的还想再活五百年”吗？可以猜想，面临死亡，康熙的心里是多么的无奈！

《祖母坟》与《岁月》里的我奶就不同，虽然一个尽享天年，一觉就永远地“睡”着了；一个却是主动而为，“用一根绳子牵走了那宝贵的生命”。

“人是泥做的，最终得回到泥里去。”“人活着是为了死亡。死亡则是为了再生！”“活着渐老往死里去，死了愈少朝生里来。”这便是我奶们对生死的深沉解读。

人与自然。

打小就喜欢《人与自然》节目，打小就听过不少关于狼的故事，还亲眼看到了狼将幺爷叼走的那一幕……

人与狼、人类与动物生活在同一个地球村，本应求同存异、和谐相处。缘何成了冤家？追根索源，还是人类心底那种唯我独尊的狭隘意念所致。从古到今，自然就是自然，自然自有自然的法则，自然法则就应遵循，如若违反，终究会有遭报应的一天。

这一幕在《人狼》里便有了呈现，等到主人公驼背老汉醒悟过来，一切就都晚了。这不能不说是个惨痛的教训。在大自然面前，我们付出的代价太高，交的学费还远远不够。前鲁迅文学院院长、著名作家白描先生评价说，小说“生动地刻画出老猎手丰富复杂的内心世界，阐发了较为深刻的人文内涵”。作品也因此获当年“星光杯”全国文学作品大赛优秀奖、中国当代小说奖。

幸与不幸。

人生有幸固然是福，人生不幸却未必是苦难。正如祸福，祸兮福所倚，福兮祸所伏。

她叫白方，是母亲去世后剖腹从肚里“拿”出来的，祖祖辈辈都生活在大山里，十七岁那年，父亲从树上掉下来摔伤致残，最终成了植物人；姐先天智障，生活无法自理；男人见她貌美如花，信誓旦旦入赘三年，却抛下刚满周岁的女儿不辞而别……所有的一切就这么或早或迟，无可逃避地落在了她的身上。可日子还得过，活人总不能叫尿憋死呀。无可奈何之下，她被迫走进了按摩店，做起了按摩，干起了人们瞧不起的服务行业……后来，她遇到了黑方——一个母亲早逝，后又被树枝戳残身体的打工仔。两个人都有些不幸，两个不幸的人碰到了一起，经过一段时间的“打磨”，最终逾越种种心理障碍，携手摇起了人生的双桨……

幸耶？不幸耶？读罢《黑方白方》，你的心也会由沉重一下子轻松起来。

啰啰唆唆说了这一大堆，是为序。

牛年仲夏于京山寒舍

目录

Contents

黑方白方

一

黑方掏腰包，请鬼老头到康尔城做了回按摩。

鬼老头是黑方他爹，黑方打小就喊这个给了他生命的人为鬼老头，习惯了，要改口，恐怕是下辈子的事。

康尔城是县城里的娱乐区，这里的按摩店睁眼就是，有的还特别到位，据说有个卧床好几年的病鸭子几个回合下来，竟被那帮子小姐按得能下地走路了。人们虽然不相信，但一批又一批的人都潮水般往那儿涌，这倒是不争的事实。近年来，随着生活质量的提高，服务行业如雨后春笋，发展之快让人难以相信。尽管按摩、洗脚、捶背之类早已成了城市人的家常便饭，但在乡下，人们总是难以接受，总以为那是不正当的行业。所以，当黑方请鬼老头、儿子请老子去康尔城做按摩时，大伙儿就觉得奇了怪了，都说鬼老头是一辈子的正经人，决不会去那种不干不净的地方，干那种不干不净的勾当。

但闭上眼睛细想想，这一切又似乎都在情理中……

黑方是在和白方认识后突然想起鬼老头的。

那是个电闪雷鸣的傍晚。送走最后一桌客人，和往常一样，黑方正拿了酒杯准备喝两口时，手机来了短信。短信是幺发来的，说是白方家里急电，要她赶回去相亲，过两天就要回家，白方泪眼涟涟的，想最后见黑方一面。得知白方要走，黑方眼睛都直了，慌忙丢下酒杯就向红枫酒店赶了过来。

黑方今天的心情比哪一次都急，上楼的响动本来就大，这会就更大了。他一进门便毫不犹豫地将白方搂在了怀里，不管白方是不是愿意，一阵狂吻后，又抱起白方，来到了前厅隔壁的隔壁，一间高规格做按摩的房间里。

粉红色旋转着的弧光灯，若有若无的轻音乐，极度惹眼的美人画，外加一张席梦思，一张气垫式水床。室内的装潢简单、明了，却很诱惑，很温馨。

黑方虽然在酒店做过保安，可以这样的方式来这种房间，他还是头一回。黑方显然不是很适应，加上他对自己的身体总是没有信心，总担心临阵时会出问题，人是进来了，却有些不知所措。见白方泪眼涟涟地望着自己，眼前就出现了初次与白方见面的那一幕……

按摩中心设在酒店三楼，有按摩、桑拿还有澡堂。周一这天，刚过八点，黑方就抱着警棍，一电梯坐到了十三楼，再从十三楼慢慢往下转悠。每到一个房间口，他都要认真地看一会，觉得有哪不对了，就将耳朵贴上去，用心听听里面的动静。身为保安，这既是他的职责，也是他的权力，这样做神气、威风。来到九楼，他见8908门把手上请勿打扰的牌子挂反了，心里即刻警觉起来，耳朵还没贴上门，里面就传出一阵难以入耳的对话声。他心生疑窦破门而入，出现在眼前的是一对男女。女的正在给男的做按摩，男的一只手却偷偷地想往女的内衣里伸。他怒不可遏，攥着警棍说你们这是干吗？吃了豹子胆了不是？男的猛然缩回手，讪讪地说按摩呀。有这样按摩的吗？黑方吼着问。女的不慌不忙，笑盈盈地走上前来说，哟，你就是新来的保安黑哥吧，我叫白方，是这里的领班。难怪朱姐昨天说让我多多关照一下你。黑方奇了，瞪着眼睛问，关照我？我幺说的？我呸！跟你们说，赶紧走人，要按摩到三楼去。这儿不是按摩的地方！白方笑笑说，你大概还不知道吧，三楼地方比较小，有时候顾不过来，到客房做也是正常的。一边说一边掏出手机，你是不相信吧？不相信可以问呀。看到黑方无动于衷，就又接着说你不问我可要问了。

白方果然叮叮咚咚地摁了手机。白方对着手机说朱姐，你侄子在我这儿横着呢，要不要他接电话？把手机给他？好，好。白方就将手机递了过来。黑方迟疑了一下还是接了。接了电话后，黑方冷哼一声，悻悻地退出来，接着就去了朱梅的办公室。

……

那时候，他只知道白方就是一按摩小姐，是后来随着和白方交往的加深，才真正认识了眼前的白方……

黑方还在想着。白方见黑方总是无动于衷，虽略显羞赧，却还是慢慢靠了上来，紧紧握住了黑方的手。然后拉着黑方，双双躺进了水床。

那是怎样一种情景！起初，两人都有些忸怩。随着水龙头的开启，一泓温水汩汩而出，散着迷香从一黑一白两道陌生的皮肤间轻轻滑过，滋润千般，风情万种。不大一会儿，水床开始摇晃，慢慢变成了一片水做的世界！

黑方先前的担心已成多余，身体早已膨胀成一条高傲的眼镜蛇。此刻，他才真正品味到了男人的幸福，感觉到了造物主的神奇与伟大！他突然想起了内蒙古哈腾套海附近的人根峰与母门洞，他成了一个外星人而不再是地球人，这个外星人可与克拉玛依魔鬼城里的天父叫板，可与大漠雄狮争斗、非洲野牛角逐！要是时间能停留该多好，他甚至希望太阳能与地球相撞，那样，他就和白方成了永恒，就能永远和白方在一起了。

闪电划破夜空，从窗户中耀眼地钻了进来。接着是一个霹雳，大雨倾盆而下，外面也成了水做的世界……

雨停了。

黑方和白方来到了前厅。白方示意黑方坐，然后转身冲了杯咖啡递给黑方，说今天怎么舍得来？见面一个多小时，这是他们说的第一句话。黑方这才记起幺的短信，心想，不是你让来的吗？怎么一眨眼就忘了！可看看白方的神情，觉得那短信绝不是白方让发的，肯定又是幺从中做了手脚。于是摇摇头，转了话题问，你真要回去相亲？

没等白方回话，楼梯上又传来了响动。来者七十开外，见黑方在显得有些不好意思，磨蹭老半天，说是腰痛得厉害，想做个按摩。来者话刚出口就被白方回绝了。白方说，对不起老人家，今天太晚都下班了，您明天来吧。明天给您安排个最好的服务员，包您满意。那就、就明天吧。来者似有不舍，转身慢慢离去。

白方今天是有意推辞，她是想和黑方多处会儿，家里都催好几次了，说是给她又说了门亲事，人家愿意上门替她还债。她虽有一万个不情愿，可姑妈的心是好的。为了自己那个破碎的家，姑妈的头发都熬白了。她不忍心总是让姑妈失望，这次回去了可能就真的不会出来了……白方还在想着，黑方却没心没肺，说像这种糟老头，还出来按摩，一看就是几十年的病鸡子，再怎么高的能耐能按得好，会有作用吗？可话一出口，又觉得是小瞧了白方，后悔不该把话说得这么绝。不料白方却十分坦然，说按摩是一种保健的手段，虽说治不了根，却也有缓解的作用，让人觉得舒适。特别是上了年纪，这腰呀颈呀腿的，什么毛病都来了……

黑方听着听着就不由自主地想起了一个人，这个人正是给了他生命的鬼老头。

二

鬼老头今年七十挂零了，五脏六腑虽说没问题，就是腰杆子有点直不起来。农业学大寨那阵子，鬼老头就是大队民兵连长，民兵连长不算个主官，可也得有背景，须根子红、苗子正，当好了提拔得比谁都快，升书记那是结婚生伢子——迟早的事。鬼老头长得人高马大，家里只有他和母亲俩，负担轻，母亲又能干，靠了这，早就上了人家妇联主任的心尖尖。妇联主任吃饭睡觉都不安稳，总担心有人会把鬼老头抢了去，做梦都在盘算着怎样才能将女儿朱秀许配给鬼老头。

这天开会，妇联主任终于忍耐不住了，会上就和书记挤眉弄眼，等会一散便捉了书记的胳膊说，帮帮我吧，帮了我就等于是帮了你。书记和妇联主任的关系不是一般般，就问帮什么，哪样个帮法。妇联主任现对现，接着便来了个竹筒里倒豆，一股脑儿把肚里的那门心思全说了出来。书记笑了笑说这事容易，包我身上。鬼老头呢，得知事情的原委后也不含糊，冒着受处分的风险，几个回合下来就将生米整成了熟饭。妇联主任不但没责怪，择了吉日，笑眯眯地为他们办了婚事。

只是，事情的发展太有些意外。三伏里的一天，烈日高照，地上就像火烤了一般。朱秀中午收工回来，一见猪缸里什么也没有，还没来得及给儿子喂口奶便拎了篮子去打构叶。打着打着妇联主任的女儿突然觉得身子骨有些不大对，胸口堵得慌，豆大的汗珠直往外冒，再坚持一会已经来不及，眼前一花就倒在了构叶树下。等鬼老头张罗一番将朱秀送到大队医务室，医生摇摇头说，迟了太迟了，嫂子是中暑发痧子。尽管医生尽了最大的努力还是无力回天，没能将妇联主任的女儿救过来。鬼老头仗着自己是民兵连长，眼一横揪住医生的胸襟。医生没反应过来，就被他一拳打得几天没有开门。

活蹦乱跳的一个人，说走就走了，鬼老头变了个人似的，从此一蹶不振，书记没升成，连民兵连长也掉了砣。妇联主任还是没责怪，反倒安慰说，伢啊，这是命咧！等过些日子，妈再给你想个别的法子。

妇联主任说话从不打马虎，女儿周年没满，真的又给鬼老头想了个别的法子。这次，她没请书记出马，自己亲自披挂上阵，拉了鬼老头的手说，伢啊，你这门亲既是连了，我这做妈的哪舍得让它断呢！妈琢磨了，就让梅子去给她姐填房吧。梅子是妇联主任的幺姑娘，乡下人有句俗语，说姨妹是姐夫的半个屁股，妹妹去补姐姐的缺自古就不是什么出格的事。鬼老头却木头了一样，愣半天才说出话来，嗯嗯嗯地死活都不应嘴。鬼老头说，妈您千个心万个心都放肚子里，这门亲我是不会断的。打今日起，您就是我的亲妈。妇联主任想了想，说看你这话说的，秀儿刚走，你就不认我这亲妈了？鬼老头涨红了脸说认认认，我是说往后呀，您就是我的亲亲亲亲亲妈，比亲妈还亲的妈！妇联主任说这不就是了，趁紧把梅子娶回家，热床头热被窝的，亲上加亲咧。鬼老头就又说看我这酸样，娶了梅子会毁了梅子一辈子。儿子向您保证，只要儿子活着一天，如若再有别的女人，定遭天打五雷轰！

……

十多年后，鬼老头的母亲也走了，家里就剩他和儿子黑方，父子俩相依为命，虽说是吃穿不愁，但没个女人，那日子过得也是扭扭歪歪，连个黑天白夜都理不清。鬼老头只好把希望全指靠在儿子黑方身上，一门心思地养儿子，把儿子看得比黄金还金贵。

可天有不测风云。

先是七岁那年，黑方爬上门前的皂角树去掏鸦鹊子窝，一脚踏空虽没掉下来，却被树枝戳在了命根子上。鬼老头当时就蒙了，丢下手里的活，连忙将儿子弄到了区医院。

给黑方做检查的医生也姓桂。桂医生不单是医生，治心理病那也是一把好手，他早就看出了鬼老头脑子里的担忧，就笑了笑说，放心吧，没事。鬼老头眼里疑疑惑惑还是不肯信，桂医生就接着说，我也姓桂，自家人。自家人怎么会骗自家人呢？有了这话，鬼老头这才打起了日后做人的精气神。

再就是儿子的学习不理想。儿子方方面面都很出众，就是成绩上不去，天穿了眼也上不去。可以说是道士碰到鬼，法子都使尽，到头来却仍没丁点起色。鬼老头叹口气，心想只能听天由命了。高中没考上，鬼老头一点都不含糊，拿出所有积蓄给儿子弄了个学籍，但黑方不买账，还挤兑，说儿子不是读书的料，儿子回家后你多个帮手不好吗？真是！

黑方年近三十才结婚，原因是他眼光太高。除了皮肤有些黑，其他完完全全就是鬼老头一口窑里烧出来的，这就在爱情的王国里给了他更多选择的余地，同时也埋下了他不能和常人一样结婚生子的根由。开始恋爱那阵子，人家瞧得起的他瞧不起，到后来，他瞧得起的人家又看不中。可时间不是个好惹的东西，眨眼间一个甲子的光阴已是黄瓜打锣去了半截，这才在方方面面的高压下，草草地结了婚。婚后一年多，该做的事做了，该流的汗也流了，结果女人的肚子还是起不来。两年不到，离了。人们莫名其妙，都说是百里挑一的一个人，打着灯笼都难寻的一个家，怎么说散就散了呢？

只有鬼老头隐隐觉得有些不大对，心里闷闷的，不便问也不好说。

这以后，滴酒不沾的鬼老头渐渐有了酒瘾，时不时就拎了酒壶打了酒回来，只要有几颗盐豌豆都得喝上几口。黑方也跟着学坏了，天天喝餐餐喝，和人说话都打着酒嗝，嘴一张那酒气就冲出大老远。有一回，黑方和几个小兄弟一起到街上喝酒，兄弟们让他少喝，可他就是不听，喝得是那个醉呀！虽没现场直播，却不等跑到卫生间就来了个翻江倒海，稀里哗啦吐在了人家的鱼缸里，结果，二十几条水库野生的土黑鱼全翻了白，没一条活下来。好在老板是熟人，只要他赔了本钱，不然，人家决不会这么简单就跟他下地……

发生在鬼老头家里的这一切，从头到尾，有一个人都默默地关注着，这人就是小姨子朱梅。当初，做娘的要朱梅去填房，朱梅嘴里没答应心里可是应了下来，不为别的，单为姐那刚满周岁又极让人疼爱的儿子黑方，朱梅也会生出满脑子的爱怜。房虽没填成，可话说出来了，意思也在那，朱梅这辈子就注定了要比别人多个担待。加上朱梅又能干，早先在修造厂做工人，改革开放便下海干起了个体，眼下正在县城经营着一家小有名气的酒店。看到黑方父子俩的现状，朱梅慎重地做了个决定，她有责任有义务也有能力，她要拉黑方一把。

黑方于是就随朱梅来了县城红枫酒店。

儿子走后，鬼老头成了真正的孤家寡人，种着几亩责任田，守着祖上留下的几间老屋，酒还是照喝，偶尔也去茶馆里打个小牌。时间长了，鬼老头结识了一位牌友，女性，寡妇。于是就有好心人撮合说，鬼老头，寻个伴吧，人都是个透气的东西，出出进进得有个照应。可鬼老头还是十分坚定地摇摇头，任人家怎么说都不搭理。日子就这样一天天地往下挪着。

三

黑方来到了县城，做起了红枫酒店的保安。

朱梅将黑方叫进办公室。朱梅说黑方你听着，做保安事不大责任大，整个酒店的治安就全看你了，幺相信你能做好。黑方打小就喊朱梅叫幺，不叫姨。叫幺亲热，叫姨总像隔了点什么，这是朱梅也是朱梅她妈妇联主任的意思。朱梅比黑方大不到二十岁，两人从小就来往得十分密切，说话做事自然就少了顾忌。朱梅接着说你眼头子要放亮些，有些事管多了影响生意管少了又会出事故，一句话，该管就管不该管就不管。黑方没等朱梅说完抢过话茬，说哪该管哪又该不管呢？朱梅就说你脑子没进水吧，想呀！朱梅转身打开壁柜，取出一套制服和一根警棍交给黑方，说去吧，去把衣服换了，做保安得有个保安的样子。

黑方碰到不该管的事是在两天后，也就是他初次与白方相见的那回。他把手机还给白方，按朱梅的吩咐来到了办公室。朱梅让他坐，还给他倒了茶，自己坐下后说，我不是跟你说了让你只管该管的事吗？黑方蹦了起来，说你知道那男的想干吗？想……黑方想说的是乡下一句土得掉渣的大丑话，看看眼前是自己幺，说了一半这才咽了回去。朱梅打个手势示意黑方坐，说那叫按摩你懂不懂。黑方边坐边说，幺你就别唬我了，前不久我脖子戗了去按摩过。你这叫挂羊头卖狗肉，是犯法的。像这样按你这酒店是不是不想开了？朱梅说酒店的按摩都这样，放开点也没什么实质性的东西，你就别少见多怪了。黑方说我书读得不大人也有些稀科，但还是正直的。你放一寸他放一尺，这样一放就没法收拾了。一寸也好一尺也罢幺心里有数，以后这种事你就别管了。要么不让我碰上，只要我碰上我就得管！你这样管人家就不来了，没人来你幺的酒店还开得下去吗？还有，你的职责主要是在大厅里，别有事没事都抱着个警棍像不得了的到处转，你这样转去转来，把几个客人都转跑了你懂不懂？

幺侄俩都在气头上，都似乎占理又都想争个赢家。朱梅觉得自己是前辈是老板自然就少了一大把顾忌；黑方呢，仗着朱梅对他的宠，什么狠话也都说得出，到后来双方就翻了脸。朱梅说你这样又臭又硬幺就没法帮你了。黑方说你不帮拉倒，没谁稀罕！可最终还是朱梅让了步。朱梅说算了，谁让你妈是我姐呢！黑方的脸也是说变就变，嘿嘿直笑，说幺这还差不多，像我妈的亲妹妹。

这件事后，黑方改变了一些看法，觉得城里和乡下完全是两重天地，这酒店和别的地方也完全不是一码事。他原以为酒店只是喝酒吃饭管肚子的地方，没想到还能修脚洗澡搓背按摩，将人身上不该管的地方全管了。他开始慢慢适应这种变化，开始慢慢和白方接近，与吧台小姐也打得火热。

一个月后，黑方才遇到了他真正该管的事。晚上十点左右，黑方闲着没事，正和吧台小姐吹牛，酒店的门开了，三个病恹恹的男人走了进来。其中两个高个子一进门就横在了沙发上，矮个子径直来到吧台前。矮个子不慌不忙，只见他在身上这摸摸那捞捞，最后从屁股荷包里抽出一张现钞，说是要个标间。吧台小姐吭也没打便埋头开起票来。黑方见状忙走上前，要人家把身份证拿出来先扫个描。矮个子阴眼看看黑方，漫不经心地说，哪蹦出来的土克蚂，敢管爷？黑方一听就来了火，本想发作又想起了朱梅的话，只好静静心，说住酒店就得凭身份证，这是国家规定。矮个子眼一瞪说，狗屁，爷住店从来就没要过证！不信你问问！吧台小姐忙接过话茬说是的是的，强哥几个是酒店的常客，没问题的。吧台小姐说完就私下里扯了扯黑方的衣角。

矮个子拿了门卡还不满足，说爷来是瞧得起这破地方，早知你狗眼看人，爷还懒得来呢！说完吆喝着两个高个子，骂骂咧咧地上楼去了。

望着三个人的背影，黑方呸地一口痰吐了过去。吧台小姐忙将食指竖在鼻头前小心嘘一声，说你知道他们是哪路高人吗？不等黑方回话吧台小姐紧接着说，小混混缠不起惹不得？小混混怎么了！爷大江大海都闯过，就不信这阴沟里能翻了船不成！

两人正说着，黑方的手机突然响了。这样的时候，打心里说他不十分想接，但手机是酒店配发的，职责所在，他不得不接。掏出手机一看，号码显示为8505。这不是半小时前骂他土克蚂的矮个子登记的房间吗？黑方警觉起来，摁了接听键又张了耳朵对方却不说话，大声喂喂连问几声你找谁还是不管用，接着是咔嚓一声，再接着就是嘟嘟嘟的忙音了。

有情况。黑方丢下三个字，忙拿了警棍撅着屁股往五楼赶。

8505 的门关得紧紧的，“请勿打扰”的牌子静静地挂在把手上。黑方觉得蹊跷，他将耳朵贴紧门板想探出个子丑寅卯，但里面还是悄悄的狗屁响动都没有。

臭娘们，敢报警！爷几个今天就是想和你玩玩，你答应得答应，不答应也得答应！黑方打算拿开耳朵时，里面的声音传了出来。

不是我不答应，我做的是规规矩矩的按摩。除了按摩不做别的？怕是又想当婊子又要立牌坊吧？告诉你，今天你做得做，不做也得做！

接着传出来的就不是说话声了，而是啪的一声巴掌响。

开门开门！黑方再也坚持不住了，一边用力拍着门板一边威严地吼叫着。

好呀，你果然报了警。里面的响动大了起来，紧接着又是“啪啪啪”一连串刷耳刮子的声音。

黑方，救我。

这不是白方吗！怎么是白方！白方肯定是上这帮混混的当了。黑方没来得及细想，肩膀配合着全身，拿了套牛的力就直接向房门撞了过去。

矮个子见门被撞开，丢下白方跨上一大步说，怎么又是你？警告你啊，滚，滚得越远越好！黑方极快地将整个房间扫视一遍，除了床上有些零乱再看不出别的迹象，就说你们住店就住店，干违法的事要警告的是你们，而不是我！一高个子接过话茬，鼓着眼说，不就是一杀猪佬嘛，这杀猪佬卖肉，爷们拿钱买肉也算犯法呀？黑方一时没会过意来，就说杀猪卖肉当然不犯……话没说完，另一高个子又抢着说，这就对嘛，爷们没犯法那你还狗捉耗子？这高个子语气起初斯斯文文的，倏忽间就咬了牙，说滚蛋！接着又趁人不备，一拳打在黑方的面门上。

黑方的一颗牙齿被打掉，他做梦也没想到对方会比自己还横蛮。变故突生，从心里他还要适应一下。辍学回家的第二年，有个外地师傅到他们村里开场授徒，既教功夫也练散打，他可是那帮师兄弟中的佼佼者，封过坛，出了师的。朱梅让他来做保安，并非空穴来风无缘无故，估计对付眼下这几个吃粉的瘦猴子应该不在话下，何况他还有警棍在手。但这些都不重要，重要的是他要让白方看看，他这个保安绝不是吃酸货捣干饭的。想到这，黑方抹一把嘴角的血迹，在将警棍抛给白方的同时，照准对方的裤裆猛一脚踩了过去。

随着哎哟一声，高个子双手捂着下身蹲在地上，脸色发白，看样子已有些不大对头了。

这还了得！矮个子和另一高个子不约而同，从两边扑了上来……

最后的收场还是朱梅来完成的。一间不足二十平方米的标间外加两张单人床，根本就不是打斗的场所，那结果也是可想而知，电视被砸了，电脑也摔了，两把椅子全散了骨架变成了讲狠的凶器。酒店损失惨重不说，那个胯下挨了一脚的高个子被送进医院，住了一个星期才脱离危险，差点没去阎王爷那儿报到。

黑方架是打赢了，但被警方拘留，关进了拘留所。保安这碗饭怕是没法吃了。

四

黑方进拘留所是朱梅送来的。朱梅和拘留所的领导是同学，她是想来打个招呼，让人家能给就给点方便。和头打过招呼后朱梅仍旧放心不下，本该走人的却又踅回来给黑方说，这儿的头头我找了，该说的不该说的也都说了，你就安心待几天，千万别再弄出什么枝节来。朱梅又帮黑方拍了拍身上的灰尘，临走时黑方叫住朱梅，说幺你给张钱吧，我身上分文无有，我得抽烟呀。朱梅想想也是，就递给黑方一张一百元的人民币，说你先拿着，过两天幺再来看你……

黑方进拘留所后，白方去给朱梅说过当时的情景。白方说绝对不是黑方的问题，那阵势黑方非做了高个子不可，不然吃亏的就会是黑方。黑方那样做完全是为了我，不是为了我，黑方不会那样做。朱梅叹声气，说黑方这伢命真苦，从小到大不像别人有妈疼。朱梅还告诉白方，她永远也忘不了黑方妈也就是她姐死的那一幕。那天，刚满一岁零两个月的黑方，从早到晚没吃口东西，饿得嗷嗷直哭。鬼老头也是伤心糊涂了，见黑方总是哭闹，就在那小小的屁股蛋上扇了两巴掌，然后将黑方搡在了摊在地上的尸首旁，恼怒地说，哭哭哭，给你妈哭丧去！黑方不哭了，他以为妈是睡着了，就慢慢爬过去，扒开妈的衣襟，捉住妈的奶包吃了起来……朱梅扑过来要抱走黑方时，鬼老头忙起身拉住她衣袖，哽咽着说，让、让他吃吧，吃了今天就再没有明天了……

白方不知道朱梅为什么要跟她说这些，联想到自己的身世，也不禁悲从心生，泪眼涟涟的。听完这话，白方就坚定了要和黑方往来的心思。第二天，她就去拘留所看黑方，说了许多只能对黑方说的话，还承诺只要黑方出去，在第一时间，她要亲自做东，好好地请黑方吃顿饭。

不到半个月，黑方回到了宾馆，保安肯定是做不成了，朱梅只好安排他去厨房，让他跟一个姓黄的大师傅学红案。

这天，刚好白方来了月事，休息没上班。做按摩的，总免不了要与冷水打交道，平时也没空闲时间，只有来了月事才能集中歇上几天，一般都是休月假。今天是她的第一时间，在第一时间里，她请了黑方，她要诚心诚意地谢一回黑方，要为黑方洗尘压惊。

白方带着黑方来到了一家档次不错的茶楼，要了一个小包间。茶楼虽是仿古装潢，却透露着很强烈的现代气息。包间处在大厅中央，挨墙的四周也是一溜烟的包间，两边的包间有回廊隔着，外面的阳光进不来，只有些朦胧的灯光。音乐匣子里唱着邓丽君的歌，声音大小适度，很优雅也很甜美。

白方三十出头，小鸟依人的个子，皮肤白皙，面容姣好，属小家碧玉的那种。都说女人是水做的，这话用在白方身上一点不为过。她今天描了淡淡的妆，素雅清丽。穿的是一袭乳色旗袍，优美的曲线分外惹眼，该凹的地方凹了，该凸的地方也凸了。旗袍的胸口开得很低，那道深深的乳沟就露了出来。整个人往这淡紫色的灯光里一站，只要是男人，就会想得很出格，就会有种莫名的冲动。

黑方一米八的个子，与白方相比，那是大哥大跟小幺妹。皮肤黑得透光。他的鬓角生得特别低，底端往鼻梁方向自然弯转，一左一右，看上去就像吊在脸上的两支挂钩。胸毛一溜烟方圆几十里没人能比，身上的肌肉也一块一块的，结实得像一座座小山丘。人们就笑说是他的祖奶奶跟南下的蒙古人有一腿。遇上这样的场合，黑方还是第一次，他有些不大胆，甚至连头都不敢抬得太高。白方就笑了笑，说随便点，又没旁人。接着问黑方想要点什么，是喝大红袍还是牛奶。黑方说你不是说随便点吗？随便点就随便点吧。白方说那我就随便了。白方摁了摁牌铃，等服务生进来，先要了两杯牛奶一盘开心果。

两人对了面坐下来。白方取出瓷盘里的湿毛巾递给黑方，自己又拿起另一瓷盘里的毛巾擦了手。没等黑方开口，白方就先开口说男人们喜欢喝的是茶，知道我为什么点奶吗？黑方摇摇头，说女人的心思都很古怪，我一大男人没研究也猜不透。白方神秘一笑，说这得从一个故事说起，想听就陪我先喝一杯。

他们聊得很开心，服务生送来菜单。他们要了两份牛排，两枚煎蛋，一只锅仔。白方提议喝点红酒算了。黑方同意喝一点酒。

既是红酒，就得档次高点的。白方让服务生做了介绍，服务生推荐的是法国干红。两人笑着接受了。

白方不胜酒力，黑方又不饶人，总说东不饮客不请，硬要白方陪喝。好在那高脚酒杯是小号的，前几杯白方还能应对，三巡过后就渐渐有些不支了，就只好拿话来搪塞。黑方说在拘留所那天，你不是说要讲个故事的吗？讲呀，讲得我感动了，这酒你喝多少我就代多少。白方说你还别说，今天除了谢你，最想的便是给你讲这个故事呢。白方于是就给黑方讲了个真实的故事，这是个关于白方自己的故事，打从朱梅那里得知黑方的身世，她就觉得要把这个故事讲给黑方听，也只有黑方才最适合听这个故事，最能听懂这个故事。

白方一下子敛了笑容，说你听没听说过有人是从棺材里刨出来的？黑方想了想，说你还别说，我真听人讲过打棺材里刨人的故事。是吗？白方圆瞪着眼睛静静地注视着黑方。黑方本是想逗逗白方，没料到白方会这么当真这么好奇地等着，只好绞尽脑汁，如假不包换地现买现卖，编了个极像故事的故事。说的是很早以前，有个人死了被装进棺材埋在了地下，第二天这人却活了过来。当他发现自己被埋了时，也不慌忙也不急躁，就用尿液引来蚯蚓，再拿蚯蚓当饭填肚子。一年多后铁路要打这里过，他的家人去移坟，本想刨出的是一堆白骨，不料却刨出个大活人！白方听了就直摇头，连说不可能不可能。黑方说可不可能我们就别研究了，接下来该你，你要来个可能的。

卖了许多个关子，转了许多道弯转，白方终于讲了她要讲的故事。白方的故事其实也很简单，那是三十多年前，她的老家有个女人要生伢，结果生了一天也生不出，等弄到医院已经来不及。医生说大人小孩只能救一个，男人却坚持说两个都要救。没等医生和男人把意见弄统一，那女人就双眼一闭见了阎王爷。医生摇摇头说，对不起，大人小孩我们都无法救了。男人抓住医生的手，说你们就死马当回活马医吧，恳求你们帮我把伢子拿出来，若真是个冤死鬼，我也死了心了。几个医生将头碰在一起，又进行了一次协商，最终还是在女人的肚皮上划了道口子，剖出了女人肚里的娃儿……

白方讲着讲着那眼眶里就有了泪水。白方说你知道这伢子是谁吗？

黑方没有马上去回白方的话，他见白方放在桌子上的一双玉手，就将自己的手小心地伸过来。然后用沙哑的声音说，你就别折磨自己了，咱俩一个吃过死人的奶，一个是从死人肚里刨出来的。两个都与死人打过交道，都是没娘疼的苦阿子，碰到一起是上天的安排。来，喝酒。举了杯时又说不不不，你的故事太动人，这酒全归我。黑方端起两只酒杯，左一个右一个，两个咕噜下来那高脚杯装着的就只剩空气了。

后来，他们又要了一瓶干红。黑方喝得大了些，但酒醉心里明，打着酒嗝叫来了服务生，掏出一叠人民币，说多少钱？买单。白方将钱往黑方面前一推，说今天是我请客，哪有要你放水的。黑方说男人不放水让女人放不成？你请客我买单，这叫 AA 制，谁也不欠谁的。白方还要开口时又被黑方制止了。黑方说要不下回还是这地方，我请客你买单，再来 AA 制一回。白方见话说得有些绝，就只好依了黑方。

五

黑方来到了拐子口农庄，走马上任做起了大师傅。

拐子口农庄处在县城东郊，与红枫酒店只有不到二十分钟的车程，主要经营的是种养业，餐饮只是个搭头。近年来城里人时兴往乡下跑，周末了这同学老乡三朋四友的，都喜欢找个地方打个牌钓个鱼，调整一下上班的节奏，再顺便吃顿农家锅巴饭，也算是种休闲。朱梅虽说没后台，但人精干，上下左右，源都逢得特到位，关系多，人脉好，开业一年来，餐饮反成了主业，种植养殖因时间太短还没成气候。可好景不长，随着中央八项规定的出台，打牌钓鱼的少了，到农庄来休闲的人也减了好几成。为了寻找商机，朱梅就借黑方上任之际，择了个带八的日子，遍邀老友新朋前来品厨尝艺。还特将白方和酒店里另一个年轻貌美的服务员临时抽了过来，以增色显摆吸人眼球。

白方和黑方差不多半个月没见面了，她一到农庄就找了黑方，告诉黑方是朱总特地让她过来只做一天的服务。她将只做一天加重了语气，那意思是秃头上的虱子明摆着。黑方眉头一皱，说幺是不是犯迷糊了，这是做按摩的地方吗？什么按摩捶背？白方起先听不太明白，等会过意来了就说，这犯迷糊的是你吧，连奥运会颁奖也全是小姐引路端盘子，都有你那歪心思就全乱了套。黑方嘿嘿一笑说，美人计，高！幺是个人才。

忙活一天后，人们都走了，白方是坐朱梅的车来的，也要随朱梅一起走。黑方赶紧跑过来，当了幺的面也不避嫌，拉了白方的手说，反正你今天是出来了，这有不花钱的卡拉OK，我们去K歌吧，K完歌我送你。白方看看朱梅，朱梅说去吧去吧，好好开回心。

农庄为了满足消费需求，专门开设了练歌房，配置了全套的设备，免费开放，只要到农庄，没事了随时都可去吼几嗓子，开开心，还可测试测试 K 歌的水平。

黑方是个 K 歌油条，早在家里时就常常和一帮小混混去歌厅里 K 歌，他虽没乐感，也没经正规培训，却天生一副宽嗓门，高八度低八度，再高再低调的歌他都能唱，话筒一抱上，别人就只有听歌的份了，至于跑调不跑调，只要心里高兴就算当了回皇帝。做酒店保安后，黑方被时间箍得太死，喉咙里憋得发痒也没法脱身。今天 K 歌不要钱，还有白方陪着，他得好好发挥，千万别叫白方瞧扁了。

黑方首先唱的是《西部放歌》，这首歌不是他的拿手戏，可他说他唱得比王宏伟还王宏伟。只是电脑不大给力，屏幕上打出的分数忽高忽低，最后才五十八分，差点就及了格。白方笑说他这是吹牛不打草稿，让人笑掉大牙。黑方也讪讪一笑，说这不刚开始吗，好戏还在后头呢。不等白方回话，黑方接着又唱了首他最牛的《雨花石》，那近乎喊破天的嗓门，振得白方捂起了耳朵。屏幕上的分值一会四十一会三十，最终定格在三十八分上。白方笑得更开心了。黑方就说他唱的歌那是哑巴谈恋爱——没得话说，肯定是电脑哪儿出了问题，还煞有介事，高嗓门嚷嚷着，要人来查修电脑。这下可好，白方笑得眼泪都流了出来。黑方见白方开心的样子，心里也乐开了花。

其实，黑方是在成心逗白方，他有意丢词跑调，一会高上天一会又落下地，全是为了让白方开心。他知道白方命苦，只要白方高兴他就满足。

等白方笑得没了气力，黑方就将话筒递了过来，说别老哇（乌鸦）笑猪黑，是骡子是马不拉出来遛遛，谁也不知道哪男哪女。白方说你这不是乘人之危吗？我得先喘口气喝口茶。黑方又给白方倒了杯三匹灌（一种土茶叶）泡的凉茶。

白方唱的是《我和草原有个约定》，甜润的歌喉伴着优美的旋律，就如天籁一般，黑方死也不相信，它竟是从一个山里娃、一个担负着人生重荷成天只知道为人捶背按摩的苦命女子嘴里唱出来的，他突然间有了种想拥上去抱住白方的冲动，但最终还是没有。

电脑上给出了九十五分的高分，屏幕显示说这是破纪录的。黑方拿了吃奶的力手都拍疼了，鼓完掌笑着说，金嗓子真是金嗓子，打广西喉宝飞出来的金嗓子！边说边倒了杯啤酒递给白方，要给白方庆贺一个。

喝了酒，黑方提议和白方来段对唱。白方看看黑方，说就你那破嗓子？美的吧你！没等话说完却率先拿起了话筒。两人联手，唱了首《心雨》，唱了首《红尘情歌》。这回黑方拿出了真功夫，两人配合得那个默契，比毛宁与杨钰莹都绝。余音袅袅时，白方的手机响了短信。短信是朱梅发来的，说是酒店里来了重要客人，要白方赶紧回去。黑方还在兴头上，愤愤说，幺也真是！说完又邀白方最后唱了首《纤夫的爱》……

该做的不该做的事都做了，该请的不该请的人也都请了，起初的十天，农庄的生意倒也红火，十多天后就烟熄火熄没有了生气。平日里桌把客，好容易熬到周末，十几个包间只能开到一半，来的也都是朱梅的嫡亲同学和铁哥铁姐铁杆子们。黑方就一面埋怨他幺，说幺是个瓶兜子眼睛，高度近视，看得还不如他远；一面说生意不好我还轻省（闲）些，工资你又不能少给半分！

六

轮到白方休月假时，黑方真的请了白方。

一个月大不了就三十来天，按理说不算很长，但在黑方却像过了好几年，虽说他和白方同在一个酒店里，但见面的机会不多，朱梅给他下的是死坎，要他三个月学会红案的十八般绝活，三个月后去拐子口农庄掌勺做大师傅。拐子口农庄是朱梅开发的又一个产业项目，集种、养、餐饮于一体。朱梅是想，现在的大师傅不好请，要价高不说，还动不动就炒了她这个老板的鱿鱼。让黑方去做，肥水不流外人田，也好掌控。黑方这回还算听话，心里虽然装着白方，每天都想去看看白方，但一来是酒店的生意好，没空闲时间，二来他心里也很矛盾，知道自己身体的底细，不敢和白方往深处结交，万一有了想要的那天出了洋相以后就没脸往来了。所以好几次到了白方的门前又都退了回来，也所以才有种度日如年的感觉。白方倒是主动找过几回黑方，但她和黑方上班的时间不对接，总是她休息时黑方正忙得气都没法喘，黑方有了时间呢，她又在给人捶背按摩，好容易起了几回心，但每回都被黄师傅连说带笑地挡在了门外，一句实质性的话都没能说上。月事还隔着好几天，白方心里早嘀咕开了，这该死的，怎么还藏着掖着？来了好有空找黑方呀！

月事终于来了，黑方也终于来了。白方盼星星盼月亮，笑着问黑方，你晓得今天我休息呀？黑方反问说今天几号了，你们女人那破事不就是对月的吗？白方伸出食指，在黑方胸口上轻轻一戳，说算你还用了点心机。今天你请客我买单，这可是早就约好了的。黑方说男子汉一言既出，不说驷马就是翻一倍八马也追不回来，走。

地方还是同样的地方，环境还是同样的环境，人也是同样的人。只是换了些话题，换了些动作，再有就是黑方说开心果没劲，连牙缝都塞不住。他要的是一盘野生板栗，土灶砂锅炒的，清香可口。又说牛奶太腻，既然我俩都是苦命人，还不如泡杯苦丁茶，苦丁茶更适合苦命人的胃口。

白方说看不出呢，还一套一套的。说完就主动坐在了黑方的旁边，不像上次那样，两人面对面好似隔着一道沟坎。接着黑方抢先剥了颗板栗毫不犹豫地要喂给白方。白方笑着将嘴送了上来，但白方的笑眨眼就消失了。不一会，白方好像换了个人似的，样子看上去很难受。黑方以为是自己剥的板栗出了麻烂，就拍了拍白方的后背，说不好吃就吐了吧，天打雷劈，我人虽黑但心绝对不黑。白方摇摇头说不关你事。黑方就连说这这这……是不是哪儿不舒服了？才将（刚才）都好好的！白方一看黑方着急的样子，说你知道这板栗是哪产的吗？黑方摇摇头。白方不经意地叹口气，说就是我们老家产的。接着又告诉黑方，就是打板栗，她爸才从树上掉下来，还跌断了背脊骨。黑方没想到，事情会弄成这样子，他从小就不会安慰人，这会儿也没法拿出安慰人的话语，愣半天才说，那、那现在怎样了？现在又能怎样呢？白方说只能躺在床上，大小便都得人伺候。

温馨的氛围一下子变得无助起来。邓丽君的歌仍在唱着，气氛却压抑得让人窒息。有人说最大的幸福总是沉默，这最大的痛苦难道不也是沉默么？有些时候，反过来想或是反过来做，也许会有意想不到的结果。

还是黑方打破了这种痛苦的沉默，说现在我知道你为什么要出来给人按摩捶背，做这种世人都瞧不起的行当了。说完，就不自禁地想将白方搂在怀里。

白方轻轻推开黑方的臂膀，说你这话错大了，我做生意只有我知道，我给人按摩怎么了？捶背又怎么了?！我没偷没抢，没做那见不得人的事，只是出卖劳力，用劳动换回我应该得到的一切，却绝没有出卖灵魂！

白方接着就讲了她的身世。白方说她有个姐叫白虹，白虹两三岁了还不会说话，等开口说话了又嗯嗯啊啊的，好容易说出来，那意思人们也听不大懂。后到去医院检查才知道是智障，也就是白痴。学不能上书不能读饭也弄不上吃，直到现在都得人招呼着。也许老天爷是为了怜悯这个家，在关闭一扇窗的同时，又打开了另一扇窗，她出脱得聪明伶俐，相貌也生得特别好，人们都说她不是从死人肚里刨出来的，而是从画中摘下来从天上飘下来的。从小学开始，她一直都是学霸，中考也是县里的状元。就在读高二也就是她十六岁那年，她爸突然出了事，医了一身的债还是成了植物人。天就这样一下子塌了，她不得不放弃学业，放弃美好前程，提前担负起人生的重荷，用幼小的心灵连同单薄的身子，来支撑一个风雨飘零的家庭。

白方找过一个男人，那是在她辍学后的第二年，为了这个家，小小年纪姑妈就出面给她介绍了一个从四川来的小伙子，小伙子见她肤色似奶漂亮如花，就剁着砧板发狠要和她白头偕老，共操双桨渡完人生长河。可时间一长，特别是有了女儿川川后，女人的新鲜感没了，家庭的负担更重了，男人最终还是不辞而别，在一个雨后黄昏，丢下她和女儿偷偷地回了川北老家。

这种缺德男人，该杀！黑方怒不可遏，愤然而起。

白方又轻轻嘘口气，说这也不能全怪他。这些年我做着服侍人的营生，和男人们打的交道多了，男人的心思我比谁都清楚。怪我，是我命太硬。白方说完，慢慢抿口苦丁茶。

黑方仍是拿不出安慰白方的话，只好无话找话地说，那你出来了家里怎么办？一老一小中间还夹个要命的老姐，个个都要招呼，你怎么脱得了身？

这你就别咸吃萝卜淡操心了，活人哪能叫尿憋死？白方很坦然，她早就从朱梅那里知道了很多黑方的事，对黑方敞开心扉，她觉得一切都无所谓。她表面上过得无忧无虑，却没人知道她内心承载的巨大痛苦与毫无选择的人生无奈。既然找到了一个诉说的对象，不如就全都说了，说了也许心里还好受点。

父亲是一重天，男人也是一重天。父亲那重天塌了，男人走了，男人这重天也塌了。这时候就有好心的老乡寻上门来，约白方一起出来做生意，还悄悄告诉白方，只要舍得做，一个月下来吃了喝了最少也能落下一万多。又给白方出主意说，钱比爹妈都管用，这世上只要有钱，就不愁事办不成。

让白方雇个用人招呼家里，每月按期寄钱回来就什么事都好办了。

白方去找了姑妈，姑妈看看白方可怜的样子，心里有一万个纠结还是点了头。白方于是将女儿川川托给姑妈，又向姑妈借了钱雇了保姆，然后跟着老乡，来到了这个千里之遥的异地他乡。

做按摩，白方原以为只简单地给人捶捶背洗洗脚，谁知这背后掖着的是让她出卖肉体，她有一肚子的不愿意，就算天塌了地陷了也不行！可挺了几天，那满脸堆笑的老乡就突然鼓了眼，说你看看你那个要死不活的家，钱少了能拱出人来？即便你那老东西明天就撒手归天，可你姐呢？你还能让她喝了老鼠药？做那事，腰不疼胯不胀，一不要本二不折本，像你这靓的模样，男人们不抢着投资那才怪了。老天给的资源不想法派用场，你傻呀你！再说了，这天高地远地隔着，家里有谁知道了？想想吧，做就做，不做就走人。但话我得挑明了，来去的路费外加这几天的开销，少一个子儿，想开腿门都没有！

白方想了。白方想了一整夜，一整夜都没合眼皮。她是个弱女子，手无缚鸡之力，家在深山老林，又没个帮衬，不说是欠了一屁股的债，就是给了她满屋的本钱，她也无法去做别的生意。人活到这份上还有什么念想？倒是老乡的一句话提醒了她，她既然不能让姐白虹去喝老鼠药，自个喝还不行吗？干脆，来包老鼠药，这心一横，就一了百了了。但，不成啊！自己一走是了了，可躺在床上的爸咋办？还有姐白虹、女儿川川呢？她不能撇下他们不管，她不能走！为了爸为了姐更为了川川，就算脊梁骨被人戳断了她也只能这样做……

白方松了口，老乡好不高兴，第二天就给她介绍了个男人，还说人家非同一般，是个大有来头的主儿，只要她伺候好了，钱是绝对不成问题。可来到一个陌生的房间，面对一个正欲宽衣的陌生汉子，她却临阵变卦，突然操起了拼盘里的水果刀，紧接着，一股殷红的血便打那白玉般的手腕上流了出来……

黑方抢上一步，猛地捉住白方的手，说你怎么这样傻呢，难道你不要命了？

白方凄然一笑，这是我事先谋划好的，当我得知那男人大有来头时就开始预谋了，那一刀划的并不狠，只是想做给人家看看。我读过《张玉良传》，梦想着自己也能遇上一个像潘赞化一样的贵人。只是我走了另一个极端，因为我不是青楼女子，也不想做青楼女子。你这是在拿生命做赌注，这赌注也下得太重了！万一……万一就万一了呗。好在我还真遇上了贵人，那男人不愧见过大江大海，他抓住我的手腕看了看，知道没生命危险，便叫来了救护车，吩咐老板将我送进了医院。在得知我的身世后，又将我介绍给了一家正规的按摩店。这男人还有点男人味，够哥们。黑方接着说，只是让你做按摩，实在太委屈了。

白方不禁暗自神伤，她轻轻推开黑方的手，说这就是天意吧。打心里我是不想做按摩的，整天与男人们打交道，听不到一句像样的话。可时间一长，慢慢我就适应了，只要不触犯底线，有时候还和人家一起打起了嘻哈。随着技艺的提高，找我按摩的人越来越多，我也越来越喜欢这个行当了。尤其是那些老年人，当我和他们在一起时，就想起了我爸，甚至替他们洗身子，尽量服务得周到些。你说我这样做算不算出格，算不算出卖灵魂？走到这一步，我真的是没办法呀我。

黑方接过话茬，说命运不是能选择的，也不是可以抓阄的。虽然可以抗争，但连抗争的能力都没有了怎么抗？这不能全怪你。换了别人我不敢保证，换了我我肯定和你一样。

白方慢慢平静下来。白方平静后慢慢靠在了黑方的肩膀上……

七

黑方是个喜欢动情的人，表面上油腔滑调，荒诞不经，遇事免不了讲蛮赌狠，骨子里却十分脆弱，见不得女人流泪，见不得逞强霸道、欺老凌弱，更见不得有人比他可怜。每每回到乡下，碰到那些家境不好的孩子和老人们，他就张狗子五块，李大爹十元，硬说是让他们去买几颗糖果或是包把烟，大方潇洒，恨不得将荷包来个底朝天。每次工资一发，他不是邀人打牌喝酒，就是去歌厅 K 歌，还非要自己做东，不把荷包玩空就决不罢休。这中间除了炫耀的成分，更多的还是他乐善好施的秉性使然。有一次黑方替朱梅去街上买菜，见一女子的包被抢，便奋不顾身冲了上去，一拳就将抢包者打得鼻青脸肿。谁知那是人家唱二人转合伙设的局，他没有成为救美英雄，却成了抢包的贼子，差点二进宫去了拘留所。

还是朱梅出面，付了人家一千多元的医药费，才将事情摆平。事后朱梅骂他狗屁、蠢猪。黑方笑笑，说不就是狗屁吗？这屁一放就完了，你这气也该消了吧！朱梅反被弄得哭笑不得。

打自知道了白方的身世，黑方就暗自发狠，只要能帮就帮帮白方，哪怕是图个嘴巴子快活，所以有事没事，他就去找白方。每天晚上，酒店打烊，他都会到白方那里去。白方有空，他就和白方还有白方的姐妹们一起打几圈麻将，牌桌上不是打了赖子，就是圆和打成瘪和，瘪和再打成夜壶，直到将自己身上输得一干二净。姐妹们于是就给他起了个“书记”的绰号。白方也一口一个书记，叫得眉开眼笑。黑方呢，即使输了钱那心里总是甜甜蜜蜜的。

其实，别看黑方像个马大哈，但他的麻将技术绝对一流。他在白方面前装麻，是怕白方看出了破绽，每回输光了钱就笑说我是谁，我是书记呀！这三母一公荷包掏空，我不当书记谁当？白方就越发的高兴，黑方也越发的甜蜜。

知道黑方是麻将高手，也是在白方来了月事休月假的时候。那天，黑方刚好三个月学徒期满，朱梅说放他几天假，让他休假后去拐子口农庄上灶掌勺。上午十点不到，黑方买了金钱橘还有开心果，然后来约白方，说带她去一个地方玩玩牌开回眼界，白方自然乐意。上桌的牌友都是黑方的铁杆子，见黑方带着个十分养眼的小娇娇，个个都好奇，抢着说什么时候让哥几个也开开眼界。黑方就说这不成问题，前提是你们都得放回血，不放血一切就免谈。

说说笑笑中一圈牌很快就完了。结果黑方自摸三盘，另一盘是下家放铳上家和牌，与黑方无关。结果黑方干进一千多。黑方拿出三百递给白方。白方犯着糊涂，黑方解释说这是给你提的务子（提成），今天手气好全是沾了你的光。还呵呵地说，只要他摸一盘就给白方提一百。黑方一表态，其他人也跟鸡子上笼，纷纷发话，说这乌龟已爬在前面，兔子再睡懒觉无颜见江东父老，另有其中一人发飙要提两百。如此一来二去，结果最大的赢家成了白方，待到日落西山，除黑方外，其他三人全成了输家。本来赢了牌是要请吃饭的，那个发飙提两百的临时接了电话，说家里有事不能奉陪。其他二人也跟着起哄要走，还说饭费就当哥仨的见面礼留给白方做个念想。白方连连推辞，黑方却越俎代庖，拱手一揖替白方笑纳了。

两人随便要了几个菜。坐定后黑方问白方感觉怎么样？白方说可以呀，就是……就是什么？黑方替白方搛了只煎鸡蛋，盯着白方吃蛋的模样，说这都是我同学、哥们，读书时除了成绩比我好其他全是我下饭的菜，现在都做单位的头，个个肥得冒泡，这种钱不要你傻呀你！白方心想，做按摩不也是有钱人的腰包好掏吗？就转了话题说，真人不露相呢，没想到你还是麻坛高手。黑方就憨笑笑，说我那臭水平你又不是没见过，就一如假不包换的书记，人家是看在我无业游民的份上，有意让我咧。不过，我倒是听人上过一堂麻将课。

上麻将课？白方一下子来了兴趣，说好呀好呀，你也当回老师，给我上上课吧。她哪知这是黑方现编现造的。黑方是觉得，他和白方打了许多回麻将，那水平才叫个臭！他想教白方几招，免得白方辛辛苦苦赚来的钱又白白改了姓。看到白方兴致勃勃，就装说我这课也是要放血的哟，按劳计酬，每小时八十块不高吧？白方说不高不高，还没说完就忙着去掏钱。黑方趁机按住白方的手，说你还真是个急性子。这样吧，课呢我就先上，钱嘛等你赢了别人再给，赢不了就当我这老师是水货，全免。依你，白方边说边笑，一激动就下意识在黑方胳肢窝里挠了个痒痒。黑方也趁势在白方脸上狠狠地亲了一嘴。白方略带羞赧，摸摸粉脸说，这便宜也让你占了，接下来该教教我绝招了吧。

黑方故弄玄虚，清清嗓子，说你可得听好了，这是绝世秘籍，师傅不教二遍。白方莞尔一笑，教吧，徒儿洗耳恭听，绝不外传。

打麻将首先要的是心态。心态是万事之本，做什么事都要有个好的心态。上桌就想赢，其结果大都事与愿违。要提得起放得下。赢了趾高气扬，嘚瑟得冒泡，这就失了分寸，成了众人攻击的目标……

两人正在兴头上，突然有个满脸污垢的大爷拱着门帘慢慢钻了进来。大爷右手端着一只木碗，木碗里全是些小额纸币硬币，右臂膀只有半截，嘴里嗯嗯啊啊的不知说着什么，一看便知是个要饭的哑巴。白方一见之下便生恻隐之心，二话没说就掏出张绿克蚂（五十元人民币），正准备放进木碗时却被黑方拦住了。黑方说，你自己屁股正流血呢，还跟别人医痔疮？白方想了想，说我屁股流血怎么了，不会要命吧？你看看人家，不是比我更可怜吗！

哑巴用木碗接过钱，感激地作了两个揖，面带笑容又从门帘里拱了出去。

望着哑巴的背影，白方的眼泪差点就流了出来。

其实，这是黑方在试探白方。通过这件事，黑方对白方有了更深的了解。

八

这天，朱梅的同学郑千过生日，男男女女一共来了十好几人，这十几号人除了同学，还有少数几个家属。家属全是女同学带的，男同学不让带。这是朱梅同学中走得最近的几个，十多年来，他们每逢谁的生日就由谁做东，原班人马一个都不准空缺，聚到一起喝个酒，打个牌，吃盘生日蛋糕。这样做虽没下发文件，却已被默认成常态。只是以往都在晚上，这次郑千公司有事就挪到了中午。郑千今天带了茅台酒和白盒子装的极品黄鹤楼，菜是他让朱梅提前预订的水库野脚鱼，再加上农庄自产的全绿色食材，档次不是一般般。有同学就开玩笑说，太张扬了吧？郑总这规格我们可是开着宝马也没法比。这位同学接着建议，打今儿起，往后过生日无论富贵贫贱，干脆搞 AA 制，参与者三一三余一，按人头助份子，免得张三高了李四低了弄成尴尬。其他同学也一拍即合，没一个不赞成的。大伙话音刚落，朱梅站了起来。朱梅说，我也表个态，今天中午大伙平摊，郑千下午要走，可大伙不能走。晚上继续，我来做东。朱梅读书时就当班长，说话向来有分量，可今天例了外，话没说完就有人投了反对票，连说不行不行，约好了 AA 制，这规矩还没起头就掰歪了，往后怎么弄？接着又有人附和，说不走可以，吃饭嘛还是 AA 制。朱梅看看阵势说，这些年大伙一直瞧得起我，生日总是在我这过，说不赚钱那是假话。就当我把赚的钱拿出来招待大伙，这羊毛出在羊身上还不行吗？郑千接过话茬，说到底是班长，说话做事都叫人服。这个主我替大伙做了，晚上班长请客，我那边推不掉那是没办法，推得掉不过来我就是南北（不是东西）！

中午的酒闹得的确可以。黑方的手艺本来平常得不能再平常，可大伙都说是色香味俱全，尤其是野脚鱼火锅，炖得是那个香呀，不喝酒都醉。朱梅就趁机推销黑方，让黑方来给同学们敬酒。黑方见是茅台，端了杯子不放，还说您郎们都是长辈，我晚辈先自罚三杯。黑方说罚就罚，立竿见影，三杯酒下肚后又从寿星郑千开始，顺了边一个一个挨着往下敬。这么一闹腾，本来够喝的茅台就不够了，郑千要回城去拿，朱梅示意郑千坐下，却嗔怪起黑方，说你是个人精，你还真当回事了，强将黑方推了出去。黑方心里虽不高兴，嘴里却一边笑一边哼着《酒干倘卖无》，心想，几杯茅台算个啥，看我怎么对磨你们！等朱梅端着一盘卤猪手，说是有点淡让黑方回个锅时，黑方就往盘里吐口涎，自话道，不是说淡吗？我这涎一加就咸了。

下午本该打牌的，可中午的酒喝得有些过，看看时间也到了三点多，就都不愿上桌，都说好久不见说说话吧。一干人便家长里短，房价菜价的打开了话匣子……

晚餐吃得并不复杂，开饭时间也比平常早了许多。到底还是没打牌，都说不如早点吃了回去。又说中午吃饱喝好了，肚子鼓鼓的还没腾出地方，喝酒也只是阉鸡公打水表了下情，连喉咙都没润顺畅，不到半小时就草草地收了场。

朱梅和她的同学都回城了，时间还只在六点，农庄一下子清静下来。黑方随即炒了几个菜，炖了鱼头火锅，差人吆回鱼池里猪圈里的工人，开始吃晚饭。黑方好酒，每天都要喝两口，每天都是别人吃好了席散了他还一人自斟自饮，慢慢品尝。他每每咽下一口酒，那脖颈上的豆角筋就会暴涨一次，还会“咕”的一声传出一种别样的下酒声，直到喝得脸色黑中泛红了方才作罢。为这事朱梅没少骂他，可朱梅照骂，黑方照喝。朱梅没办法了就还是那句真不上相的老话。今天虽有幺的同学没喝完的半瓶白云边，但他惦记着白方，时间还早，他要趁这个空当去会会白方，去和白方说上几句两人都开心的话。

黑方骑着摩托，油门一脚踩上去就没拿下来，不到十分钟便进了县城。

晚上八点多了，按摩中心还是寂寞无声。

这阵子风声比较紧，生意比平常稀松了好几倍。白方虽然名头在外，人气也没得说，但她接触的都是些有点身份的人，生意就明显地受了影响。整个下午，她只做了一桩生意，还是熟人电话约去康尔城做的，其他两个服务员一个请假回了老家，一个被朋友约去了，她是领班，走不脱身，就算脱得了身她也不愿回家。父亲和姐有人护着，想女儿了就到微信上去见，要多方便有多方便。她做按摩也是碗青春饭，上了年纪手脚再麻利技术再好顾客也会另眼相看。她得趁着年轻，能多赚点就多赚点。再说了，反正家里那个糟糕样，情况明摆着，只要有客人，钱多钱少她都会用心去做。

白方一个人，有一搭没一搭的，边看电视边等生意。看着看着，突然打窗外传了一些异样的声音，心想，又是那对白鸽吧，就站起身，悄悄来到窗下，果真是它们。两只白鸽匍匐在雨罩下的空调压缩机上，静谧、安详，幸福得让人眼红。前天晚上，也是这个时候，也是这样的情景。白鸽今天什么时候来的？也许它们早把这里当成家了吧，要是自己也是一只白鸽，猫在家里，该多好！不知怎的，白方想起了黑方，要是黑方不去拐子口，这会八成就和自己坐在这里了。

白方正想着，楼梯突然噔噔噔被踩得好似发了地震。这是黑方的专利，酒店里只要听到这种声音，不用猜就知道是黑方来了。白方赶紧站起身，见黑方闯了进来，忙上前拉了黑方的手。黑方也趁势和白方来了个全方位的拥抱。待进屋坐下，白方说今天怎么突然来了？今天收工早，闲着没事想你呗！黑方边说边瞅瞅四下，静静的连个影子都没有，往日里那叽叽喳喳的姐妹也不见了，接着说，这是哪样了，没生意？白方神秘一笑，说你来了不就有生意了？黑方也笑笑，反问说你看我像做生意的人吗？就你小气！白方主动将头靠上去，捧着黑方的手说，什么时候也大方一回，来这儿……我这不来了吗？你人是来了，可心没来。你呀，正好说反啦，我人没来，心呢天天都在这。那你为什么……哦，知道了，你是瞧我不起，只是怜悯我。白方慢慢松开了手，头也从黑方的肩膀上拿了下来。

白方的心思黑方哪有不知道的？他也想呀，可……自打与白方结交，越是有了深的了解，就越是不敢往深处发展。真有了那一天，让白方知道了自己是个只能种地不能收获的废男人，他怎么面对？那是男人最大的耻辱呀！还有，自从和老婆离婚，男女间的事就只有想象了，眼下面对的是白方，一个和他有着同样遭遇、内心极坚强、心地又极善良的女子，他担心刚拉开序幕，戏还没开始就哑了锣息了鼓。最要命的是，每每想和白方在一起的时候，这种担心就会愈加强烈，就愈怕失败。难道这就是人们说的心理障碍？他只好下定决心，宁可不想也不愿去冒那个险丢那个人！

面对白方绝望的眼神，黑方好无奈，好迷茫。这样的情景要多尴尬有多尴尬，早知是这种结局，他就不该来。

黑方心事重重地站起身，说是农庄有事得回去。白方知道黑方是瞎编，也来了犟劲，强拉着黑方死活不让，实在没办法了就说，你是怕沾了我身上的晦气对吧？这生意不要你做还不成？黑方见白方无助的模样，心想，我这是怎么了？没来的时候猴急猴急的要来，来了没把人家弄高兴又要走，我来干吗？这样一想，就接了白方话茬，笑说我是想沾香气呢，今天这生意不做我还真不走了。

当真？白方开心一笑，说你这人呀，今天走了下辈子都不理你。

可黑方最终还是走了……

九

再过两天就是鬼老头生日。平时不回家，鬼老头过生日，黑方就算忙得开不了交也一定是要回的。

黑方给朱梅打电话，说幺你派个师傅过来顶班吧，鬼老头后天就七十三了。七十三八十四，阎王不请自己克（去）。是死是活我得回去看看呀。电话里传过话来，说你个死鬼真不上相，有这样咒你老爸的吗？黑方心想，还说我呢，就顺了朱梅的话说，你个死幺真不上相，有这样咒你侄儿的吗？电话里又传过话来，说不上相真不上相。朱梅接着话锋一转，要黑方在农庄里等着，到时候和他一起回乡下看鬼老头。黑方就说这还差不多。

时间眨眼就过。两天后的今天却奇了怪了的热闹，因为是周末，天气又特好，八点不到，这钓鱼的打牌的已来了十好几辆车。黑方一看情况不对就提前给朱梅打了电话，让顶班的人赶紧过来。朱梅拿着手机，一边说好，一边差人把酒店里的事全安排妥帖，九点刚过便亲自开车带着顶班师傅过来了。紧张忙碌到下午四点，钓鱼的一拨人开拔后，剩下打牌的就没那么慌了。

料理好晚上的桌席，又顺手装了些熟食，朱梅给黑方说，没事了，走吧。

黑方随朱梅上了宝马五系。他见车内放有两瓶白云边一条黄鹤楼，故意打个冷惊，说坏了，我这一忙活，连鬼老头的接义（礼物）都没买。朱梅明知黑方是装癫卖傻，说真是个狡猾鬼。等启动车后又接着说，对女人恨不得把心肝都给人家，对自己老爸却小气得不像个男人。黑方板脸还嘴，说幺你千万别瞎说，女人嘛——侄儿除了对你掏心掏肝，别的我可是从来没掏过哟。你当幺是瞎子？朱梅抿嘴一笑，你打牌请客，放了多少水给白方，幺比你都清楚。黑方贼眼滴溜溜转几转，说白方打的小报告？朱梅说，谁打的小报告你就别管了，幺只问你，你喜不喜欢白方？一向油腔滑调的黑方却吞吞吐吐起来，他没料到朱梅会突然来这么一问。扪心自问，说不喜欢那是假的，说喜欢又怕朱梅骂他不上相，怎么喜欢上这么个做按摩的女人。哽半天才试探着说，喜欢哪样不喜欢又哪样？朱梅说，喜欢我就辞了她，不喜欢呢就将她留下来。别别别，黑方一听这话比兔子还急，急忙说幺你千万别做缺德事，千万千万千千万万。你别看白方是个按摩捶背的，可你不知道人家有多可怜多善良，你还是积点德将她留下吧，侄儿我求你了。可我看你们平时嘻嘻哈哈的，原来你还真不喜欢人家呀！朱梅诡异地笑笑。黑方给弄糊涂了，摇摇头说，幺我今天怎么看不懂你了，你这颠过来倒过去的，究竟想说什么呀你。朱梅就又开心一笑。这一笑差点笑错了大拐（出了大事），朱梅一开心，人整个地就一促，脚下也不由自主地跟着猛踩了一下油门。可就在这一瞬间，宝马差点和疾驶而来的奥迪亲热上。有惊无险后，朱梅说幺就不逗你了，白方的家境为人幺比你都清楚，你呢，年轻还可混几年，老了，没个伴就不好混了。这人嘛总不能打一辈子光棍吧，如果真喜欢人家，你不好开口幺去开……黑方又急了，忙打断朱梅的话，说幺你就别浪费脑细胞了好不好？你照没照过镜子，脸上的皱纹比猩猩都多。这谈恋爱可不是别人能帮的，要别人掺和叫什么恋爱？那叫三者插脚！朱梅说，好好好，我三者，我不插脚我插手可以吧？谁让我是你幺，是幺就得管！这样吧，按摩中心很难撑下去了，农庄的生意也不景气，如果你真喜欢白方，能和白方走到一起，我就给你们出点水，让你们去做做别的生意。你给个爽快，我想今天就跟鬼老头商量一下。黑方说，拉倒吧你，你一大女人，出血还差不多，哪来水出？朱梅说有水没水都不用你管，你已经把人家夫妻了，喜欢得喜欢，不喜欢也得喜欢……

黑方心里一紧，原来，那个说白方想最后见他一面的短信还真是幺假传圣旨，做了手脚。

回到老家已打起了夜影。黄昏里的皂角树显得尤其孤单，那上面的鸦鹊子窝也有些模糊。

鬼老头正在做晚饭，一看黑方回来了，就说狗日的还记得老子。见后面还跟着朱梅，又笑笑说幺你也来了。朱梅接着说今天是你生日呀，我和黑方回来看看你。鬼老头说，看就看，来个人够了，哪还用拎菜，这不见外吗！黑方接过话茬，说你以为是给你拎的？我和朱总回来，总不能打饿肚吧。三人边说边进了屋。紧接着，鬼老头添火，黑方理菜，朱梅掌勺，三人又一起动上了手。鬼老头本想要朱梅一边坐着的，可朱梅不，说是酒店有事，还要趁紧赶回去。其实呢，朱梅心里是想让鬼老头歇会儿，自己亲手做几道菜，给鬼老头好好过回生日，可又不好直说，这才有意找了借口。

饭吃得很简单。一上来黑方就端起酒杯，说鬼老头你一人守着家，儿子却在外没日没夜的比神仙还快活。儿子对不住你，儿子祝你生日快乐，长生不老。鬼老头就说你都老了，老子能活成精？你要让老子长生不老下回就带个人回来。朱梅一听来了机会，她本来在车上给黑方表了态，说只给鬼老头过生日，别的什么都不提的，这会儿话都到了嘴边上，不说就浪费了。见黑方还是直嘿嘿，就站起来说，姐夫我也敬你一个，你就放心去长生不老，下回我一定让黑方带个……打住打住，黑方做个暂停的手势，幺你这不是把吐出的涎想舔回去吧，要讨好鬼老头，下回多拎两瓶酒。接着举起杯，说干，我们三人共同干一个。

轮到鬼老头回敬了。鬼老头一前一后，替朱梅和黑方倒了酒，端起酒杯先给朱梅说，来，姐夫回敬你一个，姐夫这辈子最对不住的就是你姐和你了。要是有下辈子，姐夫还做你姐夫。鬼老头说着说着就哽咽了。朱梅还没开口却被黑方抢了先。黑方说鬼老头你又来了，不是说好了不再提老妈的嘛！鬼老头这又点点头，说好好好，然后干了酒将杯子亮给朱梅看。朱梅正准备举杯时，黑方突然抢上来，说幺你忘了，这几天到处查酒驾，你是怕鬼老头寂寞想留下来陪鬼老头对吧？鬼老头将眼睛一横，说你怎么没个大小？在外面都混到牛屁眼里去了！朱梅还是那句老话，笑笑说，不上相真不上相。黑方二话没说，夺过朱梅的酒喝了个一干二净。接着就又主动去盛了饭。

临上车时，黑方突然变了卦，说酒喝多了要朱梅一人先回城。朱梅说你骗谁都骗不了幺，天天泡在酒缸里，这点酒能灌醉你那真成鸡子屙尿了。黑方嘿嘿一笑，说你不是想让我带个人回来嘛，我得和鬼老头商量啊。朱梅就说狡猾鬼，留下可以，误了明天的事看我怎么收拾你。

朱梅走了，黑方留了下来。但黑方没有和鬼老头商量带人的事。他将鬼老头请到堂屋里，扶着鬼老头正经八百地坐下，轻轻地给鬼老头捶起背来。鬼老头就又说，你在外面没白混，晓得服侍人了。黑方诡诡一笑，接着问鬼老头腰疼好些了没。赶在往常，鬼老头一定会嘴硬得像青石板，疼得咬牙也会说不碍事。这会儿见黑方变得孝顺了，就说都几十年了，哪能像翻螃海（螃蟹）那么简单。黑方接着说，康尔城有家做按摩的，再疼的腰都能按好。鬼老头眼睛一愣，说康尔城？是呀，黑方问，没听说过？鬼老头说，谁不知道，那是个藏妖精的地方。你让我去按腰，还信了你的邪了！黑方就故意说，按个腰哪样了？好多人按呢！鬼老头急忙站起身，就差跳起来说，我可得警告你啊，你千万别让我做出对不住你妈的事来。

黑方这次回来，给鬼老头过生日那是借口，主要的还是想跟鬼老头说说治腰的事。白方那天的一席话，言者无意，听者有心。自从他妈走后，起先是他和鬼老头父子俩过日子，后来他也出去了，家里地里全是鬼老头撑着，好好的一副身板也弄得没有了模样，若真和白方好，要和白方过日子了，人家一进门看到的情景和自己家里的差不多，那心就会凉了半截。没和白方来事前不觉得，既然和白方有了事就要对得住白方，让白方感觉到没白和他交往。可他嘴硬，又不好当着朱梅的面直说，这才设法支走朱梅，自己留了下来。

鬼老头你听我说，黑方将鬼老头按着坐下，给鬼老头递支烟，吧嗒一下送上火，接着说，我妈呢也走了几十年了，妈那把骨头屑子早就化成了烂泥，连魂都没了，对得住对不住能让我妈活过来？你老想着要对得住妈，可我呢，我得对得住你呀，我活人都没对住去对住死人那就是白对了。还有，你千万别听人家瞎鼓噪，谁说康尔城有妖精了？这康呢是健康的康，尔是你的意思，加起来就是让你健康。按摩主要是按腰椎，按臂膀，治病。你不是让我带个人回来吗？你不把腰按好，人家一见你这秧条条的病鸭子，不拍屁股走人我就不是你儿子！

鬼老头深深吸口烟，又长长地吐出来，说只要你能带个人回来，你老子我就依你这一回……

十

第二天一大早，黑方就给朱梅打电话，说是昨天顶班的大师傅还得接着顶。朱梅说这又哪样了？黑方说哪不哪样你先别急着问，就半天。如果你知道了我今天做的事，你一定会认为我是世界上最最了不得的儿子！没等朱梅回话，黑方就摁了手机。

黑方领着鬼老头搭上了来县城的客车，下车后就打的进了康尔城，来到了巧巧按摩店。

黑方到康尔城按摩过好多回，但从没来过巧巧店。前几天他偶尔从幺的同学口中得知，巧巧店来了个姓夏的小姐，年轻漂亮不说，那手法那力度别的小姐简直没法比！这不，带着鬼老头就径直过来了，还向老板娘点名要了夏小姐。老板娘有些犹豫，说我们这儿服务都是一流的，有病能把病按好，没病能把人按舒服。要挑夏小姐可以，只是这费用……黑方心想，也不在乎这俩钱，要按就把鬼老头按到位。他一边问价，一边付钱，还强调说只要这位老先生满意，多少钱他都给。交代完老板娘，黑方又转身交代鬼老头，要鬼老头放心让人家按，他办完事再来接鬼老头去拐子口吃午饭。

鬼老头的事终于安置好了。黑方紧接着就往红枫酒店赶，他要去告诉白方，要与白方结婚，与白方一道，共同承担那家庭重荷。他虽然只能开花不能结果，但有了白方就有了川川，白方成了他老婆川川自然就成了他女儿，他白白捡回个女儿这账怎么算都不亏。他想象着川川一定和白方一样，天真可爱、美丽漂亮。他甚至还想象着，只要有他在，他就绝不会让川川重走白方做服务行当的老路，他要让川川好好读书，上国内最好的大学读最顶尖的专业……

按摩中心的门关着。黑方就去问了朱梅，并告诉朱梅，他要与白方结婚。朱梅故作镇静，说昨天还黄鳝死了嘴壳子硬，才一夜的工夫就忍不住要跳墙？黑方说这事还真是怪得很，没在一起呢一切都无所谓，在一起了就不一样了，巴不得……朱梅扑哧一笑，打断黑方说，幺今天就是知道却偏不告诉你，也让你硬生生憋屈一回。

能狡善辩的黑方没话说了，只好掏出黄鹤楼，边抽边等。可一支烟抽完仍没动静，就不由自主地又去掏烟，不料掏到了手机。心想，我这是怎么了我，现成的手机不打，却抱着金砖装叫花子，蠢猪！接着就给了自己一耳刮子，又接着摁了白方的手机。白方回话说酒店这边没事做，她临时去了康尔城，要不了多长时间就会赶过来。

半小时不到，白方回来了。黑方迫不及待地迎上去，劈头就说我们结婚吧，结了婚就什么都好办了。

这句话终于从黑方嘴里说了出来。白方等了一年多，松了口气；黑方憋了一年多，也松了口气。白方是想，自己虽与黑方命运相似，一见就有种相识已久的感觉，却因家庭之故，无言以对，只能默默。黑方呢？即便对白方千般爱怜，可有难言之隐，无可奈何，也只能默默。好在他们中间有个朱梅，朱梅左右权衡，两边撮合，最终捅破了隔在黑方与白方之间的那层窗纸，让他们先从心底认可了对方。但作为一个女人，白方不愿让自己喜欢的人还没结婚就背上一个叫人瞧不起的包袱。男人自己都喜欢按摩，但真正让他去与一个以按摩为职业的女人厮守终生怎么说也是不大情愿的。她欲爱不能，默默承受着心灵的煎熬。既然对方将话说了出来，她也就不能遮遮掩掩，她必须告诉对方她的一些想法与担忧，特别是有了第一次婚变的经历。这是一种互相的信赖，也是一种理性的约定。白方于是说，你以为我没想过结婚吗？可我家庭负担太重，每天又都混在男人堆里，与男人的肌肤打交道，每每想起，连自己都厌恶，又怎好去攀你让你也厌恶呢？

你呀！黑方终于明白了白方的心思，刚刚松了口气的心又沉了下来，接过白方的话说，与男人打交道怎么了？医生还与病人，殡仪馆还与死人打交道呢！我不嫌弃，我喜欢，我愿意！这还不够？而我呢？相比之下，与你都差了一大截。你处处为别人着想，没有丝毫隐瞒，心地坦荡得像一面镜子。可我直到今天，都不愿将心里的秘密告诉你，还大言不惭，还想和你结婚。我早就不是男人，我无赖一个，我猪狗不如！黑方竟边说边掴起了嘴巴。

白方急忙捉住黑方的双手，说你不是让我别折磨自己吗？其实，你的事幺全告诉我了，那怎么能怪你呢？你曾经说过，人的投生不能选择，同样的，有些事也不能选择。如果……不可能不可能。黑方打断白方的话，说幺怎么知道我的事？我的事幺是不会知道的。既然幺把我的事全告诉了你，那她还赶你走？白方就告诉黑方说，幺不单赶了我，她还赶你呢。幺说只要你同意，她就帮我俩开个超市，或者让我们去南方她同学的公司上班。真的？黑方喜出望外，说这下好了，下次回家我就有人带了。黑方说完这话突然记起了一件事，心想，眼下光顾了自己，怎么就把鬼老头给忘了呢？这又给白方扯了个善意的谎，忙着往康尔城赶了过去。

来到巧巧店，哪还有鬼老头的影子！

老板娘眯着眼，说是老先生被按得哼哼唧唧的，满意得一脸红光，走路时腰都直起来了。说完又拉着黑方，要黑方也捶个背再走……

十一

黑方说话算话，第二天傍晚，就带着白方回家见了鬼老头。

通报黑方要带人回家，是朱梅打的电话，朱梅在电话里把一切都跟鬼老头说了。鬼老头接到电话后，比当初听说妇联主任要将女儿许配给自己还高兴！心想，这小子鬼混堂朝大半辈子，突然知道要有个依托了。

黑方携着白方，拎着朱梅备的烟酒回来了。进得湾口，逢人就递上一支软装大中华，还主动介绍说白方是他女朋友，他们过两天就要结婚了。待到了自家门前，又指了皂角树和皂角树上的鸦鹊子窝，恨恨地说，就这破树，就这破窝，让我一辈子也撑不起头，过得人不人鬼不鬼的。白方只是笑，笑完了说你这叫庸人自扰，自己不小心，还怨天尤人。

鬼老头的门关着。在敲门的一瞬间，黑方心里好不得意，暗忖道，鬼老头呀鬼老头，这回你该满意了吧，儿子不仅带了个人回来，还是个百里挑一，比妈还漂亮的，看你还有什么话可说。不料门一开，鬼老头见了跟在黑方屁股后的人，吃了一惊，这不是前天在康尔城给自己做按摩的女子吗？可转而一想，不可能不可能，怎么可能呢？就算黑方不上相，难道他幺也喝了迷魂汤？揉揉眼睛，又看，还是那女子！就只将头摇摇，脸也慢慢阴了下来。黑方以为是鬼老头不相信自己的儿子能带回个如花似玉的小美人，忙上前拉住鬼老头的手，说儿子给你把人带回来了，没吓着你吧？她叫白方，白白净净的白大大方方的方，又美丽又善良。接着又拉了白方的手，说这就是我常给你说的鬼老头，打今日起我们就是一家子了。来，这一家人先搞个大团结，握个手拥个抱吧。黑方话音刚落，白方就将手伸了上来，说老人家真是您吗？是、是……你是……鬼老头有些措手不及，舌头也不听使唤了。白方今天真的比哪一次都大方，忙上前一步拉住鬼老头的手，说您不认识我了？前天给您做按摩的就是我呀，怎么这么巧！接着又问鬼老头的腰好点没有。黑方被弄糊涂了，先是挠挠头，接着说好呀，难怪前天你在康尔城，原来是瞒着幺在外面捞外快。看我不去朱总那里告你的刁状。白方就想起了第一次与黑方见面时的情景，也不示弱，说告就告呗！指不定被开除的不是我反是你哟。再说了，这肥水不流外人田，幺知道我替老人家做按摩，高兴还来不及呢！说完还将黑方的耳朵拧了一把。

见俩年轻人开心的样子，鬼老头心里五味杂陈。他知道黑方是个一根筋，认定了的事几头牯牛也拽不回。事已至此，他不认也只能认了。自己来这世上走了一圈，该走的点都走过，眼看着就要回到起点面前，一切都得从头再来，日后就是年轻人的天下了。想到这，鬼老头强装着转了笑，说别光顾了说话，都一家子了赶紧进屋吧。

三人刚进屋，白方就反客为主，竟连称呼也改了，说爹您坐吧，让我再给您按按肩背。黑方也忙着替鬼老头倒了茶。鬼老头心里虽有些别扭，却也没推迟，一切都顺着挨着，能接受的就都接受了。

第二天天没亮，两人便早早地起了床，一起给鬼老头做了荷包蛋。过完早黑方便嚷嚷着要走，说鬼老头，人我带回来了，你就开心地去活。等拿了撇撇（结婚证），再接你去拐子口喝喜酒。你不喜欢喝酒吗，到了那天，儿子一定陪你喝个半死！白方呢，千叮咛万嘱咐，要鬼老头隔天就去趟红枫酒店，只要个把月，她保证将鬼老头的腰椎按得跟正常人没两样。

临上路时，鬼老头拿出个旧布包，说里头是你妈的手镯子，加上桂家祖上留下的几十块袁大头。幺一五一十，把事都告诉了我，你们要听幺的，拿去当了做个本，好好做点别的生意。我这把老骨头，你们就别把心操太多，只要你们活得好，我也一定好好活着。我呢——好好地活着，你们在外面也少了份心操……

鬼老头不说就不说，一说就颠过来倒过去，像有说不完的话。

太阳出来了，精光四射。皂角树上的鸦鹊子今儿个也特别高兴，蹦上蹦下，迎着这一家子叫得尾巴翘翘的……

回县城的客车上，白方抱着黑方的臂膀，什么都不说。黑方将下巴搁在白方的额头上，也什么都不说。两人只沉浸在无比的向往与幸福中。

人　狼

一

狼来了。

狼真的来了！

二

驼背老汉蹲在村头的老榆树下，拿了烟杆慢慢吸。北风刮着，他那满头的灰发就一根一根直竖了起来。

欢欢伏在驼背老汉身边，鲜红的舌头吊得长长的。

驼背老汉死也不信，几十年前就逃得毛都没见着一根的狼，怎么说来就来了呢？

“不可能，山崩了也不可能！”驼背老汉摇摇头，自言自语地说。可是，大前天，贱斗家里的一头猪明明就不见了，明明就有人放早牛时，在老屋基子里看见了一只猪头，猪头旁边满地摊着的猪下水，还冒热气哩！不是那畜生，别的野物能做出这样缺德的事来?

驼背老汉身也不起，用力地转过头往榆树上磕掉烟屎，装上一锅新烟，拿那龟头般的拇指往里按按，然后着上火，又是慢慢地吸。那思绪就随了烟雾直往远处飘……

办合作社互助组那阵子，正碰上闹山荒。狼们据说是山里寻不着吃的了，就成群成群往山门外赶。恰恰他们的村子正处在这山门口，自然就成了狼们寻找吃食的第一站。这些狼不分青红皂白，什么鸡呀鸭呀羊呀猪的，见了面就往上扑。驼背老汉当过几年兵，这会儿又担着互助组组长。在他的带领下，人与狼展开了一场甚至可以说是殊死的搏斗！因为一匹红毛狼把贱斗的幺爷叼了去。(那时候当然没有贱斗，贱斗的幺爷也不过两三岁。)狼再狡猾到底还是逃不过猎人的手心，几天下来，他们已打死了十好几匹狼。不料却激起了狼的仇恨。那天，太阳还没回山，看守山口的老王就敲着锣喊开了:“不得了呀，狼来了呀。几十匹狼排着队大摇大摆地来了呀!”这一声吆喝非同往常，人们赶紧放下活计，有的拿着铁叉，有的握着歪把子，有的持着政府专门下发的猎枪，在驼背老汉的指挥下，迎着狼群冲了上来。然而，这次的狼群却有些怪异，尽管它们的伙伴倒下了十好几匹，却不理不睬，阵脚不乱；尽管人们追得猎猎生风，仍然不慌不忙，不紧不慢。总是与追赶的人们保持着可望又可及的距离。这样的，直到夜色降临，这畜生才加快了逃离的步伐，几个大蹿便消失在漆黑的天幕下……

那时候，包括驼背老汉在内，人们并没有多少与狼周旋的经验，也就没将狼的诸多可疑行径往心里去。只道今天是与狼相斗以来最最得意的一天，也是收获最大的一天。归家的途中，他们谈论着如何剥了狼皮，再炖了狼肉美美地吃。万没料到，家里竟发生了令驼背老汉惨不忍睹的一幕！

其实，驼背老汉的心里确曾预感到了什么。他单家独处，小的时候父母便撒手西去，结婚十好几年没有娃生，三十多岁才得送子观音的怜悯。家里仅有女人和不满两岁的儿子水官。打从闹山荒以来，他不止一次地吩咐女人："好生看着水官。没事就关好门，在屋里待着。"可今天，这眼皮老是跳呀跳的，总像是有什么可怕的事情要发生。但又回过头想想，女人也吩咐了，门肯定上了闩。不会有事的，决不会！他还是随了大伙，将打死的狼拢了堆，安置好一切才往家里赶。

远远地，驼背老汉就看见了一个黑洞。他以为是着了迷，撒泡尿（乡下传说夜间撒尿可以驱鬼避邪），揉揉眼睛，再细看。敢情那黑洞真个儿不是洞，是自家的门！这么晚了，门咋就没关上？他的心开始狂跳起来。一眨眼，打黑洞里射出两道可怕的绿光。他不由自主地取下猎枪，哗啦一下就上了膛。可是又一眨眼，黑洞里什么都没有了。黑洞还是黑洞。他仍然端着枪一步一步、诚惶诚恐地朝那黑洞里走。

夜静得怕人。黑洞里像藏着一颗炸弹，冷不丁就会爆炸！

进得门来，驼背老汉轻轻唤几声女人的名字，没人应。又"水官、水官"地唤几声，仍没人应。他不知道发生了什么，急忙进厨屋燃了灯。在昏昏的灯光中，他看见了女人，继而也看见了儿子。

女人仰睡在堂屋一角。儿子则倒在堂屋正中。儿子的肚皮已被揭去，衣服被撕得精光，那小肚肚就成了一个血肉模糊的肉坑坑。从肉坑里牵出一条带子。带子拐道弯，又牵到女人的脖颈上！

驼背老汉蒙了！他本能地举起了猎枪。夜空里就有了一声枪响。这枪声划破了夜的宁静，也将恐怖和悲哀传给了正待入睡的邻人。人们还没来得及赶到驼背老汉家里。驼背老汉试试女人的鼻息，估摸着女人肯定是给什么可怕的东西吓得昏了，就扳着女人的肩头，苦苦唤着女人的名字，悲痛地问："咋了？这是咋了？咋会是这样子的？"可任凭他千呼万唤，任凭他悲悲切切，女人就是不张口。再看看女人的眼睛，那眼睛翻着白，直勾勾的一动也不动。驼背老汉就甩手给了女人一巴掌。这一巴掌八成是扇在了女人的神经上。女人的面部先是抽搐了几下，接着便莫名其妙地喊道："狼！你是狼！好大好大的狼噢！"女人一旦开口叫喊，便狼呀狼的一直没停过。在这种可怕的叫喊中，人们相继来到了驼背老汉的家里。

看到眼前的情景，有个随同来的女人也吓得昏了过去。

驼背老汉再没有理女人（女人有别的几个胆大的女人招呼），他敞开衣襟将儿子水官紧紧搂着，一屁股坐在屋中央，哽咽得几乎喘不过气来。

第二天，人们没去剥狼皮，也没有把狼肉炖了美美地吃。而是遂了驼背老汉的心愿，将那十几匹狼做了水官的殉葬品。

水官的墓选在据说是风水宝地的小河边。小河依山而流，两边的林子郁郁葱葱。

水官不叫水官。水官生下来就染了咳嗽，总是干咳得厉害。找医生看又不见好转，于是就找了阴阳先生。阴阳先生说这娃命里缺水，才改唤了水官。这回，他是真正地做水官去了。

女人再没好转，时不时就“狼呀狼”地怪叫。再不就是悲痛欲绝、撕心扯肺地唤着儿子水官的名字。有时候，睡在床上好好的，却会冷不丁爬起来，梦语般地说道：“我是闩了门的。可那狼、那狼……”接着又咽了要说的话，捂着被子呼呼地睡过去。驼背老汉也总在想，我吩咐了女人的，那门还上了闩，狼怎的就进了屋呢？道道没想出，却想出了一脸的泪。这样又过了几天，女人突然拉着驼背老汉的手：“你不老在想狼是咋样进屋的，不是？我只说给你听。这是天机，不可告旁人。”驼背老汉点点头。女人就接着往下说：“那天，你们都追狼群去了，我就关了门。正忙着给水官搅糊吃，却听得门被敲得咚咚响。我心里本就慌。就想，正好来个伴儿。不料敲门的却是狼！那畜生呀，又高又大，毛色红得放光，它见门一开就挤进屋来。我怕它害了水官，忙将水官揽在怀里，狼就来和我抢水官。哪知这狼比人的劲还大。狼抢过水官却不急着撕咬，它把水官放一旁，反过来用前腿把我搂得紧紧的，还伸出舌来舔我呢。你晓得，狼的舌头上是长了刺的。我心里一害怕就什么也不知道了。我把不该说的都说了。你要是怪我，我就追水官去，不伴你啦！水官，水官，我的儿哟，等着我。”女人虽是嘶声叫着，脸上却是木木的，也没有泪，就连一丝表情都看不出。驼背老汉就想，女人是心酸得过了头，还没醒透咧！净说胡话，哪有狼会敲门的？可这念头只在脑海里残存了闪电般的那么一会。待他前前后后细细想来，还真就落在了狼设下的圈套里！原来那狼群怎么打也打不散，总是想逃又不逃的样子，敢情是使了调虎离山的计谋！他第一次感到了狼的狡诈，也第一次品尝到了狼的可怕与狠毒！

第二天，女人悄悄地也是永远地离开了他。女人用一根麻绳搭起了她与儿子水官之间的桥梁。

经此变故，驼背老汉却出奇镇静。他想，这就是天意！他打死了不下二十匹狼，狼却咬死了他的儿子。狼咬死了他的儿子不叼走，故意将儿子的肠子牵到女人的脖颈上，又在不知不觉中用一根绳子牵走了自己的女人。这不是天意是什么？然而，当年血气方刚的他并没有因此而作罢，反倒激起了复仇的雄心壮志。他于是就辞了互助组组长，专司与狼较量！后来，在他手上丧生的狼不计其数。那匹红毛狼虽然狡诈无比，凶狠有余，最终还是撞在了他的枪口上。那场骇人听闻的山荒也因此而宣告结束。打那以后，这地方就没见过狼的踪迹了。

灭了狼群，驼背老汉再也无心世事，整天关在屋里，总是吁长叹短，总是泣不成声。再不就是望着超度女人的房梁愣神发呆。人们担心他也做下傻事去追赶女人和儿子，就集体出面给他紧挨着新任组长的家盖了一间房屋。好心人也不时劝他想开些，并张罗着为他续弦再娶。起初，他什么也不应。后来，终是依了大伙搬出了那间令他悲痛欲绝的老屋。但再娶之事他是死活没应。走上大集体后，队里便安排他看看牛喂喂猪什么的。日子就这样一天一天地挨了下来。

三

几十年前，贱斗的幺爷就被狼叼了去，虽然那场景贱斗没见过，但每每听人提及，就有种切肤之痛的感觉。如今，狼又叼走了他家唯一的一头架子猪，这就加倍激发了他对狼的憎恨。他决心像驼背老汉那样，自觉担起灭狼的重任来，决心为村里办一件人人都会称快的大好事。

贱斗首先想到了驼背老汉。

驼背老汉是远近闻名的活佛。也许是他在剿狼的过程中杀生太多，从中有所觉悟，几十年来，他再没起过杀戮的念头，连蚂蚁也没踩死过一只。他是从不喂猪的，因为猪壮了就要被宰杀。他喂过几只鸡，却宁可在不小心中让那狡猾的毛狗将鸡叼走，再不就是让鸡寿终正寝，老死鸡埘，也不愿操刀行凶。所以喂鸡，只是让鸡生几个蛋，再换几斤烟叶填填烟锅。驼背老汉还养了一只狗，他给狗取名欢欢。欢欢又乖巧又温驯，驼背老汉到哪它就跟到哪。驼背老汉极宠这只狗，常常是他吃什么，就让欢欢吃什么。曾经有人不止一次地看到，他和欢欢一个碗里吃饭哩！经过那次变故后，驼背老汉换了个人，不爱与人交往，也不多言语。但只要开口，说福说祸都是十分灵验的。时间一长，他便在人们心目中成了神。每每遇上难办之事，人们总要去问问他。他说成就成；他说不成，这事就得打马虎眼。再说，驼背老汉是当年的打狼英雄，贱斗要剿狼，不问他问谁？

贱斗将要问的事在心底重复得烂熟，这才很有把握地出门来找驼背老汉。他见驼背老汉还蹲在槐树下吸烟杆，又看见欢欢伏在那里，眼一花就差点将欢欢误作狼了。不禁自个笑笑，这才鬼头鬼脑地走上前来。

“驼爷，有个事想求教您老。”

驼背老汉仍然吸着烟，只是乜斜一眼贱斗，看样子并不想搭理。

贱斗知道驼背老汉的秉性，也不往心里去，接着说：“我家的猪，您也听说了。我想、想讨个撵狼的法子。”

驼背老汉像记起了什么，突然问：

“今儿几时了？”

“冬月初七”。贱斗有些不解。

“那成。”驼背老汉用大拇指碾灭燃得正旺的烟锅，很健壮地站起来，“够胆的，晚里驼爷就带你去转转。”说完，头也不回地进了屋。

放晚学的时候，贱斗扛了歪把子，真邀驼背老汉来了。驼背老汉拍拍歪把子，说：“带这杆子戳毛？怕那畜生的不去就是。”他给欢欢打个手势，好像是叫欢欢留在家里，然后噔噔地上了路。

贱斗就卸了歪把子紧跟在驼背老汉的身后。贱斗心里有些囫囵。

一路上，贱斗不停地问这问那。驼背老汉只是“嗯嗯”，并不真答。待来到一口堰塘旁，驼背老汉像是发现了什么，在靠山的一块岩子边打住脚，扒开水边的杂草：“你看看这是啥？”

贱斗看到了两只脚印。

贱斗说：“是狼脚印。”

“还怕你猜不对，”驼背老汉说，“你知道那畜生为何不打堰角里下来寻水喝？”没等贱斗开口，又接着说：“那畜生狡猾哩！它怕堰角里下了夹子或是埋有猪皮弹，就专门在你想不到的地方出没。你说说，它是好对付的？”

贱斗心里打了个寒战。他怕驼背老汉窥到了笑话，就接过话茬说：“这畜生是狡猾，但终究还是逃不出驼爷的手掌呀。听村里人讲，当年要不是您，那匹红毛狼还真就奈何不了它呢！”

驼背老汉满足地笑笑：“你是拐着弯儿往深里掏。好吧，村里这个把排的娃们，驼爷独看得上你，今儿就给你来段真格的。”

驼背老汉却不急着讲故事，他乜一眼歇在山尖上的太阳，自顾地说：

“先叫你去看个人。”

贱斗心里犯着嘀咕，仍是随了驼背老汉走，直走到山脚下的小河边。

太阳归窝去了。晚风呜呜地刮。林涛一阵一阵，让人直生出许多寒意来。

驼背老汉面对一个坟堆坐下，也不看贱斗一眼，也不管贱斗跟是没跟上，自顾地说：“你水官前辈就躺在里头。”然后掏出烟叶填满，着火，慢慢吸。

贱斗垫块石头，紧挨驼背老汉坐下，不解地问：“驼爷要看的人是水官前辈？”

“唉！”驼背老汉叹了口气，“驼爷好些年没来看你水官前辈了。驼爷老糊涂啦！今儿是你水官前辈的祭日，不是你说要打狼给个提醒，还真忘了咧！我这把骨头也老了，怕是看不得几回了。”说完，将烟杆放一边，掏出纸钱来，又默默地着了火。

“拿去吧。如今村子里都富了，你也该有个钱花。”话说得很随便，贱斗的心里却是酸酸的。

烧完纸钱，驼背老汉站起身，拿鼻子往空气里闻闻，又朝林子深处看几眼，自言自语地说：“嗯，是这味道，狗杂种们真个来了。”

“谁来了？”

“甭管。”

驼背老汉坐回原处，装说天气好冷，就让贱斗去拾些枯枝来，燃上一堆火。他就一边烤火一边给贱斗讲故事。

“水官前辈的事你早就听讲了。可你不知道，那杂种并没有离去。它藏在老屋基子后边的林子里，时不时发出几声嗥叫。它是在向我示威，也是在嘲笑我哩！”

“后来嘛——”贱斗见驼背老汉将话打住，试探着说，“我全知道了，您一气之下，端起猎枪，就叫那畜生的脑袋上开了朵花。”

“有这简单你还来巴结驼爷？”驼背老汉接着说，“那畜生本事大着哩！逃起来一蹦丈把高，一眨眼就逃出几里地远。遇上沟沟坎坎的，只一跃，过去了。你评评，一般人奈何得了它？”

“有这神？”贱斗好似不相信。

“神？神的还在后头咧！第三天晚上，我在屋山头搭了个草棚，草棚里拴头猪。我便持了猎枪候在厅屋的窗前。心想，只要那畜生贪心来叼猪，看爷不给它的脑袋上来个窟窿！可万没料到，它那晚来得特别早，特别快。村里人没睡定它就来了。我记得当时没有月亮，一切都看不大清楚。我刚趴在窗前就见远处有个黑影慢慢向草棚走来。我心里疑，狼不会站着走路呀，难道是村里头哪个没良心的趁火打劫来了？就没敢动家伙。我正把不准，那黑影已来到了草棚边。只见它轻轻一跃进了草棚。我这才恍然大悟！狼，是狗日的狼！人哪有这般能跳能跃的？我还没回过神，就传来猪的惨叫声。我急忙端起猎枪，可还是迟了半步。只见黑影一晃，这眼还没眨它就消失得无影无踪了。我忙到草棚查看，猪的喉咙已被咬断，血汩汩地直往外流。这畜生下嘴又快又狠又准。你说是不是神了？”

“后来呢？”贱斗究根刨底。

“你别慌，待驼爷吸口烟。”驼背老汉就吸口烟，“后来一连几天，没见到这畜生的影子。到了你水官前辈烧头七的这天，我来上坟，远远地看见有几个人跪在你水官前辈的坟前。我心里奇了，就加快了脚程。走近一看，那跪在坟前的不是人，是狼！领头的正是那匹红毛狼。它们看见我并不怎么害怕，只是慢吞吞地往林子里走。”

“狼跪在坟前？”贱斗不解地问。

“你忘了那天是烧七呀。你水官前辈的坟里埋有十几匹狼，它们是在吊祭伙伴哩！狗日的，狼也通人性！”

驼背老汉看一眼贱斗，接着说：“那时候，我对狼也跟你小子一样，一点不知。经过这许多的弯转，才晓得要对付狼是极不容易的。第二天，我估摸着狼还会到坟地里来，就背了猎枪。而赶巧猎枪的子弹不多了。又赶巧区里的特派员到村里来查问猎狼的事，我又和他在部队里是老相识，就问他要了驳壳枪。特派员还说要和我一起来打狼，我说这是我和狼的事，还是我一个人解决的好。你不晓得，和狼斗，不斗上也罢了，一斗上，它们是要拼命的。你要是响了枪，又没有足够的子弹，你这条命就白送了。我背着歪把子，揣着驳壳枪，蛮有把握地向坟地走来。不出我所料，那红毛狼带着它的伙伴真个如前天一样跪在坟前。我听到红毛狼叫了几声，又看见别的狼站了起来，一个接一个地离开坟地，朝远处的山沟走去。心里就想，狗日的红毛狼莫不是要和我单打独斗？可回过头一想，这畜生实在太狡猾！说不定它是布了假象给我看，而将别的狼埋伏在林子里，专等我钻陷阱哩！还是防着点好，我便在离坟地还有几十米远的地方停下来。在这样的射程内，我的枪法可说是百发百中。我举枪，瞄准，扣动机板……”

驼背老汉讲到这里突然停住。他给火堆加把燃料，让火燃得更旺些，这才接着往下讲。

“可是，就在我准备扣动扳机的那一瞬，狗日的！像是早就知道一样，又是一跃，躲进林子里去了。点射没成功，我来到坟前，看看四周没有狼的影子，心想，就趁这个空当坐下来吸口烟，压压惊吧。我就往原来的老地方坐下去。这一坐你说坐在了什么上？坐在了一大堆狼屎上！当时，我根本没以为那是畜生安的圈套，只觉得屁股上软软的就用手去摸。这一摸弄得我满手都是狼屎。我也没想想就去河边洗手。待我洗好手转过身来，好家伙！那红毛狼已坐在那块青石上望着我笑咧！”驼背老汉就指指不远处的青石，“你再猜猜，它屁股下坐着什么？坐着的竟是我的猎枪！原来，它费尽心思将我弄得一手狼屎，让我去河边洗手，为的就是将我支走，再抢我的猎枪！天眼看就黑了。我心里猛地生出一股寒意。再看一眼红毛狼，那眼睛里射出一道凶光，还有怨恨。我打了个哆嗦，浑身鸡皮疙瘩直往外冒。我呆呆地站在河边。这样的时候，是不能随便乱动的。狼虽说也能游水，但在水边它是有顾忌的。我若一离开水，它就会不顾一切地扑上来。就这样，我们僵持着，大约过了一锅烟的工夫……”

“您不是揣着驳壳枪吗？”贱斗抢着问。

“我是给吓糊涂啦。”驼背老汉说，“对呀，我还有驳壳枪，还有驳壳枪呀！我已顾不得什么，掏出驳壳枪，对准狼的眉心狠狠地给了它一家伙。”驼背老汉歇口气。贱斗仍然出神地张着嘴。他见驼背老汉又要拨火，心想，到底是上了年纪的人，当真怕冷！这才回过神来，抢着将火拨得更旺些。

天早已在不知不觉中暗了下来。河对岸的林子里有只怪鸟突然惊叫一声，扑打着翅膀远远飞走了。

驼背老汉朝四周的林子望了望：“我不知道这慌忙中的一枪打是没打中。抬头看看，那畜生仍然蹲在青石上，仍然如先前那样看着我。我想再来一个补射，一扣扳机却没了子弹。这时候，我才真正害怕起来。我这一枪没打着，光眼前的这家伙我都无法支应，若是狼群听到枪声来援救，我不被它们撕得稀烂那是出了精怪！我后悔没让特派员和我一起来，后悔自吹自擂要和狼单打独斗。天渐渐地黑了。狼的身子也越来越模糊得看不见了。可那双绿莹莹的眼睛却像两只挂在门檐下的灯笼，它不熄灭，我就休想离开这可怕的地方。

“后来，我与那畜生一直僵到了半夜。红毛狼不让路，我也不敢离岸。我的两条腿也木了，实在支撑不住了，只觉眼前一黑，倒在河边就什么也不知道了……”

驼背老汉卖个关子，走到一旁撒泡尿。他见火光中映出贱斗满脸疑惑，就又接着说：“再后来的一切是你爷爷告诉我的。你爷爷说，我出门后他就和特派员在家专等枪响来抬狼。我只打了一枪，你爷爷那老杂毛就和特派员打赌，说是和狼斗只一枪管不了用的，肯定是空枪。就一直等着我多打几枪后再出门。老杂毛说得不错，可是他也是在拿我的命开玩笑咧！他们又等了半个多时辰，特派员这才站起来给你爷爷说肯定出了事了，你不去我也要去的。你爷爷就和特派员还有另外几个小伙子一起来了。他们打着火把，首先看见了蹲在青石上的红毛狼。他们吆喝几声，见红毛狼不理不睬，仗着人多胆大，围上来一看，这才惊异地发现，红毛狼早就死了！狼身子已僵硬了呢！接着又发现了我。就将我和狼一起抬了回来。

“这狗东西，死了还装！把人吓得掉魂！

“往心里说，我还得谢它才是！它不支走别的狼和我独斗，你驼爷就没今儿和你瞎吹牛的份儿了。”

晚风又起，远处传来像是女人的怪笑声。贱斗不知就里，惊讶地问：“这么晚了，哪家的女人还在山上？”

驼背老汉说：“怕是你想女人了吧？那是狼在嗥，哪是女人笑的。”

“说曹操，曹操到。驼爷，我们再走近些，看看那畜生到底是人样还是鬼样！”

“你胆大，像驼爷。说给你听了别吓得尿尿！来到这地方，我就闻出狼味来。还不止一匹呢！我怕它们吓着你，又怕它们把你这唧筒唧的小男人抢去当狼公使，就让你捡些树枝来烧堆火。你小子以为我老骨头真就怕冷？我是用火驱狼哩！狼怕火，这你都不知道？你当这地方是在屋里，坐着听故事虱子也不会掸你一腿？”

原来，这一老一小的俩男人还真处在狼的包围之中呢！他们一来到这里，就被一匹狼盯上了。这狼知道不是对手，就去找来了另一匹狼。两匹狼对两个人，它们有足够的把握。待到天黑下来，它们便开始了有计划的行动。然而，它们两次偷袭都失败了。原因就在于有火。火之于狼如猫之于鼠。狼天性怕火，见了火骨头就软了。所以，当它们偷偷靠近，欲扑上来时，驼背老汉及时将火拨大。它们不得不停止攻击，伺机再行。而第二次机会来临，它们的计划又一次被驼背老汉所阻。这一切，从没与狼打交道的贱斗怎能明了？

月黑风高。空谷幽转。狼的嗥叫再次传来。这次不像老妪怪笑，却似神童啼哭。

驼背老汉将烟袋往烟杆上绾几绾：“回吧，再待会儿就晚了。”贱斗正在兴头上，他不知道，他们此时已十分危险，仍赖在那里不肯走。驼背老汉拿烟锅敲敲贱斗的脑勺，指着山腰说：“你小命不要了？你看看那是什么！”

“星星呀，好美的星星，还瞅着我们眨眼睛呢！”

“屁，那是狼！是匹母狼！”

“母狼？您怎么知道是母狼？”

“还啰唆个球。没听见刚才的狼嗥？那畜生是在唤伙伴咧！唤来专门对付我俩的。等它们的伙伴来了，想走也走不开了！”

话虽这样说，但驼背老汉哪有怕狼的！他是从狼堆里滚出来的人，什么场面都见过。他是担心贱斗。贱斗年纪轻轻，打从狼叼走他的幺爷后，家里已是两代单传了。万一有个闪失，他怎么跟村里人交代？

但贱斗是有名的犟驴子，胆子大得吓人。驼背老汉清楚记得，今年春上，贱斗用铁夹夹住了一只豹子。不管那铁夹夹没夹牢，贱斗冲上去就是一扁担。豹子猛一挣，铁夹被挣脱了。好在豹子只是逃开，没有伤他。人们知道后都说他捡回一条命来。他却咧嘴一笑很不以为然。这会儿，贱斗正在犟劲上，他对驼背老汉的话半信半疑，还以为驼背老汉是在有意炫耀！

贱斗说：“有驼爷在，就算狼真个来了又怎样？”

驼背老汉就跪在地上：“我的小爷爷，快走吧，赤手空拳是斗不过那精怪的！”

在贱斗的印象中，驼背老汉几时给人下过跪？他心里一热，便依了驼背老汉，离开了这个潜伏着极大危险的地方。

四

“贱斗要打狼了！”

“贱斗还跟驼背老汉拜了师傅。”

消息传开，人们欢呼雀跃，等待着贱斗打回狼来的那一天。有几个和贱斗年龄相仿的后生要加入打狼的行列，贱斗不让。贱斗的理由很简单，要打自个儿打，村里又不抵外工。

贱斗本就对地里的活没兴趣，平日里就喜欢寻个山货。隔三岔五地背回一只山羊或獾子什么的。秋播那阵子，贱斗还让菊儿帮他抬回一头野猪来。菊儿家母女俩过活。那天，她家紧挨山脚的一块红薯地给猪拱了小半截，菊儿妈就骂："哪个没心没肺的欺我们家没男人，放出猪来拱脑壳腔子！"贱斗听在心里，随后就暗自去地里窥探。他惊喜地发现那是野猪的杰作并非家猪所为。他赶紧去瞎子摊上买了三步倒，又问菊儿要了红薯，做下手脚后，将红薯埋在了地里。第二天天刚亮，贱斗就看见了躺在地里的死野猪，回头又碰上放早牛的菊儿。他就和菊儿抬回了野猪。拿秤一称，过了一百五那秤杆还翘得旺旺的！贱斗剐了猪皮，也没忘记割下半块坐刀肉给菊儿母女送去。

贱斗二十七八了，还没讨女人。前些年，他爹他娘相继去世，他就一个人过日子，虽说孤单，倒也逍逍遥遥，按他的话说是比鬼都自在！

贱斗寻山货点子多，家伙办得全。单歪把子就有两杆，铁夹几套，又自做了猎皮弹，买回了三步倒。遗憾的是没养两只狗。贱斗说，"养狗做啥？还耗吃的。"那次，要是有狗，到手的豹子就不会逃掉了。贱斗有些后悔。可这样的机会一辈子能碰上几回？也就笑笑。

贱斗准备好一切，但他还是没把握。狼喜欢出没在什么地方？它的生活习性是哪样的？不摸清楚些，狼没猎着，反叫那畜生占了便宜，村里的人就会把他看扁了。毕竟没与狼打过交道，毕竟连狼的模样都没见过，怎么和狼斗？

驼背老汉说的是。

贱斗又想起了驼背老汉。

正在这时，驼背老汉来了。欢欢跟着。驼背老汉气喘吁吁的，进了门，就直指贱斗的鼻头："你真个要打狼？"

贱斗很平静。这问题驼背老汉不只问过一回了。那天从坟地里回来，驼背老汉就给他说："跟你讲狼是要你死了打狼的念想。"

贱斗却不依。这一老一小的当晚就翻了脸。

贱斗很认真地说："狼不是好东西，人人都想打的。"

"你、你……"驼背老汉喘着粗气，"算我瞎了眼！"说完，转身就走。贱斗一步跨过来，捉了驼背老汉的臂膀："驼爷，您别生大气。我不打还不成？"

驼背老汉立刻就变了笑脸。

驼背老汉说："真的？"

贱斗说："真的。"

驼背老汉说："这还像话！"

驼背老汉就又随了贱斗回屋坐下。贱斗给驼背老汉筛碗茶，又捧出一捧壳子花生，鬼气地说："您老先打打牙祭。这有瓶老白干，待我再煮几个毛蛋，咱爷俩来个痛快的。"

贱斗转身张罗去了。驼背老汉先吸口旱烟。然后掰了花生米。他没往自个嘴里丢，却给了欢欢。欢欢吃得有滋有味。欢欢卧在驼背老汉面前，尾巴摇着，十分讨人喜爱。

没多久，贱斗端出好几个毛蛋来，又炒了一碗盐豌豆，拿了老白干。这一老一小的就对酌对饮，干将起来。

驼背老汉年岁已高，不胜酒力，没喝两盅，醉态渐露。贱斗见时机已到，就又旧话重提："驼爷，那天晚上，你咋就知道蹲半山腰的是母狼？"

"这个你甭问，"驼背老汉有些得意，"和狼交道打多了，自然就……"他话没说完，猛觉得是上了贱斗的当，又改口说："好呀，你比狼还滑头！兜这大个圈子，还是要打狼，是也不是？"

贱斗给驼背老汉满满斟上："我只是好个奇，随便问问。驼爷不说就算啦！来来来，干，干了。"

"叮当"一声，两只酒盅碰在了一起。

驼背老汉酒一下肚就没了顾忌："这吃了人家的嘴软。反正驼爷也教过你几手了。再教教也不为过。你小子拿心记住。"驼背老汉搛颗盐豌豆，"这狼的眼睛嘛——夜里都放着绿光的，那天你也看见了。不同的是，母狼的眼睛绿中泛白，公狼的眼睛却透着些红色。"

"若是白天又怎么辨呢？"

"我就晓得你是精角。"驼背老汉捋捋那银灰色的胡须，"碰上白天，有两个法子。一是看个头，这个是人都会的。二是闻尿骚。"

"闻尿骚？"

"对，闻尿骚。狼和狗一样，也特别爱撒尿。每到一个生地方，它都要撒几滴尿做个记号。这也给有经验的猎人留了条尾巴。"

"那——尿骚又怎么闻呢？"

"当然得鼻孔尖呀！公狼的尿骚味比母狼的大。母狼的尿骚带酸味。”

贱斗听得眼睛瞪着。

贱斗又提起了酒壶。驼背老汉连说不喝了不喝了，再喝就醉了。贱斗说菜没得吃酒总要喝够的。好坏也要斟这最后一回。驼背老汉说斟就斟吧，只要你不打狼，驼爷就是喝醉了也还喝！因是最后一回，贱斗斟得过了，酒就从盅里溢到了桌上。驼背老汉忙伸出舌来舔吸。贱斗又笑说驼爷海量，这盅喝了再斟一盅。

贱斗接着问了一些别的东西。比如狼什么时候出没，喜欢在哪些地方躲藏等等。驼背老汉一兴奋就连锅端了。贱斗很满足，心想，这下打狼有把握了。于是才把心中藏着的牌底亮了出来。

贱斗说：“驼爷，我想来想去，这狼还是要打的。”

“你疯了！”驼背老汉几乎跳了起来，“你以为驼爷不想打狼吗？你、你叫驼爷怎么跟你说？”

“驼爷，您别激动。您当年不也打过狼吗？”

“就因为驼爷打过狼，才不让你去打！”

“这您就没道理了。您能打，别人就不能打？”

驼背老汉脸也气得黑了，咆哮着说：“那狼是你八辈子的祖宗，打不得的！打了要遭报应的！”

“八百辈子的祖宗我也打了！看它能拿我咋办？”贱斗也咆哮着。

驼背老汉反而静了下来。他将最后一口酒倒进嘴里：“你以为我喝多了说酒话？想当年，我驼背老汉是何样人物！比你小子长得还壮还俊。水官他娘是村里公认的美人胚子，我们这个家谁人不夸奖？可是后来，后来一切就变了。儿子被狼咬死了，水官他娘上吊了，第二年打水库，我又扭了腰，这一扭就没能往好里治，弯下去再也直不起来了。更奇的是，我这满头的黑发也变得白不白黑不黑灰不溜秋的。你看我这模样像什么？”驼背老汉的腰本就佝得厉害，他将两只胳膊垂下来，不用在地上爬也和在地上爬区别不到哪儿去。他绕着桌子走一圈，边走边问：“你说说，像不像匹大灰狼？就差没尾巴了！报应，这都是报应呀！为啥？不就多打了几匹狼？”说完，那老泪就流了出来。

贱斗仍是不以为然。他想安慰驼背老汉几句，又不知打哪开口，只好默默地听着。

驼背老汉用手背揩揩脸上的泪：“那畜生不管哪条上都比别的野物有灵性，就是好口荤，喜欢人家的猪呀鸡的。可你见了大鱼大肉不嘴馋？你今儿打只山羊，明儿又打只野兔，你对羊和兔不也跟狼对猪和鸡一样吗？那次，它去咬你水官前辈，竟抱着水官他娘要亲嘴，还把尿尿在水官他娘的裤裆里！这话，我一直憋着，给谁也没讲，丑呀！我琢磨来琢磨去，总觉得那杂种不是畜生，怕真是和我和你都共着祖先咧！”

这回，贱斗也糊涂了。原来狼与人之间真有不少共同之处！可他心里打狼的念头从来就没有动摇过。狼也好，祖宗也好，只要它对人有害，统统得打！至于他自己，也没多少牵挂的，遭不遭报应本就无所谓。

“其实嘛——驼爷说的也都在理。可是驼爷，蒋介石不也和我们共着祖先吗？但我们还是照打不误……”

“你说穿了还是要打狼!”驼背老汉呼地站起来，他将烟杆在桌上敲得咚咚响，“都说你是头犟驴，谁知比犟驴还犟!要打你去打!”

驼背老汉最后跺着脚说：“你不得好报!你遭天打五雷轰!”

五

驼背老汉赖在床上，他浑身睡得又疼又酸，还是不想动。他是在生自己的气。贱斗那杂种跟你不亲不戚，他打狼也好，给狼吃了也好，与你啥相干?你平白无故地去阻拦人家，不让人家打狼，村里知道了，还不骂你八辈子祖宗!你这是自讨没趣，自找气怄!想到这里，他的心里便平静了许多，不禁摇头笑笑。

冬日的太阳也像只吃饱了的懒猫，迟迟地不想起来。待它爬上山尖，已是小半天的光景了。

鸡在笼里咯咯乱叫。欢欢在屋里窜来窜去，末了蹲在驼背老汉床前，不明不白地望着。

驼背老汉这才起身，不紧不忙地穿着衣服。

“哐哐哐”有人搡门。“驼爷，快去看啦，贱斗哥夹回一只怪怪的小狗，还活着呢!”

“去去去!”驼背老汉索性脱了穿上的衣服，反又捂住了被子。他心里的气还没消咧，可细细一想，不对呀，小杂种是不是夹着狼崽了?真要夹回一只狼崽，那狼夫妻决不会跟你脱和，它们拼了命也要来争抢的。狼一旦发起狠来，什么事都做得出。咬猪咬鸡那是小菜一碟，咬上人这事就大了。

驼背老汉正想着，远处忽然传来一声狼嗥。他再也睡不下去了，赶紧穿上衣服，嘴脸也没顾得上洗，就来到了贱斗家里。

果然是只狼崽！

狼崽果然还活着！

狼崽被关在笼子里，恐怖地看着周围的一切，害怕得浑身打着战。狼崽不时地发出尖细的哀叫。

看稀奇的人渐渐多了。有大人，也有娃们。

贱斗磨刀霍霍，很得意的样子。

人们见驼背老汉来了，就问："驼爷，这真是狼崽吗？"

驼背老汉并不回答。他径直走到贱斗面前，威严地问："你要剐狼崽？"

贱斗点点头。

"狼已经追来了。你耳聋了？你脱不了身的！"

听说狼来了，人们躁动起来。胆小的就往驼背老汉身边靠。有的说算了算了，免得招惹麻烦。有的说不能放，就是要给那没德性的家伙看看。正说着，狼的嗥叫声已来到了屋山头。嗥声恐怖、凄凉，让人毛骨悚然！

这时候，驼背老汉的耳边响起了女人那绝望的叫喊声。女人因失去了儿子痛不欲生，最终悬梁自尽。这狼也是为了救自己的儿女而冒死前来，二者有何不同？他为眼前的狼悲哀，更为死去的女人叫屈！

"来得正好。"贱斗却另有打算，他将刀往磨石上一撂，取下墙上的歪把子，吩咐几个同伴拿了钢叉扁担，一起奔出门来。

屋山头没有狼。屋后林子里没有狼。狼影子也没看见。

贱斗一干人正奇怪着，狼嗥声却又从门前的堰坝子下传了过来。贱斗等就又赶到堰坝子下。堰坝子下仍没狼影！

“这畜生！跟小爷捉起迷藏了。”贱斗眉头一皱，计上心来。“走，回屋去。”

回到屋里，贱斗捉出狼崽，又找根绳子拴住狼崽的后腿，将狼崽倒拎着来到村头那棵老榆树下。他是要拿狼崽诱狼呢！

狼崽被吊在老榆树上。狼崽绝望的叫声声声传开。

贱斗等趴在禾场边的稻草堆上。只要狼敢救崽，他们就饶不了它。

狼没有嗥叫，偷偷靠近老榆树，猛地蹿上一丈多高。它抓住了狼崽，但狼崽拴得太牢，抓住了也是白抓！

这是一匹大灰狼。比狗大得多，像驴！

贱斗终于看到狼了。但这一切太突然，他还没来得及举起歪把子，狼就躲进了屋后的树林里。

贱斗正在遗憾，只见黑影一晃，大灰狼又一次蹿了起来。他连忙举起歪把子，慌乱地扣动了扳机。这一铳没伤着大灰狼，却有颗铳子打中了狼崽。狼崽的叫声更凄惨了。

大灰狼这次没有躲开，它好像知道贱斗装铳药要时间，就果断地再次蹿起，弃狼崽而不救却直向贱斗扑来。

大灰狼正在气头上，它这一蹿蹿得过了，想收收不住就在地上打个滚，然后逃了开去，远远地蹲在堰埂上，憎憎地朝村子里望。

尽管如此，贱斗一干人还是吓出一身冷汗！

大灰狼蹲了会，嗥叫一声，在众目睽睽之下，从容走向远处的山林。

贱斗松口气，心里难免遗憾。但想到狼的狡诈，又吩咐同伴："别忙，它是在蒙哄我们。这畜生还要来的。"可是，当他上好铳药，做好充分的准备后，还是不见大灰狼的影子。他们只好溜下草堆，准备着去剐狼崽。

就在这一瞬间，大灰狼出人意外地从屋后的林子里猛地蹿了出来。它怕人们再次伤及狼崽，就用两只后腿将狼崽护住，赶忙拿嘴去咬那拴崽的绳子。

贱斗回过神来，见大灰狼也吊在绳子上，左摇右摆的像是荡秋千，再次慌手慌脚地放了一铳。这一铳虽说难瞄准，但距离太近，大灰狼还是中了几颗铳子，只是没伤着要害地方。

人们看到有血从大灰狼的身上滴下来。大灰狼仍然噬咬着绳子，以图最后一搏。那举着钢叉、扁担的同伴慢慢围了上来。赶在前面的就给了大灰狼一家伙。大灰狼不得不舍下狼崽逃离，如先前一般蹲在堰埂上，无奈地望着小狼崽。

人们啧啧声起，感叹有余。

这时候，驼背老汉来到了老榆树下。驼背老汉身子佝偻得太厉害，只能偏着头，吃力地斜视着正在上药准备再次打狼的贱斗。

"打呀，"驼背老汉说，"你不是要打狼吗？有种朝你驼爷来一铳！"说完，就去给那狼崽解绳子。

贱斗一看慌了，忙赶上前来。他见驼背老汉眼里喷着火，就有些害怕，只是低声问道："驼爷，您这是……"

"放了它！"驼背老汉指指蹲在远处的大灰狼，"你看看那狼的眼睛，好可怜哟！就像水官他娘……"驼背老汉话没说完又咬住了。他觉得跟贱斗说这些已是多余。贱斗没那份经历，是永远也理会不了的。

人们这才敢大胆地围了上来。贱斗一看，计又来了。他往高处一站，放声道："大伙都看见了，驼爷心太软，要放了狼崽。可这叫放虎归山呀是不是？今天的小狼崽，明天就成大灰狼了，不知要害多少人呢！大伙说说，这小畜生该放不该放？"

娃们就嚷："不该放，不该放！"

稍上点年纪的，知道驼背老汉说话特别的灵验，心里明知狼崽是放不得的，又不好直说，只是默默地站那儿。

驼背老汉已将狼崽解下，十分怜爱地抱着，那模样活像一匹老狼护着一匹小狼。贱斗终是不好上前争抢，心底却在指望着附和的娃们更多些。

驼背老汉来到贱斗面前，从腰里掏出一张百元钞："你不就以为狼崽是你捕的？狼崽我买了，这个够数吧！"他将钱往地上一扔，也不管贱斗捡是不捡，也不理众人惊异的目光，抱着狼崽直向大灰狼走去。

来到距离大灰狼不远的地方，驼背老汉将狼崽小心地放下，轻声说道："去吧、去吧。"然后转过身，径直回自个儿的屋去了。

人们看见大灰狼猛扑上来，衔了狼崽，几个回合便蹿得无影无踪。

六

贱斗的心里总算平衡了些。狼崽虽放，却换回了一张新得能割人的票子。他起早摸黑去寻山货又是为了啥？不就是弄俩零花？没想到那老东西为了一只狼崽，如此慷慨大方！

要说，贱斗打狼，除了想当打狼英雄外，主要还是在钱上。寻山货有惊有险更有乐趣，这几年，他虽说打狼赶不上驼背老汉，别的方面却积累了不少经验，也的确换了不少钱来用。钱对于他来说，是比什么都重要的东西。只要有钱，他什么事都做得出。今天他用狼崽换回了一张大团结，心里就想，要是哪天能再将狼崽捕回，指不定那老东西一激动，掏出两张大团结来也可能哩！

贱斗毕竟是贱斗。大伙都说他犟，说他莽撞，可他自有不犟的地方，也有细心的时候。他想到了这个弄钱的主意很是高兴了一阵子，准备着当晚再去捕狼崽。可心里一琢磨，那狼的气还没消咧！这畜生又狡猾又可怕，还是过两天待它松了警惕再说吧。

外村有消息传来，说是某某某打死一匹母狼。贱斗就按捺不住了。太阳刚落山，他迫不及待地背上歪把子，提了铁夹，别上猎刀悄悄地上了路。不料还是被牵牛喝水准备赶牛进栏的驼背老汉撞见。

“又去打狼？”

“驼爷在，哪敢！”

“那你去做甚？”

“听说后山洼有山、山羊叫，去看看。”贱斗心里还是有些慌张。

贱斗没走多远，闪身躲进林子。见驼背老汉已进了屋，又钻出来，接着往水官的坟地里走。那天晚上，驼背老汉曾告诉他，坟地不远处有个狼窝。这是驼背老汉几十年前的发现。几十年后的狼已不是几十年前的狼了，贱斗不信邪，那狼偏就将窝也选在坟地里？他只是抱着试试看的心去下兽夹，没想到老狼没逮住却意外地逮住了一只狼崽！敢情那坟地里真有狼窝。这下他信了。驼背老汉还给他说，他已经细细地查过了，来到这里的可能是一个狼家族。家族里夫妻俩再加一只狼崽，是个三口之家。眼下，母狼已给人打死，怕只剩下公狼和狼崽了。贱斗这才敢大着胆子往狼窝里闯。

来到坟地，来到逮住狼崽的老地方，贱斗学着驼背老汉的模样，伸出鼻子四下闻闻。他的经验太浅，没有闻到狼骚。心里就骂：“那老东西全是骗人的！”又四下瞧瞧，又打周围林子里转转。当他确认没有狼的踪迹，没有潜伏的危险后，这才放下歪把子，小心地做起机关来。

贱斗从腰间拔出猎刀，在地下挖个小坑，将兽夹小心翼翼地放在坑里。他还没完全装好兽夹，便有两只手轻轻地搭在了他的肩头上。贱斗以为是谁和他开玩笑，装着不在乎的样子就扬起一只手去抓。谁知这不是两只手，竟是一双狼爪！

贱斗也极了得。他脑海里闪现的第一个念头便是自己被狼算计了。前天大灰狼去夺狼崽的一幕闪现在眼前。今天他没有帮手，只有自个儿和狼拼了！短暂的害怕过去，贱斗镇定了许多。好在驼背老汉曾给他讲过狼和人斗的故事，没吃肉也听见猪叫了。他知道这个时候，狼应该扑上来咬他的喉管的。可是今天，大灰狼怎么不施展杀手，反像和他开玩笑呢？难道是这畜生已胜算在握，想让他更多地体验一下临死前的恐怖不成？是的，肯定是！可他在心里笑大灰狼，你愚蠢咧，让爷我想出了法子，你就再没有机会了。

贱斗的确抓住了这个机会。他知道，眼下这种情况歪把子是派不上用场了，便双手向上，从左右两边抓住狼腿，猛一使劲站了起来。狼的个子大，贱斗的个子小。贱斗恰好用头死死顶住狼的下嘴唇。狼的后腿支着地，前腿紧紧箍着贱斗的脖子。贱斗甩不掉狼。狼也没法张口咬贱斗。

人与狼就这样僵持着……

约莫过去半袋烟的工夫。大灰狼突然用一条腿支地，抬起另一条腿，用那尖锐的爪子去撕贱斗的棉裤。贱斗感觉那厚厚的棉裤已快被抓穿，就腾出一条腿猛蹬大灰狼支地的那条腿。大灰狼十分机敏，它干脆将整个身子都吊在贱斗身上，用两条腿轮换着朝贱斗屁股抓去。

渐渐地，贱斗感到害怕了。想喊救命，那狼将他的脖子箍得几乎是喊不出声。再说，在这夜幕将至，远离村子的孤山野洼，即使叫喊，也无人听见。况且，凭他贱斗的性格，他也是决不会高呼救命的。那样，不就更加应验了驼背老汉的话？然而，他的双手又不敢有丝毫的松懈，稍有不慎，让大灰狼腾出嘴，他这条小命就玩完了！

贱斗还没想出一条脱险的良策，那棉裤已被大灰狼抓穿。接着是屁股上传来钻心的疼痛，一下、两下……一阵、两阵……若再继续下去，要不了多久，他的屁股就会被一丝一丝地抓成肉帘！

万般无奈之下，贱斗好像记起了在哪部武打片中看到的一个动作，名曰“前滚翻”，眼前就豁的一亮。他暗嘘一口气，紧紧攥住狼的前腿，身子猛地向前贯倒，来了个地地道道的“前滚翻”。与此同时，借着惯性用力猛将大灰狼向前甩去。

这一招果然奏效。大灰狼冷不防被甩出一丈多远。贱斗则趁机去抢闲在一旁的猎刀。可他快，大灰狼更快。它见噬咬贱斗的喉咙已然不及，就猛地跃起，又准又狠地咬住了贱斗脚后跟上的吊筋，然后拼命往后拉扯，不给贱斗去抓猎刀的机会。

这也是要命的一招！一旦吊筋被咬断，同样也会要了人的性命。

贱斗不敢用力往前爬。眼见离那猎刀不过尺许，也只得随了大灰狼而越离越远……

贱斗咬紧牙关，等待着出现转机。只可恨这大灰狼实在太狠毒太狡猾，它将贱斗拖得离猎刀远了，就停下来。贱斗要是起身反抗，它就再往后拖。贱斗不动，它也不动。可那嘴始终咬着，丝毫也不松动。

此时的贱斗已无力挣扎，也没有了恐怖感。他抱定必死之心，只希望大灰狼不再将他折磨，跳过来一口咬断他的喉咙，给他来个痛快。他在心里说：咬吧，你狗日的咬吧！再过二十年，老子又是一条打狼的好汉！他不再挣扎，只是静候着那最后一刻的到来。

夜已张大了漆黑的嘴，将所有的一切慢慢吞噬。晚风起处，林涛阵阵。

在这种无尽的等待中，贱斗突然看到火光一闪，接着是“嘭”的一声，一支火把高高举起。火把快速向他移来。他感觉到大灰狼的嘴松了！同时也感觉到血从那脚后跟上流了出来。

是驼背老汉！

驼背老汉救贱斗来了！

火光中，贱斗看见大灰狼仍不想离去。

大灰狼见是驼背老汉，那凶狠的模样变了。它支起后腿站着，前腿合十，虔诚地向驼背老汉拜了拜，这才转身走开。

原来，驼背老汉回到家里，将牛赶进栏后，就炒了碗剩饭来吃。他本想早早地关门去睡，但想到贱斗那慌乱的神色，总觉得他不是寻山羊而是去找大灰狼的。大灰狼前天差点失去狼崽，昨天母狼又给人打死，正红着眼睛想报复。此时去寻，那等于是送死！他越想越觉事情紧要，就去贱斗家里看看。

贱斗家里的门果然锁着。驼背老汉心里更加慌了，忙回屋撕下垫絮一角，做了火把，淋上燃油，直奔坟地来了。

驼背老汉救下贱斗，并不言语。

贱斗垂头丧气，也不言语。

七

这以后，人们清楚地记得，村子里只见过三次狼的踪影，可每次都是蹊跷得紧。第一次是菊儿家里的一只鹅被一匹秃尾巴狼叼了，母女俩急得跺脚，又不敢出门追赶。正在这时，只见大灰狼横里窜出来，扑上去就直咬那秃尾巴狼的脖子。起初，母女俩还以为是狼们争着抢鹅呢！后来，秃尾巴斗不过，逃了。大灰狼将鹅衔着却向菊儿家走来。母女俩害怕忙关了门扒窗户上往外看。只见大灰狼将鹅轻轻放在场子边，然后，朝菊儿母女望望，也离开了。菊儿娘觉得奇，眼见着大灰狼走得远远的，才壮着胆子去将已被咬得半死的鹅抱了回来。第二次也是类似的情景。第三次则是独见大灰狼在村子周围转来转去，场子边现成的鸡鸭却从不起歹心。转几天见着没事就悄悄走了。

从此，村里再没来过狼了。大灰狼没来，别的狼也没来。可是，打外村里传来有关牲畜被糟蹋的故事越发多了起来。人们就说这是沾了驼背老汉的光了。有驼背老汉在，狼是不会再来的。

驼背老汉不置可否，照旧喂鸡，饲欢欢。

偶有一天，天灰蒙蒙的，大朵大朵的雪花直往下飘。村里人大都关在家里，很少有人出门。驼背老汉烧好中饭，却不见了欢欢。欢欢虽说是狗，驼背老汉却从不拿它当狗看。驼背老汉专门为欢欢设了一间狗房，吃饭也是要和欢欢一同吃的。眼下吃饭时间已到，欢欢去了哪儿？

驼背老汉以为欢欢在屋里睡觉，就到狗房里看看，没欢欢。屋里屋外地寻，也没欢欢。张了嗓子唤，仍不见欢欢回来。他又屋前屋后地寻了一遍，还是没欢欢！

欢欢从来不自己出门的。

欢欢到底去哪儿了?

驼背老汉并不十分着急，心想反正吃饭还早着，欢欢会回来的。于是就顺便去拉捆稻草，先给牛添些料等等再说。

来到草堆旁，他却意外地看见欢欢站在两个草堆的夹缝里。欢欢背上蒙了些雪花，仍然一动不动地站着。

“欢欢，欢欢。”驼背老汉轻轻唤两声，欢欢还是不动，就问，“欢欢，你今儿这是咋啦?”

驼背老汉一边问，一边走上前来。

眼前的情景着实让驼背老汉吃了一惊，只见欢欢和大灰狼尾对着尾，一动不动地站着。原来，欢欢正和大灰狼打连咧！驼背老汉惊得话都说不出来，呆呆地站那儿不知如何是好。

大灰狼倒也知趣，看见驼背老汉站那儿，就用力一拉，将身子与欢欢分开，再回头望一眼驼背老汉，极舍不得地回山里去了。

这事驼背老汉一直装着，他横想竖想就是想不出，那狼和狗怎么就弄到一块儿，成夫妻了?

一个多月后，欢欢肚子渐大，欢欢怀了崽了。驼背老汉又惊又喜，加倍疼爱，更加精心地招呼欢欢。只要家里有的，他都舍得弄给欢欢吃喝，生怕欢欢有个闪失。

驼背老汉去世后，欢欢就由贱斗继养。欢欢下了一窝狼狗，共有六只。这是一窝真正的狼狗！而狼狗这年月又特别值钱。有人让贱斗拿市场上去卖，据说收入很可观。但贱斗怎么也不肯，那六只狼狗就由贱斗一直喂着养着。当然，这是后话。

八

又到了放晚学时候。

又不见了欢欢的踪影。

驼背老汉四下寻找，只要想到的地方都寻遍了。心里就纳闷，就想：怕不是偷着去会大灰狼哩！做那事，有了头回两回三回就容易了。但欢欢到底不是狼呀！怎么能……驼背老汉摇摇头。

天说黑就要黑了。欢欢还没有回家。

驼背老汉寻得更远了些。他先问了村上的几个娃，有说没看见的，也有说见欢欢好像往后山去了的。他就急急忙忙来到后山洼。他没有看到欢欢，却闻到股狼骚味。他以为是大灰狼，就更加疑心起欢欢来。

驼背老汉一边唤着欢欢的名字，一边细心地寻找，他不知道，此时已是危险至极。就在不远处的刺丛后边，有匹狼静候在那里，贪婪的眼睛瞪着。只要他再往前走几步，狼就会一跃而起，突然将他扑倒。

这是一匹瘸腿狼。瘸腿狼看到驼背老汉，先是有些害怕。虎也有七分怕人呢，何况是狼！更何况是匹瘸腿狼！可狼没德性，最喜欺老欺少。见驼背老汉走路没力气，腰也直不起来，瘸腿狼就起了害人之心。

狼骚味更浓了。驼背老汉以为是大灰狼，又知道大灰狼是不会伤他的，也就没在意。他刚一靠近刺丛，瘸腿狼就张着血盆大嘴，猛地扑了上来。

瘸腿狼没一上来就去咬驼背老汉的喉咙。也许是它的腿瘸了无法高蹿，也许它是想报人类将它弄成瘸腿的一箭之仇？它首先咬住了驼背老汉的大腿，接着狠命往下一撕。驼背老汉的棉裤被撕破，大腿上的肉也撕下一块来，鲜血溢出，疼痛难忍。瘸腿狼这才以闪电般的速度去抢咬驼背老汉的喉咙。

驼背老汉年岁已高，一点防备也没有，哪顶得住瘸腿狼的偷袭！瘸腿狼又使出浑身解数，左摇右摆，几个回合就将驼背老汉掀倒在地。那嘴死死咬着，几乎将驼背老汉的喉管咬断。

驼背老汉睡在地上，并不挣扎。他心里坦然着哩！活了几十年，最终还是难逃劫数，这是天意。打自他与狼打交道那天，一切就已注定！只是欢欢不在，要是能最后看上欢欢一眼，也就心满意足了……

不远处有狼嗥。驼背老汉听来，嗥声不似从前那样凄厉哀转、惊心恐怖，却充满了愤怒与仇恨。狼嗥还在空谷中回旋，那狼已到了眼前。狗日的，好快！来吧，都来吧，省得叫瘸腿狼占了独食！可是，出现在驼背老汉眼前的却是大灰狼。只见大灰狼从一丈多高的岩石上猛蹿下来，那力度拿捏得准啊连驼背老汉都没见过！身子看似稍过了一些，两条腿却正落在瘸腿狼的肩上。大灰狼用力一蹬，瘸腿狼不由得向后翻去，驴打滚似的离开了驼背老汉。大灰狼接着来个“浪子回头”，反身蹲在驼背老汉与瘸腿狼之间，十分威严地盯着瘸腿狼。

瘸腿狼不知着了什么道，待爬起来一看，原来是大灰狼。当下，说了几句古怪的狼语，又上前来，准备再次撕咬驼背老汉。

大灰狼不再客气，就势往前一扑，一口便咬住了瘸腿狼的肩头。瘸腿狼这一惊非同小可，急忙掉转头，将大灰狼的前腿紧紧咬住。

相持片刻，大灰狼便抬起后腿去抓瘸腿狼的胯裆。瘸腿狼三条腿支地，没法用腿还击，就用尾巴拼命击打大灰狼的腰身。

要知道，狼是不轻易动用尾巴的。这并非狼的尾巴没力气。其实，狼尾和豹尾一样，扫在人身上，也如神鞭一般。有人曾经目睹狼和牛斗的情景。那是两匹狼斗一头牛。起先，狼总是一前一后地蹲着，佯装假寐，好似闭目养神。当牛用尾巴驱赶蚊虫时，后面的那匹狼便会扑上来，去掏牛的屁眼。而屁眼又是个极敏感极敏感的地方，只要被击就疼痛难忍。牛只好扭头还击。牛一还击牛颈就露了出来。此时，蹲在前边的那匹狼就会不顾一切地猛扑上去，一口咬住牛的喉咙！据说狼一辈子都是夹着尾巴走路，正是疑心别的野物去掏它们的屁眼咧！

瘸腿狼虽然运用了尾巴，但仍不是大灰狼的对手。时间一长，瘸腿狼渐渐就支撑不住了。

瘸腿狼眼看就要倒下，却来了秃尾巴狼。秃尾巴狼说来就来。一上来就往大灰狼要命的地方下嘴。秃尾巴狼并不从高处往下扑，它见大灰狼抽不出嘴来，就仰睡在地上，从下朝上反咬住大灰狼的喉咙。四条腿也是从下往上一爪一爪抓在大灰狼的肚皮上。大灰狼见势不妙，又不敢随便动用尾巴，只好放开瘸腿狼，就势往下也咬住了秃尾巴狼的喉管。这时瘸腿狼腾出嘴来，发了疯一般，在大灰狼身上乱撕乱咬。那嘴每到一处，就撕下一块皮肉！不多时，大灰狼已是遍体鳞伤，血肉模糊了……

然而，大灰狼也不是好对付的。它知道继续下去是凶多吉少，就用最大的力气扯一口秃尾巴狼的喉咙。待秃尾巴狼稍一松嘴，便伸出前腿将秃尾巴狼猛地推开，接着用力一蹿，蹿上了那一丈多高的岩石。

秃尾巴狼穷追不舍，也跟着蹿了上去。

瘸腿狼无法蹿起，它看一眼正在恶斗的大灰狼与秃尾巴狼，心生一计，突然掉转头，继续撕咬驼背老汉。

大灰狼本可逃走，见此情景，它不得不又一次跳下岩石。可瘸腿狼已有防范。大灰狼扑了个空。瘸腿狼见有了可乘之机，急忙反扑上来，一口咬住了大灰狼的耳朵。

大灰狼已气喘吁吁，没力反抗，只好用尾巴去抽打瘸腿狼的那条瘸腿。就在这时，紧紧跟上来的秃尾巴狼便残忍地掏了大灰狼的屁眼。接着又一口将大灰狼的肚皮咬穿，并撕开一个鲜红的肉洞！

大灰狼的肠肚从那肉洞里豁出。它再也坚持不住，凄惨地嗥叫一声，那血肉模糊的身子便慢慢倒了下来……

山谷重归宁静，一切又如同往常。

秃尾巴狼和瘸腿狼美餐起来。它们先将大灰狼的心肺肝脾抢着吃了个精光，接着便一口一口撕咬狼肉，连那狼毛也一并咽下肚去。

驼背老汉躺在地上，热血从喉管里慢慢流出，濡湿了一片黑土。他浑身无力，想帮一把大灰狼，试了几次，却是无法动弹，只好眼睁睁地看着这场狼狼大战。他怎么也没想到，原来，狼与狼的厮杀比人与狼的厮杀还要残酷得多！可怕得多！

驼背老汉不忍目睹，闭上双眼。两滴老泪挤了出来……

九

贱斗的伤差不多痊愈了。他听到那些关于大灰狼的传说，压根就不相信。尽管他从菊儿嘴里得到了证实，仍是半信半疑。他曾给菊儿说："狼吃人，狗吃屎。这本性永远也改不了。"他还给菊儿说："肯定是大灰狼看到哪儿来了猎人，这才离开的。"菊儿也给说得七上八下没有了主张。

贱斗正闲得闷，想去菊儿家坐坐，又总担心菊儿娘不喜欢。想去找人搓几圈麻将，捏捏荷包，家伙又不厚了。正踌躇，忽听到有人喊："稀奇了，稀奇了！后山洼里狼与狼打架咧！好可怕。"

听说狼打架，贱斗就来了精神。

贱斗忙将两杆歪把子都上了药，左右肩膀各挎一杆，又将猎刀往腰里一别，急急忙忙直往后山里奔去。

来到山后洼，在朦胧的夜色中，贱斗隐隐看见有两匹狼站在那里，旁边似乎还躺着一匹狼呢！他又惊又喜。惊的是狼太多，他怕对付不了。喜的是碰上了一个绝好的打狼机会。只要能打回狼去，哪怕是一匹，他给狼咬伤的面子就能挽回许多。

贱斗不再犹豫，远远地就放了一铳。

这一铳他没想打着狼。他知道，要将眼前的几匹狼弄到手，那是不可能的。他想给狼来个下马威，能吓跑一匹两匹就吓跑一匹两匹，那样，他就可以坐收渔利了。

贱斗这一铳还真管用。瘸腿狼和秃尾巴丢下没吃完的大灰狼各自逃命去了。

驼背老汉听见铳响，挣扎着坐起来，他想唤一声“贱斗”，嘴巴咂了咂，怎么也发不出声来，只好无力地朝着那响铳的方向望去。

贱斗见逃走了两匹狼，就准备壮着胆子靠近再打。他见余下的一匹“狼”蹲在那里，还以为是大灰狼咧，心里骂道：狗杂种，你也有今天！他就将铳药加得更多了些，又灌了铁沙，接着便咬牙切齿地扣动了机板。

伴着一声铳响，“大灰狼”终于倒下了！

贱斗那颗悬着的心落了下来。他欣喜若狂，但没有立马就赶上前来。驼背老汉给他讲过，狼就是死了也会将人吓得掉魂！犹豫片刻，他见一点动静也没有，这才极小心地走了过来。

贱斗终于看见了，那倒在血泊中的不是狼，竟是驼背老汉！这一惊，贱斗吓得呆了。他大气不敢出，好半天才一把扶起驼背老汉，颤抖地呼唤：“驼爷，怎么是您……驼爷，您醒、醒醒……”

驼背老汉喘着粗气，慢慢睁开双眼。只见他嘴角牵了牵，想说什么，却又无力，接着就昏了地去。

“驼爷、驼爷，您醒醒呀……”贱斗一边呼喊一边给驼背老汉掐人中，又一边摇着驼背老汉的头。

驼背老汉睡着，平平的，脸上没有任何表情。

贱斗的心里更加紧张、害怕。因为他看见驼背老汉的额头上有个铳子眼儿，耳根处也有一个铳子眼儿！是他亲手打死了驼背老汉！

贱斗万箭穿心，五内俱焚，更加失声地恸哭。这哭声再次将驼背老汉唤了回来。

“你狗日打、打得好……驼爷……不怪你……”驼背老汉挣扎着拉住贱斗的手，断断续续地说，“答应驼爷……把驼爷和……大、大灰狼……埋……埋一起……”驼背老汉吃力地喘口气。

贱斗搂着驼背老汉，抽噎着点点头。那眼泪就不住地往外流。

驼背老汉最后说：“欢……欢欢……怀了……大……大灰狼……的崽，好好待、待……”说完，嘴角露出一丝微笑，然后头一偏，这回是真正地走了。

贱斗的哭声又大了起来。哭声似狼嗥，随了晚风在山谷里久久不绝。

祖母坟

一

那时候，我妈告诉我，夜里走路不要老是往后看。

那时候，我奶告诉我，村头那棵古槐的年纪和月亮一样大。

记不得是不是春天。春天总是来得很迟。两条东西走向的山脉。一条拦在北面，一条横在南边，远远的都只能见些影子。山的外面是大片大片的湖。这是我长大后才知道的。我长大后才知道，我的家乡极像一条船。这条船随着大地的叹息而摇摆。船里装着一堆一堆的“土包子”——我的家乡是丘陵地形。上学后我才知道丘陵有山有水，不像湖区有水无山，也不像山区多山少水。

恐怕不是时令的缘故，村头那棵和月亮一样年纪的古槐芽发得比谁都迟。别的树全都绿油油的了，它还不慌不忙无动于衷。槐树下不管是春天还是秋天，也不管是清晨还是傍晚，总是有很自觉排成了队的蚂蚁们在蠕动。这让我上学后听老师讲南柯梦时比谁都能接受。那次回家，我曾经带了家里的“踏雪”(狗名)扛了铁锹来到槐树下，想看看树下究竟有没有蚁穴。可我两年不在家这棵树毁了。当时我好气，心想是谁狗胆包天敢在这龙角上动土!(传说这棵树是压镇一方土地的龙头的角)也是后来我才知道，就在那年夏天，这棵和月亮一样年纪的古槐遭到了雷击。猩红的火焰挟着一股怪烟烧了一天才熄。面对烧残了的古树，我这硬邦邦的小伙子也湿了眼睛。

这种感觉并不是谁都能有的。在槐树下，我奶曾经告诉我许多我不明白的事。奶奶说:“娃呀，你晓得猫为啥要吃老鼠不?”我说不晓得。奶奶就告诉我猫吃老鼠的缘由。奶奶又说:“娃呀，你晓得天上星星几多颗?”我说不晓得。奶奶就和我一起数星星。我数累了星星。我睡在了奶奶的怀里。我奶还说:“娃呀，搬块石头坐下，你奶讲故事给你听。”我奶讲的是七仙女和董永相爱的故事。奶奶讲七仙女不像以前。奶奶的脸有些红。又是后来我才知道，我奶我爷也是在槐树下相爱的。再到后来，我和雁雁也在槐树下讲七仙女。讲着讲着，我们就讲到一起了。

一棵树，连着几代人的情，牵着几代人的心;一棵树记录了一段历史，描绘了几许人生!

谁也没想到，十几年后我竟成了家乡的第一个状元郎，进了省城的大学府。独独我奶看得准。那是奶奶去世的当天晚上。奶奶突然拉着我的手，又高兴又神秘地说:“娃呀，如今不兴考状元。兴，你一准中。”我奶高兴的样子到现在我仍记得清清楚楚。也是在这天晚上，我给奶奶焐脚，抱着她那双三寸金莲净做怪梦。我梦见蝴蝶迎着我飞。我梦见鱼儿对着我笑。我怎么也梦不醒。第二天醒来，奶奶的小脚仍在我怀里抱着。我喊奶奶怎么也喊不应。

——奶奶丢下了我。奶奶去了她该去的地方。

后来我奶的话就应验了。

面对一个不是事实的事实，面对一段突然消失的历史，十四岁的男孩把泪水往心里流。他没有喜欢思考的人想得那么多。他只晓得他的故事没有了。他的日子没有了。那以后的一段时间，他似乎变成了一个傻瓜蛋！烧“五七”那天，家里人拎着鞭炮，慢慢走向奶奶的坟地。他却趁着人们没注意，来到了那棵和月亮一样年纪的槐树下。奶奶坟头的鞭炮声噼噼啪啪，古槐下的鞭炮声也噼噼啪啪。客人们走后他爸责怪他说都这么大的人了还不知事理。他什么也没说。他脑子里塞满了“状元”。那是他奶最后留给他的两个字眼。

还有一件事。这事是十四岁的他，也就是我，至今也没弄明白的。八年后二十多岁的小伙真的应验了我奶的话。八年后又一年，我回家度暑假。我没进门就先来到了奶奶的坟头。我的心像我的步子一样沉。我想看看奶奶躺的是不是舒适。我没看见奶奶。我看见了雁雁。雁雁独自一人跪在奶奶的坟前。雁雁一动也不动。我不便惊动雁雁。我觉得对一个人的祭奠是神圣的。这种时候最好别去打扰。我肯定没看雁雁。雁雁也肯定没看我。

“你，回来了。”

我点点头，却没有想象中的那么激动。要是在往常，我会不顾一切扑进雁雁的怀里。就像雁雁会不顾一切扑进我的怀里一样。

我们陌如路人。

“你不该来的。”

“可今天是奶奶的祭日。”

你这不肖子孙！你竟忘了今天几月初几！奶奶的祭日你竟也没放在心上！我心里自责着。我为奶奶将来有这样的雁雁感到欣慰。奶奶活着时就喜欢雁雁。奶奶没白喜欢。我为我将来有这样的雁雁感到甜蜜。我扳着雁雁的肩。我说：“走，我们回屋。”可我发现雁雁的脖颈上有只蚂蚁。雁雁的额头上也有一只蚂蚁。我从雁雁身上摘下蚂蚁。我想起了奶奶的话。奶奶曾经告诉我，蚂蚁头上那对长长的“胡须”便是蚂蚁的眼睛。做孩子王的时候，我带着一帮子开裆裤，趴在地上，将屁股留给路人，那样专注地看着一只掐了“胡须”的蚂蚁在地上转圈圈。我又想起了南柯一梦。我拉着雁雁的手，在奶奶的坟边转来转去，我失望了。奶奶的坟上除了些零星的蚂蚁，压根就没有成群的蚁类。奶奶坟上的蚂蚁个体也不大。我拣大的捉起一只，照奶奶说的那样掐掉蚂蚁的“眼睛”。我将雁雁的手拿起来，把蚂蚁放在雁雁的手心里。蚂蚁开始转圈圈。我告诉雁雁，蚂蚁的那两根“胡须”其实是一对触角。但我弄不明白，为什么掐了触角的蚂蚁，就像挖去了眼睛一样呢？蚂蚁转了几圈，一个跟头栽了下去。我对雁雁说：“走，我们去捉蚂蚁。”雁雁不解地望着我。我并不告诉雁雁为什么。我自己也不知道为什么。我只是觉得，我要捉些个体大的蚂蚁放在奶奶的坟上。让这些小生灵在那里造穴垒窝，把奶奶居住的地方搞得富丽堂皇些。

那天夜里，我第一次梦见了奶奶。奶奶比先前年轻了。年轻得像七仙女。听人说，我奶年轻时比七仙女还漂亮。

时间就这么轻轻一晃。那时的我，额上光溜得像苹果。如今已是江河水浪打浪了。奶奶坟上我栽的槐树也盆口那么粗了。先哲曾站在河边慨叹时间快得无情。我常常担心，明天我也会和奶奶一样，铺开厚厚的土被，头枕喷香的柏木，和大地化为一体，与时间熔为一炉。

可有时候，我又希望这样。

我觉得，人活着是为了死亡。死亡则是为了再生！

我猜想，人死了肯定与活着相反。活着渐老往死里去，死了愈少朝生里来。

二

也许是我父亲在外工作的缘故，村里人都很喜欢我。雁雁也特别爱和我往来。我总是陶醉在这种令别人羡慕的氛围中。突然有一天，雁雁对我说：“别以为我看上的是你父亲！”当时我还悟不过来。后来我才感觉到这话的分量！那时候，一切都靠工分。靠工分吃饭。靠工分分红。我个头大，人也聪明，干什么活都十分出色。评工分时，人们都拿我当大人看，底分总是定得比伙伴们高。我从心底感激我的乡亲们。我为我能为家里挣得几百上千的工分而自豪。

我说了，我父亲在外，家里只有母亲拖着我们兄妹四个，还有格外宠爱我的奶奶。反正上学也学不到东西。有时候学校的劳动比队里的劳动更叫我受不了。我乐意为家里挣工分，乐意和村里的爷爷奶奶伯伯妈妈还有叔叔婶婶哥哥姐姐们一块儿干活。我总是想着逃学。为这，班主任曾多次问我原因。我从来就没有给她掏心窝子。我的班主任是个女的。她长得挺胖个头也大，走起路来十分吃力。那天放学后，她拿只手电筒突然叫住我，说是要到我家里搞家访。我看看她的模样。我想是不是好好地逗逗她。我于是就同意了。我和她一起走着，起先都不言语。走了一阵子她开始问我家里的情况。当她问到我妈在家忙什么时，我说在水库工地上正忙着推板车呢。她看看就要落山的太阳，半是嗔怪半是焦急地说："你这鬼伢。你妈不在让我访空气呀！"我在心里说，又不是我邀你来着，怪我？就这样，我一句话把班主任给打发了。我好兴奋。等她一转身，我哼着野调连蹦带跳回到了家里。我跟妈说你儿子今天做了件很伟大的事。

说起上水库——我们那里把到水库工地去劳动叫作上水库——一说上水库我就来劲。那年寒假，我替妈上过水库。我从没见过那样大的场面。一个小山沟里聚满了据说有几万的民工。十几台"东方红"轰得让人耳根发炸。从山包上往下看，那最有意思了，分不清男女辨不清老少，只看见黑压压一大片脑袋波浪似的蠕动着。这使我想起了那排着队往穴里搬粮食的蚂蚁。这种场景四十几年后也就是现在，我还记得一清二楚。到了晚上，便是逍遥自在的时候。小青年们围在一起"斗王八"。上点年纪的则焐在被子里，净拿些开心的话来打发时间。这时的我自然就成了他们的调味品。张三要我焐脚，李四喊我睡他怀里。再不，就是有意不要我，逼我到隔壁“半边天”屋里去睡。说实话，我和半边天们也睡过一回，没什么好稀罕的。当时的我才十五岁多一个月，“屁眼的黄都没干”，我又是顶我妈上水库的。我妈的床铺原本就在“半边天”里头。看到男人们挤得满满的，队长说：“就让建建睡我们这边吧。我睡中间把他隔开。”我们队长是女的。这样，我便有幸和女同胞们睡了一宿。

那一夜我睡得并不如意。平时一倒下就打呼噜的我怎么也睡不着，老是想入非非。睡到半夜我实在忍不住了便想了个小小的计谋。我把脚伸进女队长的被子里蹬蹬女队长的屁股。我说要尿。女队长叹口气，隔会儿说去吧。我便大胆地在“半边天”们身上乱踩乱踏一气。还故意不小心扑在了一个女娃身上。我把一屋子的人都弄醒了。第二天，女队长把我叫一边。女队长小声又正经地说：“你和老张睡吧。”老张是队里的贫协组长。我也知趣。晚上就又回到了男人们的天地里。男人们就问我是不是怕女同胞们吃了我。我嘿嘿一笑，说闻不惯女同胞们屋里那怪味。弄得大伙全笑翻了天。

要说接触到一点性的知识，我便是从这里开始的。当然这都是些不正规的性教育。尽管如此，却使我感到了人生的美满。这要感谢亚当和夏娃。他们把人造成男人和女人，又赋予了女人那么多魅力，那么多美好的地方，使男人们下决心为女人活着。活得那样充实，那样幸福。有了女人，世界才一下子变得美丽起来。

当天晚上，也就是女队长让我跟贫协组长老张睡的那天晚上，老张硬要我和他睡一头。我怎么也不肯。老张就说你还是个嫩伢，这工地上劳累了一天，我给你揉揉背还揉不是了？真是狗咬吕洞宾！话都说到这分上，我只好依了老张。可老张揉着揉着却把手探向了他不该探的地方。凭着一个男孩子的自尊，这是绝对不可以的。就在我阻止他这种行径的时候，他却又伸出嘴来，那么突然地亲在我的脸上……

第二天一上工地，我就有种无地自容的感觉。老张却没事一般还笑着问我夜里睡得好不好。晚上，熄灯后人们各自睡在自己的被窝里。讲着讲着就讲到了和老婆上床的事。有的说那事不做想做做了后悔。有的说做那事伤筋骨坏身子。讲了一阵子老婆，又讲到了谁谁长得漂亮，说某某歌星屙的尿当茶能喝调粉子也能吃下去。弄得我心里直痒痒。我敢肯定，那些比我大不了多少而又没结过婚的小青年们八成也和我一样。我在没灯的夜里也能看见他们全神贯注的模样。

三

那个冬天我长大了许多，好像一下子明白了不少事理。这在我人生旅途上是一个飞跃。从此后，我变得沉郁稳重。我喜欢一个人关在屋子里遐想。有时候上课，人在教室心却飞到了草原，跑到了湖边甚至一些说不清楚道不明白的鬼地方。这给我带来了不少麻烦。还是我的那位胖班主任把我叫到她的寝室。胖班主任给我倒杯茶。胖班主任说：“这些日子你是怎么在搞！”我并不在乎胖班主任的这杯茶。她对我总是这样客客气气。我在乎的是她找我干什么。胖班主任对我好我心里有数。胖班主任经常对我说，你爸是干部，我们干部的子弟一定不能有自来红的思想。你要为你爸争口气。可我争不了，也不想争。我爸把我妈还有我奶我弟我妹全甩在家里，一年就回来那么可怜的两三次，这样的气我不想争。我只想学点知识，学点我自己认为有用的知识。爸爸不在家，家里的桌子板凳门窗还有箩筐菜篮等等坏了都得我动手。我发现这里面有很多是要靠知识的。所以我要学点东西。也所以从小学到现在，尽管不讲成绩，可我的成绩总是第一名。一九七二年的小学升初中正赶上教育回潮，区里组织了升学考试。我尽管因患肝病半年没有到校，成绩还是考到了全区第二。因而胖班主任总说我只“专”不“红”。我也希望我能“红”起来。人人都希望能“红”起来。但我看到有些学生巴结老师的模样就想吐。遇到胖班主任给我做工作让我入团就心烦。我没写过一份申请书。我只“专”不“红”名副其实！我对胖班主任说：“我没怎么搞。”“没怎么搞怎么心不在焉？”听到这话，我突然想起了上小学时语文老师找我谈话我爱理不理，他也用了“心不在焉”，可那位语文老师将“心不在焉”说成了“心不在马”。我失声笑了。胖班主任说我不尊重别人没一点教养。我就把“心不在马”的典故讲了。她也笑了。这笑笑去了我们之间的隔阂。按惯例胖班主任再提几句希望之类的话，这场谈心就该结束了。你也肯定会想到我没猜错。是的，当时的情况的确是这样。不同的是临走之前我破例向胖班主任做了几条保证。只是下去后我压根就没有按自己向胖班主任说的那样去动真格的，这在我一直是一种惭愧。这种惭愧到了胖班主任要离开我同她的丈夫一起回省城时便变成了一种折磨。记得胖班主任临走的前一天又让我去她的寝室。我不想去。我不知道他们就要永远地走了。我想起了前几天学校公布的几条规定，其中有一条是不让女生到男老师寝室。类似的也应该不让男生到女老师寝室。我不想违反校方规定。我看到了胖班主任眼里的泪花。这泪花足以叫十五岁的男孩感动一辈子。我又依了胖班主任来到了我所熟悉又不是很熟悉的房间里。我看到胖班主任站在门后。当她面对我的时候我吃惊地发现她眼圈红了。

“建建，告诉你，我……我要回汉口。”

建建？她怎么知道我的小名？还叫得那样随口那样亲切！我突然想起了小时候。小时候，也就是两三岁吧，我和妈一起到爸那儿玩过一些日子。短短一个月的时间却碰上一位我最喜欢的阿姨。那阿姨并不胖，又长了一颗如三岁孩童的心。难道她发福了？我摇摇头。可我从胖班主任的脸庞眉梢看到的分明是那位阿姨的影子。我在心里问：阿姨，是您不？我没有勇气面对这个现实。十五岁的男孩太不会处理这种场面。也许不是这样。也许胖班主任是从档案上知道我叫建建的。也许……

“那次，我想去和你妈谈谈你，被你蒙回来了。你这鬼伢心眼儿倒不少，就是难用在正道上。你今天再带我去。这是最后一回。你不能再蒙我。”

我看见胖班主任说完后，从书堆里拿出一本大部头的书。胖班主任把书交到我手上。胖班主任说：“拿着吧，你喜欢的。”我接过书一看，是一本关于木工的书。书的扉页上写着“有志者事竟成”的祝语。我看到我朝思暮想的书。看到我多次向爸爸哀求要爸爸给我买又不知为什么怎么也没买到的书。我的眼睛也湿润了。我知道这本书难买。我猜想这本书肯定坐过几百里的长途汽车。我用最大的力量憋着不让自己哭出声来。可是我失败了。那是一种怎样的哭声！没有遮掩毫无顾忌。十五岁的男孩第一次懂得了“老师”的真正含义。十五岁的男孩在他的老师安抚下慢慢停止了哭泣。后来他的老师帮他擦去脸上的泪水。又后来他领着他的老师来到了他的家里。

胖班主任走后，妈把我叫到身边。我问妈胖班主任是不是我小时候最喜欢的阿姨。妈说不是。妈说胖班主任为我操碎了心。胖班主任明天就要跟丈夫一起回老家了。胖班主任二十岁大学毕业就来到了这里。在我的家乡，胖班主任度过了她人生最辉煌最美好的时期。胖班主任这次是专程跟妈来说我的。她说我脑子活，成绩好，就是不关心政治，不求进步。还说带我几年没把我发展成团员，她对不起我妈还有我爸。我从妈那里还知道，胖班主任那次被我“逗”回去后，第二天她真的去了水库工地。水库工地上当然没有我妈。胖班主任是在自己上街买菜我妈也正好上街卖菜的时候碰上我妈的。别看我是个男孩，长得却很像我妈。胖班主任从我妈的脸上认出了我妈。难怪那以后我妈特别爱管我了。我不让胖班主任到我家也就是不想让我妈管我管得太多。那时候，我天真地认为十五岁的男孩知道了世上的一切。他已有独立生活自主人生的能力。当我成为一个真正意义上的人，当我走上社会已经好几个春秋后，我才发现世界如此之大。我懂得的、知道的的确太少太可怜也太幼稚！

那件事不大，却决定了我人生的选择。我的胖班主任离开了我。她对一个男孩的关心却长驻那个男孩的心间。用现在的目光去看当时，觉得胖班主任做的那些似乎好笑。但作为一个教师，他的任务除了教给学生知识外，更重要的是根据社会的要求培养人才。她怎么能置社会的要求而不顾呢！作为一个教师、一个女人、一个身体发胖上了点年纪的女人，她所能做的她都做了。只可惜现在我不知道她工作在何处。我尽管留在了武汉，但武汉之大我根本无法找到她。我可以肯定，如果她继续站在讲台上，一定会像关心我一样关心她的其他学生，也一定能按照现代社会的需求去培养人才。

谁说的？世上三种人心最真：父母、老师、医生。

肯定是受胖班主任的影响，我要做老师！这心愿在许多年后终于实现了。那年夏天，我的考分把分数线甩得远远的。同事朋友特别是我爸我妈都要我填报最理想的学校最时兴的专业。我却毫不犹豫报了京城的师范大学。这在我的家乡曾引起过一阵不小的骚动。可他们哪里晓得，“当老师”在好几年前就被他们所关心的人决定了。

我不是个称职的老师，就像我不是个听话的学生。

四

我说过，我的家乡像一条船。我的家乡没有湖泊。有也只有些人工修建的水库。我的家乡有的是土包子。于是这只船就像搁在沙滩上一样，在时间的长河中吃力地移动，带着沉重的历史负荷!

夏天，雨水的光顾最重要了。送走胖班主任的第二年夏天，我的家乡几乎是滴水不落。这使我回家度暑假时，有幸被派给机务员做帮手。我喜欢干农活。可时间长了我发现那不是真正意义上的喜欢。作为学校生活的一个补充一首插曲，上几天课再换换口味可以，一干就是个把月则受不了。女队长那天问我说你是抽水还是割稻？我知道女队长是有意问我，便卖个关子不作答。第二天机务员拎只水桶来邀我，我便成了他的助手。给机务员做助手，好处肯定多。其中有一条就是能弄到鱼吃。那天我们抽水的黄土堰是半夜干的。还没干彻底时，我就听到堰里闹得啪啪响。我吃惊地问机务员：“这坡顶上的堰塘哪来这大的鱼？”机务员说：“天上掉的呗。”他看到我不相信，就没好气地说：“吃就是了，撑不破肚皮!”我于是不再问。又过了几天，又是一口堰塘，又出现了同样的情景。这回机务员没瞒我。时间消除了他对我的戒备。他对我说：“女队长既然派你来就没拿你当外人。”机务员挺神秘地，“实话告你吧，是我从查巴堰转过来的。”查巴堰是我们队里最大的堰。堰里的鱼一网能起几百上千斤。我放暑假回家那天，正好赶上堰里的水少了，鱼不隔要翻塘。机务员就是趁隔鱼的机会做了手脚，将鱼放进了不该有鱼的堰塘里。

其实，能弄到鱼吃对我并不重要。我没年纪腰杆儿嫩，成天成天地去割早插晚我拖不来。当时队里的口号是“男人不上床女人不脱衣。折几斤肉脱几层皮”！我的家乡人少地多，种单季都够人受，偏偏赶上那阵子学大寨，光巧干还不行最重要的是苦干。巧干得种双季苦干也得种双季。碰上那酷暑高温不折肉不脱皮哪行？我得感谢女队长。感谢女队长给我派了这份我喜欢的活儿。可是现在每每阴雨天，我的腰杆便直不起来，痛得我急呼老婆再忙也要给我捶捶脊背。我恨女队长。恨她给我派这份轻活儿，要我没年纪就去抬那一两百斤的抽水机。我也恨我自己。抬不动就是抬不动，干吗硬要撑着充好汉?!

这一年，我们队里作为全县办机械的试点驻进了工作队。工作队一个男的一个女的。男的四十开外，姓宋名海，人们管他叫老宋。

老宋对女队长的工作特别支持。芝麻大的事他都不放心，都要过问好几遍。老宋住在我们家里。我看得出，他对女队长更多的是体贴。那天扯夜秧，不知是谁问身边的人，女队长哪去了？尽管声如蚊蝇还是被老宋听见。老宋说："她到打谷场去了。"打谷场有没有女队长这很难说。女队长的确到过打谷场，可究竟是什么时候就闹不大准确了。我猜想她肯定回家睡觉了，这在我一次和老宋下棋时得到了证实。老宋喜欢下棋，棋也下得不错，我们队里没谁是他的对手，他来了棋瘾只好下驾找我。我不甘示弱又想学两手绝招，我把很多时间都用在了下棋上，小小棋子沟通了我和老宋的心。我和老宋成了忘年交。好多回当我妈我奶说我不是时，老宋出面护着我。我们下着下着女队长来了，女队长问晚上的工怎么派。老宋说你回去睡觉交我安排就是了。我看到女队长瞟了我一下。老宋明白女队长的意思却没怎么顾忌。老宋说："身体是本钱，拖垮了什么都干不成。"女队长说了几句不相干的话又看了我一眼离去了。女队长走后我问老宋："宋叔，你们这样不怕人家说闲话?”老宋说:“怕个鬼!”老宋将车向前推一步,说声“将”。我头一回听老宋说这样的粗话,我的脸红了。我偷偷看老宋一眼,老宋还是那种无所谓的样子。老宋看着棋子不看我,老宋说:“知道就装心里,不往外捅就是。”看样子老宋更加把我当知己了。

老宋来到我们村是花了气力的,还有那个矮胖矮胖的女工作队员。女工作队员姓江,年纪不大没有成婚,照理该称她小江。也许是这样称不合适,人们便称她江同志。只有老宋才称她小江。江同志是外地人,话说得很难懂。有时候说半天人们不知所云,她脸也说红了。江同志眼睛水汪汪的,却有点小小的毛病,听说看近处没问题看远了就像雾里看花水中观月。起先人们不相信。有一次几个男劳力在一个偏僻的冲洼里挖田沟,来了烟瘾就想坐下来抽一支。他们屁股没坐热就看见江同志打老远走了过来。这中间有个小青年叫黑子,想试她一试。黑子说:“甭慌,看看她的眼睛。”人们便心领神会屏住呼吸。江同志戴顶印了花的新草帽,手里的小竹竿不停地在田埂上敲打。来到距男劳力只有四五十米处,江同志突然将竹竿往一边轻轻一放,再用脚踩平田埂上的茅草。男劳力看见她解了裤带蹲了下去。男劳力们再也憋不住。黑子领头“轰”的一下笑得江同志搂着裤管像是做了小偷。后来关于江同志的笑话便传开了,后来人们也相信了江同志的眼睛差。

江同志不爱说话,不像老宋那样喜欢和人接近。她总是戴顶草帽拿根小竹竿从东头到西头再从西头到东头,人们说江同志魂掉了寻魂似的。那次被捉弄后,江同志变得更加不接近人了。她肯定是疑心人们看她的笑话，她肯定知道了关于她的笑话已传到不止我们一个队里。可是开会时江同志讲起话来滔滔不绝。江同志住我们家隔壁的隔壁。江同志喜欢到我家里来，喜欢和老宋讨论问题争论是非。每到这个时候，我看到江同志毫不让人老宋也惧她三分。我看到这种场景总是想笑。我觉得派江同志下来包队蹲点使她的性格也扭曲了。

也是在这年，历史把宋江推上了审判台，一场“平《水浒》批宋江”的运动在全国上下全面展开，老宋和江同志也跟着受了点小小的牵连。在评《水浒》的会上有个外地汉开口说宋江是奸臣闭口说宋江还是奸臣。外地汉声称他是山东人，家就住梁山泊一带。还说他祖上亲自参加了宋江的队伍。后来宋江投了降他祖上却没过上好日子。他家因此一蹶不振，轮到他这一代只得外出要饭客死他乡。外地汉平时就爱讲《三国》说《水浒》，讲起来没完没了头头是道。讲到死人的地方还流几滴眼泪。外地汉讲完了就带头喊口号：“打倒奸臣宋江！”“宋江不是好东西！”外地汉领了头，村里人不跟着喊就是立场不坚定。大伙儿喊一声看一眼老宋和江同志。老宋和江同志起先也跟着喊。后来江同志受不了了就噙着泪水离开了会场。从这以后江同志不再出门。江同志彻底垮了。半个月后，江同志便离开了我们队。听人说她调到二小队去了，也有人说她被招回了县城。

我看见老宋推着自行车驮着江同志的行李。我想起了我的胖班主任，胖班主任离开我一年多了。这一年多来，您可好啵？

五

贫协组长老张升成了大队贫协主任。

老张确实苦大仇深。小的时候他和他爸从外地逃荒过来。来到我们村刚两年，他老子便染了怪病过早地走了。老张孤儿没母无依无靠，是好心的乡邻把他供大。八岁那年老张去给地主当了放牛娃，与牛一起长大后又给那家地主做了长工。据说那家地主没儿子，看到老张天庭饱满地阁方圆就动了心。怪只怪老张自己痴里傻气才失去那入赘续后的福分。在地主家里他累弯了腰，直到现在还直不起来。老张一身骨架皮肉松垮嘴唇翻着眼睛也翻着，目光直直的老是盯着一处看。这让我怎么也无法相信沉鱼落雁闭月羞花的雁雁会是他的女儿。听人说老张的婆姨长得不错，旧社会还给地主做过很受宠的丫鬟。只可惜女儿的生日成了他婆姨的祭辰。小小年纪死了父母，人到中年又失去妻子，老张够苦的。老张跟党跟得紧，跟毛主席更是寸步不离。不管什么时候他身上总有一本《毛主席语录》。干部会社员会只要是会，轮上他讲话，他总是先从荷包里掏出那本最高指示，很像回事地翻了翻，再正经八百地说："毛主席语录，永贵是个好同志。"然后再讲他该讲的话。有时他也学"下定决心不怕牺牲排除万难去争取胜利"，那是在工作组或是大队干部要他换条语录的时候。除这以外，他总是学"永贵是个好同志"。

老张也有说不是的时候。据说学大寨那阵子，人们到处喊"农业学大寨"，他听见了嘿嘿笑几声，然后很带意思地说："农业学大才？学大才不如学德贵。大才懒得烧蛇吃！"

人们也嘿嘿地笑了。人们告诉老张：不是学“大才”，而是学“大寨”，“大寨”是个地方。这是毛主席他老人家号召的。一听说是毛主席号召的，老张吓得差点没尿裤子。这样的笑话不止闹过一回。

记得那天大概是一九七四年的冬里，我们学校搞阶级教育就来到了我们队里。我和我的同学们集中在门前的场子上。老张开始给我们作忆苦报告。我们校长把老张扶上主席台，又给老张倒杯茶。老张掏出《毛主席语录》。老张说：“毛主席语录，永贵是个好同志。”台下一阵躁动。

我曾为我们队有这样一位老贫农而骄傲，也曾为能来到我们队里进行政治活动而自豪。可现在我觉得这种骄傲、这种自豪被“永贵是个好同志”搅散了。我觉得我的同学们不是盯着老张而是盯着我，还有雁雁。同学们本来不知道雁雁有这样一个贫农爸爸，可来这里之前，班主任把雁雁和老张连在了一起。我看到同学们的目光中更多的是羡慕。我当时就知道那不是好兆头。这会儿，我的脑子全乱了。我希望老张能用他在旧社会的经历感动我的同学，使我的同学还有我的老师改变他们对老张的第一印象。可惜我这个愿望并没有实现。老张还在讲着：“五九年，我饿得肚皮贴着背脊骨，门前那棵榔树皮被我吃光了。”我的脑子砸了锅！我听见我们校长小声对老张说：“张老伯，您讲旧社会吧。”“旧社会？”老张顿了顿说，“旧社会我给地主放牛，差点当了地主的儿子哩！”

那次忆苦思甜是怎么收场的我不知道。回到学校，还是按原来的队形坐在操场上。校长给我们念了《陈占武同志的忆苦报告》。校长在上面念得满面是泪。我和我的同学在台下听得泣不成声。我们的感情真正被调动起来了。亡羊补牢确实不是很晚。

其实，老张的阶级感情最深了。阶级立场分明得连中农都不愿团结。工作队讲要依靠贫下中农。老张抢着说，中农不能靠，要靠只能靠贫下农。他总是开口一个“贫下农”闭口一个“贫下农”。工作队给他解释，贫下中农不包括中农。他满脸的疑虑说，不包括中农要那中字干啥！人们也就不再强求他。当了贫协主任后，我估摸肯定是工作队私下里教了他几招，他再不永远只念“永贵是个好同志”了。老张又背会了“千万不要忘记阶级斗争”“路线是个纲，纲举目张”，我再不为老张讲话捏把汗了。

真正认定老张做岳父，那是几年后的事。我不敢肯定，我这样把老张的荣辱与自己连在一起，是不是在我意识深处已经产生了认定老张为岳父了。但我和雁雁好雁雁和我好这是事实。我们俩同年来到这个世界又同年跨进学校的大门。我们和时间一同长大。我们把孩提时代的无知深埋在心底。我们各自在心中寻找着未来的世界。事实上，我别无选择。雁雁也别无选择。这是在后来我们真正成熟后，雁雁悄悄告诉我的。

记得小时候，我和雁雁没两样。飞机在天上飞，我和雁雁听到轰响都吓得哭起来。一前一后躲进谁家里就是谁家里。雁雁怕生人。我也怕生人。我和雁雁同样禁不住吓唬。就算是左右邻里，只要他们有谁说喝口水要把我俩吞了，我们便哭声吓人拼命往大人们怀里钻。我不知道我和雁雁属于不同的两个世界，就像雁雁不懂得什么叫男孩女孩一样。发现我们之间的不同是那次捏泥人。我们将泥人捏得比哪一次都大。大功告成，我用孩童天真的尺度审视着我们的杰作。我总觉得有哪儿不对劲。用我们当时的话说就是捏得不大像。长时间的注视后我终于找到了为什么。原来我们没给泥人捏鸭鸭。我按照我的感觉给泥人添上一只。雁雁却不同意。她说不是这样的。我们便有了争论。争论的结果便发现了男女之间的区别。我知道了雁雁与我的不同。我更加喜欢雁雁了。雁雁也把所有的时间给了我。

后来上了学。我失去了童年的天真与幼稚。我走进了生活的甜蜜与苦闷。

六

一九七六年，我和雁雁都念完了高中。我为我们拿到了当时的最高文凭而骄傲。我为命运把我们赐给了农村而自豪。“农村是个广阔的天地，在那里是可以大有作为的。”我的作为在农村。我的欢乐在农村。真的！

那年下学后，赶上县里修水库。我坚决要求上场。我回队后女队长便让我当了队里的出纳。出纳管队里的钱兼队里的采购。一年三百六十五天恐怕有一半便是当采买。这差事把人们的眼睛都盯红了。我没想到我一回队女队长就这样看重我。我更感激女队长每次都派雁雁给我做帮手上街买东西。这使我有了更多单独和雁雁在一起的机会。入冬后，雁雁随上水库的第一批人马走了。我留在家里干什么事也静不下心。我去找女队长。女队长笑笑。女队长问："想雁雁？"我说："不全是，我年纪轻轻的孤独。"女队长说："你看我孤不孤独不独？"我看到女队长的神色很凄凉。女队长三十才出头，长得和雁雁就差那么一点点。她男人工作在外，队里家里全是她一人撑着，有风度又有魄力，是名副其实的女强人。女队长的名字县长都知道，她给我说这样的话我确实有些吃惊。我不想深想也不愿深想，就说不能去也行。女队长却说去吧去吧，人都有年轻的时候。女队长说这话时模样挺动人。

我到了水库工地。我到了雁雁身边。

我和雁雁的关系没挑明。不仅对外人连我们自己也没往明处挑。我只暗里喜欢雁雁。我猜想雁雁也肯定在暗里喜欢我。雁雁的行为告诉了我。雁雁的眼神也告诉了我。雁雁每次回家总要看我一眼。碰上我回家也不例外。那目光告诉我，她希望我们俩能一起回家。上水库回家没别的，主要是弄米弄菜。雁雁每次回家弄来的菜都给我留下一份，不管是好是坏。雁雁还避着人帮我洗衣服补鞋袜。我的那双球鞋经她的巧手补得看不出是破了，弄得工地上的人全围着看。那天我问她："你不怕人家问你？"她红了脸说："躲着干。"我弄不明白大集体生活做什么事都逃不过众人的眼睛她哪来本事"躲着干"。后来才知道，她是装病"躲着干"的。我感激雁雁。我希望能帮雁雁做点什么。

我们终于有了能一起回家的机会。我的魂被雁雁的眼神勾走了。雁雁回家一次就被勾走一次。我实在受不了了。那天，我和雁雁拉土上坝。雁雁说："去说说，我们一起回家。"

我说："等下一回。"轮到下一回时，我使了个小小的计谋。我回去和雁雁回去没排在一起。雁雁在先我在后。到了雁雁回家的那天，我给民兵排长说队长捎信让我回去一趟。民兵排长吭也没打。民兵排长给和雁雁一起回去的老王说了声，就这样我与老王换了位置。我便与雁雁上了路。

那天的太阳特别暖人。好像还有一丝醉人的风。十几里地不知不觉在我们脚下溜走。我们边走边谈，净说些不着边际的话。我们也谈到了老张，也就是雁雁的父亲，也就是大队贫协主任。我发现雁雁对她父亲不是那么热情，明显的，在我兴致很高谈到老张时雁雁什么也不说，顶多点几下头"嗯嗯"了事。我们开始沉默。我猜想雁雁是生我气了。不然她干吗将眉头锁得铁紧？我觉得我是不是应该说几句贴心的话来讨得雁雁的欢心。没等我开口，雁雁却停下了脚步。待我走近，她用胳膊碰碰我。这是雁雁第一次跟我动手脚。我说不清应该感激还是应该戒备。我心里一阵惊慌。我没回过神就看见雁雁把她的背包挎在我肩上。我不知雁雁要做什么。我只觉得这些动作完成得相当漂亮。雁雁向一堆刺丛走去，那堆刺丛并不高也不密更不能遮挡视线。雁雁不看我，不管我走不走开便蹲了下去。后来成了家我才体会到那是夫妻之间的随便。我站在一旁。我并不想走。我想起了五年前……

五年前我和雁雁都读初中。那天我放牛晚了，没吃饭就背上书包向学校跑去。翻过一道岭，雁雁突然出现在我面前。我看见雁雁在慌乱中搂起了裤子。我看见干燥的地面上有一块湿印。那块湿印就像一幅模糊的地图深深地烙在我的脑海里。雁雁背对着我。尽管我们平常有说有笑可这种时候最好的办法却是互不理睬。我低着头用最快的速度离开了那里。我不知道那以后我们是怎么又开始说话的。我只晓得，相当长，大概半年多的时间，我们都躲着对方，万不得已碰在一起也会手脚无处摆放……

“你在想什么？”雁雁突然在我背后问。我不好意思地笑笑。我又摇摇头。雁雁说：“我猜到了。你肯定在想读书上学的那回。”我说是的。我又说：“我想知道你对这件事的感觉。”雁雁从我肩上取下背包。雁雁说：“有一种东西发展到相当的高度，别的就无所谓了。”我知道雁雁说的这种东西是“感情”。我对我们的感情到了“相当的高度”而激动得想抱住雁雁，然后再将她亲得半死！

我和雁雁陶醉在这种“相当的高度”中。那年的水库生活又把这种高度提高了一个可观的档次。

然而，有一个阴影总是跟着我。这就是老张。我说过，十五岁的男孩怎么也忘不了顶替他母亲上水库的那个夜晚。那天夜晚，老张用一种不应该用的方式给了他人生长河的第一体验。难道几年后这种体验又要从雁雁也就是老张的女儿那里得到。我无法把这两者连在一起。我认为把这两者连在一起是一种罪过！至少我的灵魂得不到安宁。我不知道老张对我和雁雁的关系怎么看。尽管他的眼睛有些瞎可他耳朵并不聋，看不见也听得着。那次骗了民兵排长和雁雁一起回去后，我真的去找过女队长。我怕民兵排长回来问起出了漏洞拿我话柄。男孩尽管长大了几岁可还是显得不老练。女队长知道我和雁雁一起回来又笑了笑。我觉得女队长能把她感到孤独告诉我，我也没必要瞒着她。我说今天不该我回，雁雁要我回我就扯了个谎回来了。女队长说你太孩子气，现在考虑的是工作不应是女人。女队长说完就告诉我老张让她做媒把雁雁说给我。看来老张不仅知道而且打心眼里喜欢。我爸爸在外工作，我们队里不少人都在外工作，可我爸爸的官最大。我听女队长这么一说我吓了一跳，心里马上筑起了一道墙壁。这道墙壁无疑把我和雁雁隔开了……

我带着一种矛盾与恐惧和雁雁往来。我带着一种戒备和防范与雁雁相处。这在我们都二十岁雁雁到了法定结婚年龄那年得到了证实。

那是春暖花开，大自然把一切秘密都展露给人类的时候，雁雁约我晚上到她家里说她有事告诉我。我去的时候她家大门没上闩。我进了门听她在房里吩咐要我随手把门关上。我不知道雁雁在捣什么鬼。她的鬼主意总是比我多。我照实关上了大门来到房里。房里的情景把我吓坏了。雁雁光溜溜的什么也没穿。她睡在床上且把少女最美丽的地方献给我。

我被雁雁的美吓坏了！我想要是帕里斯再世一定会把金苹果判给雁雁而不是那个断臂的维纳斯！

那是一种怎样的诱惑！

二十岁的小伙子能经受住吗？

是的。二十岁的小伙子已经彻底成熟。他真想迎上去体验那人生最美妙的时刻。可是……可是老张来了！老张不是从门里进来。老张从记忆的深处腾空跃起。二十岁的小伙子慌忙退了出去。他反手将房门关得严严实实，生怕里边的美被人盗走或是趁他不备偷偷溜掉……

我站在门外，细听屋里的动静。我听到了小声的抽泣。

我站在那里近一个时辰。这一个时辰里，二十岁的人生里程被我重新走过。这一个时辰里，我又长大了恐怕不止十岁！

雁雁终于出来了。穿着她平时爱穿我也爱看的衣服。雁雁不看我。

“你走吧。”

“听我说，雁雁，你说过，感情发展到一定的高度，别的也就无所谓了。”

“可是，感情需要安抚，更需要表达！”

“我……”

“别说了，走吧。”

我看到了一双绝望的眼睛。我知道雁雁的脾气。我只好走。

我战胜了自己。

我失去了雁雁。

七

那以后，我和雁雁的关系不如从前了。

而就在这一年，我父亲犯了错误被“两开”回来。我隐隐觉得，我和雁雁完了。时间证实了我的猜想。老张说翻就翻，声称雁雁要是再跟我往来就打断她的脊骨！

我恨老张，他不该是雁雁的父亲。我恨我父亲，为什么偏偏在这节骨眼上被开除回来？可我感谢雁雁。雁雁并不像她父亲那样势利眼。雁雁还是雁雁。

那年月还是那年月。虽说“四人帮”垮了台，但政治运动还没全停。

我家的成分是和我爸的身份连在一起的。究竟是富农还是下中农，直到现在我也没弄清楚。我觉得这里的悬殊太大，跨了一个档次隔了一重天地！听我爸说当时好像是划过富农的。我爷爷死得早。爷爷死时，我爸我叔来到这个世界还不久。奶奶怕养不活他们就将我叔给了人。过继我叔的这户人家划成分是地主。我们家自然就受了一些牵连。土改那阵子，我爸年岁不大难知事理于是就被划成了富农。据说后来复查我们家又讨了政策的好，改成了下中农。这时候我爸已出去工作。我爸是招考考出去的。用现在的眼光看，我家改成下中农与我爸考出去可能有关系。后来我家一直是下中农。我进校读书填表入团都是这样写的。这在我无疑是一种光荣，因为下中农和贫农一样也是依靠的对象。那时候经常开贫下中农会讨论队里的大事。我们家确确实实被依靠过一阵子。我刚毕业就让我做队里的出纳。做出纳管现钱不是依靠的对象绝对不可能。做了还不到一年的出纳又让我当民兵排长。民兵排长比出纳更讲政治条件。特别是工作队老宋住我家里连不少贫农都没有这种资格。我爸被“两开”回来后，我家里的成分就跟着变了。大会小会似乎统一了口径都说我家是富农最早就是这样划的。我的民兵排长被撤。老宋也从我们家里搬了出去。世界一下子变得漆黑。农村这块广阔的天地也不广阔了。好在我奶奶已不在人世。我奶奶要是活着肯定受不了这种打击。

其实，我奶奶躺在黄泉下也在为我们担忧。有人曾经看见我奶披头散发坐在坟头哭泣。我奶死后几年都是平平安安的。我奶埋在一片松林里。这片松林便成了以后经常闹鬼的地方。我在这里捉过“鬼”，这是后话。

那时候，也难怪人们对我爸看不惯。我爸架子就是拿不下来，说话干活还是干部模样。这还不算，最最要命的是他对队里的有些做法总喜欢说三道四。殊不知他已是平头百姓一个，甚至连平头百姓都不如！当时，我和我的弟妹们都相继长大。半大的娃们肚子吓人的能装。每年三百多斤口粮，根本解决不了问题。我爸说：“多种些菜，菜一半粮一半。”我便照我爸的吩咐，将我奶奶坟头的那片荒坡开了出来。种下的种子还没发芽，我爸就进了学习班。办学习班是个好办法，很多事情都能在学习班里解决。我爸不服，学习班不灵了。于是我爸又被挂着牌子游乡。游乡的不单我爸一人。有搞人家女人的，有将牛角锯掉了的，还有偷了粮食的。这以后我爸算真服了。我爸换了人拧了个，什么也不说什么也懒得做。回到家里总是看着房梁发呆。那天我妈告诉我，说她发现爸的枕头底下放着根绳子！我惊得说不出话来。我给爸说你要看远些，我们兄弟几个大了就不怕人欺了。现在想起来这话是多么可笑！我爸说我想好了，我不死，我死了也没你们的好日子过。我一听这话就忍不住眼泪直流。

那天我下了决心要报复。我将菜刀磨得寒光闪闪。我没让家里人知道。我只告诉了雁雁。雁雁和我还保持着关系。她说她不管她爸怎么拦，她这辈子是跟定我了。我想到我的处境不想连累雁雁。我有意气雁雁不理雁雁。我说你家是老根子我们富农攀不上。我看到雁雁和那次一样哭了。雁雁哭完掉头就往家里跑。我以为我的目的已达到。没想到雁雁看样子和我远了却在要紧的关头暗中给我传信。她把她爸知道的全告诉了我。那次不是她通气我爸肯定又要进学习班。我要去报复我正血气方刚说不定做出杀人的壮举也不足为奇。我杀了人就会被枪决我就得先告诉雁雁。我也知道雁雁肯定不会让我去干。她眨眼的工夫找来了黑子，也就是我要好的朋友。她和黑子拦我劝我。黑子拍拍胸膛。黑子说："这事包在我身上。"雁雁说："人家现在正找你茬，你这样正好送上门。"黑子又说："为了雁雁你不能去。"我被拦住了。

过了两天，村里人传说书记的房顶上被砸了几个窟窿。还说那天书记正睡觉，一块石头砸下去差点砸中书记的脑袋。我想这事准是黑子干的。我给黑子说要报复明着来，省得人们都成了怀疑的对象。黑子死活不认账。黑子说他也是条汉子决不会干这号没骨气的事。后来我上了大学黑子当了个体户，黑子进省城进货到我家里住了一宿。临分手时他才承认砸屋的事正是他的绝招。

我突然想到一个真理：人都会保护自己。

很难想象，那年月如果没有像黑子这样的狐朋狗友或明或暗地帮助我，我的日子会怎么过。我感谢黑子。我更应该感激女队长。只可惜这种感激是我长大成人进了大学后才慢慢产生的。我记得那年春节放假回家，我曾经很激动地买了些高档副食，准备去给女队长拜个年道个不是。谁知半路杀出程咬金，还没到家就被黑子们抢着打了牙祭。后来，女队长随她在外工作的丈夫进城过日子去了，我那想报答欲表白的愿望便成了泡影，不得不让记忆将它尘封在脑海深处。但我永远也忘不了那个风雨交加的夜晚。

那天，满满的一场稻谷晒在场上。雷雨说来就来，任何人也休想挡住。我看见女队长第一个赶来。接着是书记接着是老宋再接着是老张，人们都来了。我听女队长说稻子要紧，赶快抢到老李家里去吧。老李是我父亲。把稻子往老李家里抢也就是往我家里抢。我家打从我父亲回来后就没装过稻子。但愿这次能平安能吉祥！我站在人丛中。我听见书记说还是抢到仓库的好。女队长说仓库太远已来不及了。她没等书记或是老宋开口，忙扛上一筐就进了我家的门。

书记和老宋不再说什么。

就这样，我们家里装了满满一屋队里的稻子。我看见稻子抢完后书记女队长还有保管员三人一起来到装稻子的屋里。他们好像说了些什么。书记又用手比画了几下便让保管印章。保管印完章后女队长又特地要他加印了好几下。这时我才发现我家装谷印的章比旁人家里印的多！对这件事我不愿往深处想。想得越多对我的自尊心伤害就越大。

然而就在当天晚上，女队长拎了印章先说怕稻子发烧来查看。接着又对我说："去找俩麻袋来。"我不知道女队长要做什么。我将麻袋递给女队长。女队长三下五去二，风急火急地装好两袋稻子。女队长说："抬去吧，这年头什么都不真。"

我明白了女队长的意思。我双膝跪在她面前。我说："求你了，这样会害了我们。"我想起了那个和我爸一起游乡的矮老头。矮老头正是偷了集体的稻子才被游斗的。据说矮老头家里也装满了一屋队里的稻谷。那神圣的印章被老鼠爬得模糊不清，待矮老头发现已经晚了。矮老头是黄泥落在裤裆里，浑身长嘴也说不清了。女队长并不搭理我。她低着头重新盖着印章。盖完了直起腰嘘口气还想说什么时突然有人敲门。我吓得浑身打战忙问是谁。我听出是黑子的声音才落下心来。女队长不知我和黑子关系的深浅比我还急，忙动手把稻子往里屋弄。在这种情况下，我不得不顺了她的心。

我家拥有了两袋稻子。这在当时是笔不小的财富。为这两袋稻子家里也犯尽了愁。我们不能公开弄去打米也不能私下在家里碾磨。我曾经提议把它们喂猪或是喂鸡，也省去一分危险。我爸我妈却不同意。结果放在家里不到半月就听人说队里粮食走了数。为防万一我们把家里三张床上的垫草全减去一半，再将稻谷分放在上面。没想到事情也坏在老鼠身上。那只老鼠将我房里的墙壁打个小洞。稻谷便从洞里流了出来。赶巧被书记的儿子发现。书记的儿子大我两岁和我一同拿到高中文凭。小时候他就忌恨我。我爸被开除回来后他总是当我面唱“想起往日苦”。他看见我家墙缝里有谷壳往外流就赶紧去报告了老宋。事情的结果可想而知。我爸再次进了学习班。

我恨女队长！我觉得是她有意导演了这出不打锣的把戏！奇怪的是我家的院子里不时有人扔大袋小袋白花花的稻米。这人是谁，我至今还蒙在鼓里。

我猜想这地方已没有了我出头的日子。合家搬迁也不是件易事。我突然想当兵。我要到部队去。等我混点名堂再回来出这口气也不迟。我太天真了。我忘记了我家是富农。没想到我爸也和我一样天真！在我告诉他我想当兵想混点名堂出了这口鸟气后，他居然笑了。我爸很长一段时间没笑过。他说他在外边还有关系，凭他的关系把我弄出去当兵不成问题。可是分到我们队里进体检站的指标只有一个。这指标很明显归了书记的儿子。乡下人把当兵当作一种出息。我爸四处活动真的又弄来个指标。可指标被书记换了人。书记说你身体好年纪小等明年再去也不迟。我每次去找他他都笑脸相迎。他还向我保证明年说什么也要让我去的。碰上这样的软皮货我实在没办法。就这样我当兵的路被堵了。不过，书记没让我去当兵他老婆一辈子都后悔。那是在一九七九年。中越边境不太平。他儿子上了前线。收到他儿子寄回的信，他老婆成天成天地哭。边哭边骂书记没长后眼睛，当时怎么不让我去上战场被打死！我听了这话去找书记的老婆干了一架。那天书记正好在家。我和他老婆干架正旺时，书记冲上去狠狠掴了他老婆一巴掌。我看到书记第一次打老婆。打了老婆书记又安慰我说，他老婆话是说得过了可心眼并不坏。书记告诉我，他老婆私下里说若是让我去了一定能立功。

我想哭哭不出泪。我想笑笑不出声。

这年冬里我爸平了反。我家的富农帽子也被摘去。

再后来，我上了大学。书记更是气得咬牙。通知书下来后，书记却仍然按年初的规定，让人送来三百元的贺金。我家里请客。我亲自去请了书记三次。书记次次都推说要开会什么的，终是没来喝一杯喜酒……

八

我没能去当兵。我想起了奶奶的话。奶奶说："娃呀，如今不兴考状元。兴，你一准中。"现在兴了。我要去考。雁雁也要我去考。我奶奶九泉之下会保佑我。

说心里话我不想上大学。我从小就对农村对家乡有感情。这种感情已注入家乡的土地里我的血液中。我更怕考不上。人们说我聪明可我生不逢时没学到东西。前两年招考我就没参加。第一次赶上队里"双抢"正忙，队长不让我去。考试下来我们村没一个考上，我们镇也只考上一个在籍生。第二次我也没去考。我真傻，那样难熬的日子我怎么就不去考呢！现在我想去。我家又变成了下中农。我爸平反没几天书记找我去谈了一次很长的话。书记说前几年是我们党的错误，现在你爸平了反你也要平反，大队挺看重你，先让你当副队长，再慢慢顶替女队长。我说我没心思当副队长，我干什么也没心思。我想考大学。晚上，女队长也来到我家里。女队长把我当作她的知己说了很多不该对我说的话，把我说得糊里糊涂又没有了主张。我去问雁雁。雁雁说你去吧，考不上别回来。我给雁雁开玩笑说我不回来你找谁去？可说是说笑归笑，我看到雁雁忧郁的眼睛，我猜想雁雁是怕我上了大学丢了她。在雁雁的目光下我又动摇了。我不敢说我去考准能考上，但这种可能肯定有。我若是考上了再和雁雁成婚恐怕不现实。人们都希望忠于爱情但在关键的时候也会动摇。我必须在雁雁与考大学上做抉择。选择谁我都没有足够的勇气。我只好去问奶奶。我从小就听奶奶的。奶奶让我去我就去。

奶奶不让我就不去。

我奶奶离开我已有大几年。这几千个日日夜夜我无时不在惦着奶奶。听妈说妈常常梦着奶奶。我爸也梦见过不少次。我问爸妈奶奶的模样是不是变了。我爸说还是老样子。我妈说变得可怕了，披头散发的好吓人。可我怎么一回也梦不见。我多么希望能见到我奶奶。哪怕是披头散发甚至是青面獠牙都行。只要是我奶奶。只要她叫我一声娃。可我梦不见。我梦不见奶奶就希望看看奶奶的魂灵。奶奶的坟地里经常闹鬼。我们村里好多人都碰到过。可我总也碰不到。我曾经去一一问过那些碰到的人。有的说要星稀月大，有的说得伸手不见五指，有的说刮风下雨最灵验……后来，我就按人们说的时候去碰。星稀月大我去过，伸手不见五指我去过，刮风下雨我也去过……就是碰不到。一回也碰不到。我心里嘀咕，肯定是奶奶知道我胆小有意躲着我。可是奶奶，十五岁的男孩不再是十五岁。他已长大成人，他已不像小时候看见生人都怕了。我这样向奶奶哀求。我多么希望奶奶见我一次！

这一天终于到来了。那天刮着风却没有下雨，晴着天却没有月亮。就是这样一个夜晚，我和雁雁到兴武大队看电影。兴武大队离我们不远但也有四五里地。村里人一般懒得走。只有我和雁雁。我们俩一听说有电影，好看不好看都得去。这天也没旁人。这天的电影比哪一次都动人。我和雁雁一路走一路谈得兴致极高。我奶奶的坟刚好在我们去兴武大队的小路旁。我们正谈着忽然刮来一阵风，吹得林子呜呜响。雁雁还和小时候一样胆小得像老鼠。雁雁紧紧抓住我只差往我怀里钻。我说有我在你甭怕。我们停下脚。雁雁突然指着奶奶的坟墓让我看。我顺着雁雁手指的方向看过去。我看见一个人影消失在奶奶的坟头。我推开雁雁。我说你在这儿等我，我去去就来。雁雁不愿等我也不让我离开。我没办法只好拉着她一步一步靠近奶奶的坟……

我根本没想到出现在我们眼前的会是那样一种情景！直到现在，我仍然后悔得不行。我要见我奶奶。我的心太切。可那人不是我奶奶，却是老张也就是雁雁她爸！更不是什么鬼！我看见老张趴在坟边，他的身旁放着一担稻谷。我明白是怎么回事了。我不想让雁雁知道这些，拉着她便往回走。我口里连连说“鬼鬼”，吓得雁雁紧紧抱住了我的腰。

我想起了我爸的话：世上本无鬼，全是人在闹。

那天，到底还是蒙过了雁雁。后来雁雁屡屡问起当时的情景，我先说是鬼然后就笑。我不想伤雁雁那颗善良的心。在我们家粮食紧巴的时候雁雁也多次帮过我们。我想要是雁雁知道粮食的来源恐怕会不安一辈子。不是怕雁雁受不了，我决不会放过老张。

后来，雁雁终于知道了。同样是个没有月亮的晚上，雁雁约我到外边走走。雁雁什么也不说，领着我一直往前走。夜深人静寒气袭人。我说回去吧，我冷得受不了。雁雁这时才开口。

雁雁说：“那天的事不用你说了。”

我明知故问：“哪天的事？”

“你别装熊。那天碰上的不是鬼！”

雁雁转身抓住我胸前的衣襟：“你为什么不让我知道是我爸？我恨他！你知道吗？”雁雁一边说一边捶着我的胸。

我不知道怎样才能安慰雁雁，更不知如何对雁雁解释。我知道我并没有错。我站在那里一动不动任雁雁怎么惩罚都行。雁雁捶得没有了气力。雁雁告诉我，她当时也看到了两筐谷。只是没想到那个趴在地上的是她父亲！她每次问我我不告诉她她便觉得有些蹊跷。今天她爸又问她到底和我的关系怎样了，那天晚上夜那么深怎么还和我在一起。她问她爸怎么晓得那天晚上的事。她爸知道说漏了嘴就留给了她六个小圆点。

我说这事已过不必再往心里去。你应该相信我，我也不会往外说。谁知雁雁恰恰不希望我保密。雁雁说有些事你们男人永远也不会知道。我爸那老东西不是人！有刀子，我杀也杀得进去。我不想问雁雁说这话是为什么。在我的记忆中雁雁和她爸的关系总是不好。当工作队和大队干部把她爸抬得很高时，她说她爸不久一定会栽下来，像只断了线的风筝。她等着这一天的到来，她好敲锣打鼓还要买鞭炮放得噼啪响！我觉得雁雁的话是应验了。老张若是落在别人手里，肯定不会跟他下台。

那天尽管我没问雁雁，雁雁还是告诉了我，雁雁说她那个想把一切都交给我的前一天晚上，她爸偷偷摸进了她的房里，还强行压在她身上。后来她咬了她爸一口才得以逃脱。雁雁还说你不相信你去看我爸的胸前。

我看到了一颗滴血的心。我看到一个美丽的灵魂被践踏。我说你怎么不早告诉我？我若是早知道，我一定不会放过那老东西！

就在这天晚上，我们偷尝了人生禁果。尽管环境依旧，我却觉得生活是那样充实那样甜蜜！

后来，老张对我们家里的事不那么管了。对我和雁雁也睁只眼闭只眼。我与他成了河水井水。这种关系一直维系到我拿到入学通知书。

九

我一人来到奶奶的坟前。我没让雁雁一起来。我怕又碰上那等猝不及防的事。

我忘了说了。我奶奶的坟移了地方。我奶奶埋得不偏。奶奶的坟上经常闹鬼，弄得人们到这方来干活都胆寒。那次那个和我一起弄鱼吃的机务员，也就是黑子，悄悄把我喊一边。黑子说你不是想见奶奶吗，跟我去就是。我有些不相信。他神秘地说："你奶奶昨夜里敲了一夜的水管子，闹得我连觉都没睡成。"黑子的助手忙着补嘴："幸亏黑子哥狗胆包天，要不早吓得不在人世了。"类似传说越传越玄！我想揭开这层神秘的罩子。我相信我奶奶。我奶奶活在世上就弱小善良，死了跟活着的一样，叫人没丁点儿怕意。怎么到了阴间突然变得凶狠狰狞了？可这种传说到底起了作用。女队长那天要我把奶奶的坟迁走，理由是队里要将那片林地开过来种棉花种小麦。那时候毁林开荒是常有的事。我去找书记找老宋，求他们能不能把我奶奶的坟留出来。书记说可以商量。老宋却问我留出来那儿的地还种不种。我说当然种。老宋又问我谁去种。我当时真糊涂。我知道开那片地目的是要我们迁走奶奶的坟是一年以后。我没有办法。我跟老宋撒赖皮。我说：

“我不迁，就不迁！”老宋说：“不迁也行，等着看那推土机长不长眼睛。”我只得回去。

我和我爸开始移坟。

我想我奶奶的愿望终于实现了。

我奶奶果真没有死！

我奶奶坐在棺木里！

奶奶说：“娃呀，月亮里有棵老桂树。”

我说：“奶奶讲给建建听。”

奶奶说：“娃呀，天上的日头从前不止一个。”

我说：“奶奶讲给建建听。”

奶奶说：“娃呀，人是泥捏的，最终得变成泥。”

我说：“奶奶跟建建捏泥人。”

奶奶没跟建建捏泥人。建建一眨眼，奶奶不见了。奶奶变成了一架白骨，一堆肥土。

我和爸一根一根一块一块地将奶奶拣起。我抱起奶奶的头骨。我看见奶奶头骨里挤满了蚂蚁。我又想起了那棵和月亮一样年纪的老槐树，想起了南柯一梦。奶奶在做南柯梦。奶奶希望她的建建生活得幸福。

我掐来一根茅草棒。我用茅草棒一只一只将蚂蚁拨出来。我把奶奶的头骨拨得干干净净。

奶奶的南柯梦破了。

我抱着奶奶的头颅。我爸抱着奶奶的身子。我们把奶奶安在一个偏僻清静的墓地，给奶奶建起了新的寓所。

没想到奶奶的坟头照样有鬼闹！

我是中午到奶奶坟头的。将奶奶移到这里后，我找了不少地方好容易找来一些常青树。我将奶奶的墓地装扮全绿。我还在奶奶坟上栽了棵槐树。这棵槐树长得也不错。芽发得早，不像村里那棵和月亮一样年纪的古槐。就是和村里别的树木相比也有些不同。也难怪人们说这里闹鬼。这地方坟头一个挨着一个，极少有人来。每年清明时节才是热季，来的人自然多些。可烟雾花圈龙雕清明吊徒增了一些恐怖。又添了我奶奶这个喜欢闹不安分的鬼，人们更少来了。

我去的那天是深秋。树叶大都凋零。坟地却一片墨绿。我奶奶的坟上有冬青树。别的坟上也栽着些松柏。后人对长辈的心情是相同的，这在他们对死者的祭奠中可以看出来。我来到墓地的那一刹那，我甚至想到人类的归宿就在这里。我觉得生与死没有严格的界限。如果把这个问题拿出来争论，结果肯定和先有蛋还是先有鸡一样。我想起了一位诗人的话：有的人活着，他已经死了。有的人死了，他还活着。这话本身就告诉人们，生死之间是一片模糊。我奶奶死了。可她在人们的心中还活着——人们不是经常见到奶奶的魂灵，经常谈论奶奶吗？

没有风。墓地一派萧穆。大地睡着了一样。人间静得可怕。

有响动！

我的耳朵竖了起来。我发现响动正是从我奶奶的坟头传来的。我轻脚轻手向奶奶的坟头走去。我好像听见有人在细语。凭直觉那肯定是人而不是传说中的什么鬼！我听出是一男一女的声音。我心想这次又有好戏看就更加放轻了脚步。

那的确是一对男女！脱得赤条条一丝不挂。男的趴在女的身上。男的嘴和女的嘴互相咬着。我站在他们面前离他们不过两米。女的首先发现了我。女的极怪地“啊”了一声。与此同时男的也发现了我。我趁机问：“你们究竟是鬼是人？”我量他们不会回答。我看见男的从女人身上翻下来，然后各自拿来衣服想遮住下身。我命令他们站起来跟我一起走。捉奸拿双自古如是。我今天拿了双你们就休想跑掉！

这时，男的双膝一并跪在我的面前。他大概知道我这样做对他将意味着什么。他肯定也知道我身材魁力气大他俩合伙也不是我的对手。他一边给我叩头一边说放了我们吧，看在我俩曾是忘年交的情分上，求求你了。他叩头如捣蒜。我说只要如实回答我的话，就什么都好说。男的说行行行全依你什么都行。我问：“我奶奶坟上经常闹鬼是不是你们？”男的连连回答：“是、是。”我又问：“你们以后还干不干？”男的回答说：“不不不……不干不干……再不干了！”我又问女的：“你呢？”女的却硬硬地回答说：“干！”大概那女的看到我吃惊的目光，接着说：“我男人一年就回来一次。我跟谁都干。你不是也跟雁雁干了吗？”

我想到了鱼死网破。想到兔子被赶急了的时候会怎么样。我的人格受到了侮辱。我觉得还是应该尽快离开，我说：“你们再到我奶奶坟头来干，小心我剜掉你们那丑玩意！”

我再不想看到他们。我觉得我今天做了一件很愚蠢的事。我掉头就回到了家里。我没问成奶奶。这件事连同老张的那件事把家乡的丑陋摊在我面前。家乡的美好离我而去。我决定去高考。考得上我走。考不上我也走。尽管我父亲又恢复了工作。

十

我是到学校插班复读半年后考上的。

我和雁雁最终没能走到一起。原因很复杂。也许像你想的那样。也许完全不和你想的相同。雁雁一直没嫁人。我让她嫁给我她死活不愿意。乡亲们多次给她提亲，她也不点头。我毕业留了省城。那次回家，雁雁对我说："我嫁给你奶奶得了。"口气像是开玩笑，我却惊得几夜没合眼皮。欣慰的是，我现在的爱人也叫燕燕，字不同音同。我在招呼燕燕的同时，也能唤回儿时少时还有青年时期的记忆。

我的思念停驻在家乡的土地上。就像家乡的呼唤常常萦绕在我的脑际。

我忘不了那段生活。如同生活不愿抛弃我。

离婚艺术

一

夜未尽，太阳已经升起。天还亮，星星却已出现。忽然，月宫里那个伐桂树的男子扔掉板斧，大呼一声："我去也！"只见他两臂一张，生出一对黝黑的翅膀，眨眼间便消失得无踪无影……

总有哪儿不舒服，浑身沉沉的不自在。小肚胀得要命，两条腿夹得铁紧，怎么也挪不开步。

想撒尿。

他憋得够呛！到处有厕所，可到处的厕所都是满满的。使了吃奶的力，仍是挤不上槽。他想说求求你们了，我那泡尿胀得要破，嘴却无法张开，张开了也发不出声来。他看见人们都望着他笑，只好往别处赶。再迟会儿，八成会尿得一裤裆！

他看见一个垃圾堆，四下瞧瞧，没人。闪电般解了裤子，却窜出个女孩来，女孩尖叫一声，逃得远远的。总算可以尿了，可是，又使了吃奶的力，仍是尿不出来！小肚越来越胀……

他终于尿了，才尿出几滴滴，人就猛地一惊！

他醒了，摸摸床单，只湿了拳头大一小块，还不错。

趿鞋。

亮灯。

上卫生间。

他再也没法儿睡。待到天明，脑子里突然冒出一个奇怪的念头：离婚！

可是，一点戏都没有！他与老婆没大的纠纷，没死人的冲突。老婆不会同意，别人只会说他神经，这婚怎么离？

其实，说起跟老婆的关系，那真正才叫尿不到一个壶里。假日旅游，他要往东，她要往西；上街走走，她要向南，他却要朝北；做点吃的，就连放葱放蒜之类的小事，稍不注意就会弄得两人都不高兴。平平常常的事，不知为什么，在两口子心里横看竖看都不顺。眼不见心不烦，既然看见了，心存烦恼就是应该的。他总是这样想。

然而，夫妻俩或是斗嘴或是动拳脚，总是男的赶紧关窗户，女的急着上门闩，生怕漏出一点点风声。“看人家小邵，过得多精神、多风光！那才叫真正的爷们儿娘们儿。”每每嗅到火药味，老皮的话便在耳边响起。也罢，天塌了地崩了都可化干戈为玉帛。比如中午的怨气要憋到晚上，待晚上夜深人静，一丁点响动都会传到左邻右舍的耳门子里，又只好将怨气压缩了灌进脊骨，让它们默默地去做抗争。不知就里的，提起这两口子，真还会打心眼里透出由衷的羡慕来咧！

按说，他俩也该知足了，女的长得是那个美呀，无论是身材脸蛋儿，在这个县级市里，能和她比的还真就没几个。男的呢，又英俊又潇洒。且都当着品级不大也不算小的干部。赶上这好年月，双方的前途自然是没得说。加上儿子又不在身边，儿子刚过周岁就被父母接走了，说是让他们安心工作，好好享受。可就是不知着了什么道，日子过得比鬼都难。更难的是，这满肚子的苦没法儿吐！

真烦！

二

这天，局里传达了市委文件。文件挑明说机构改革要在几个局试点，取得经验后再铺开。赶巧他们局就属于这几个试点的局。他早就想摘了官帽轻轻松松去下海，这一步迟早得走，是火候了。当然，首先得离婚。离婚二字不再像以前那样似两颗酸甜的葡萄悬得老高，可望而不可即。反正做不做官也无所谓了，那些“影响”“前途”“名声”等等，统统靠一边去吧！

晚上，他乐得满脸都是喜，饭菜做得香喷喷的。备好一切后，跷着二郎腿叼支“黑红河”，静候在饭桌旁。

他得和老婆好好谈谈，想尝尝那两颗酸甜的葡萄。听到橐橐橐的皮鞋声，他赶紧迎上去，开门，接包，让座。然后挺幽默地说：“老领导，请。”

她似乎受到了感染，凑上去在他脸上“吧嗒”一下，并献给他一个多情又难得的微笑。

无心插柳，却导演了夫妻生活中极富诗意的一瞬间。这种氛围谈离异，肯定没门！他心里嘀咕，脸拉得长长的，像两页泛了黄的手纸。

那顿饭滋味如何，许多天后，他怎么也回忆不起来。

饭后，序幕就拉开了。

“离吧，这日子过得太累！”

“离？什么离？”她有点反应不过来。

“婚离——离婚呀！”

“不是过得挺好吗？哪根神经出了毛病！”

“得了吧，我的小美人，打跟你结婚我就想离。有资料说今年是离婚年，离婚率高得不得了耶。”他讲起了广东话。

“原来你是早有预谋！”

“难道你还想同床异梦？”

“夫妻同床是上了法律的，想异梦的是你呀！我劝你死了这歪心眼！好不容易熬到今天，你不在乎我还在乎呢！”

老婆说完，一扭屁股，接着是“砰”的一声门响。

他的眼睛瞪得要掉下来。

三

这日子，不离就这么混着过，倒也过得去。既然下了离婚的决心，离婚就像是奥运会的金牌之于运动员一样，那样强烈地诱惑着他。他这人有个死脾性，想做的事不达目的决不罢休！凭了这脾性，那支丘比特的神箭才穿山越水，射出一道弯曲的轨迹后一举射在了他老婆那里。现在，他要收回这支神箭，把它深藏在青春的宝库里，让它生锈，老化，永无离弓之日。这的确是他现在的想法。只是他没料到，老婆会跟他横着鼻子竖着眼，怎么说也不松口。对此，他还缺乏足够的思想准备。他只是觉得，两个感情基础已无的人被一条像蛇一样的绳索捆在一起是天大的不幸。若可以解脱，于己于她于家庭都有好处。他甚至觉得，女人是死要面子的，就算心里想离也决不会首先提了出来，他先提出来了，她会高兴得跟洞房花烛夜一样。可是究竟哪儿出了毛病？

一连几天，他饭不香觉不甜，思过来想过去。总以为是不该营造出那种特别的氛围，更不该做好了可口的饭菜等她。这样做不就是求她吗？他在心里问自己。女人就是女人，长不得三根肋骨！你越是求她她就越跷盘子。然而，当他改变了方式进行第二轮谈判时，仍然没一点儿结果。

那天，一下班他就躺在了床上。本来他可以找个借口迟些回来的，可他偏偏不。躺在床上懒得下厨不说，还拧开音响，放起了的士高。整个楼房都被吵得咚咚直晃。照往常，她一定会发雷霆大火，可这次没有。当他心烦意乱地准备和她大干一场时，像那次他待她一样，饭菜已备在了桌上，有煎虾、酱排，有他最喜欢的麻辣臭豆腐，竟还有一瓶看包装就知道高档次的老白干！

臭娘们！

他估不透把不准了，一股无名火直冲天灵盖。

“你以为这家还在？”

没有回音。

“耳聋了是不是？我问你离还是不离？”

足足过了两分钟，她才放下手里的碗，不愠不怒，不慌不忙地说：“喝点吧，又能解忧，又能降温。”

喝就喝，还怕是砒霜毒了爷们不成？他端起满满的一大杯，一咕噜便来了个底朝天。

“何以解忧？唯有杜康。”他真希望能醉死如泥，永世不醒。可是，当那烈酒入口之后，给人的感觉全变了，冰凉凉的无丁点酒味。

竟敢耍老子！

他恼怒地举起了右臂，接着是砰的一声，地砖上开出了一朵美丽的刺牡丹。

原来这并不是什么老白干，而是一杯冷冻的矿泉水！

“我是给你降降温，没别的。”她仍然若无其事，无动于衷。

“要降温的是你。你以为你那点热情能永远讨得那位老人家的欢心？”

临时冒出的这句话他没有思考，怪满意的，看来今天这场戏没白演。他估摸她一定会像一头发了狂的母狮，怒吼起来，暴跳起来。到那时，他那点小小的目的也就达到了。

“你冷静点好不好？离婚也不是这样个离法。结婚有责任，离婚同样有责任，你以为是小时候搭锅火，说散就散说拆就拆呀！”

“那你说怎么个离法？”

她避开这个问题，侃侃而谈：“就家庭而言，也许这婚该离。我也弄不明白，按说我们的日子应该过得让人羡慕的，却不知为什么，十之八九都不如意。可能我们的性格的确合不来。但我们都没有努力，这是事实。——相信我，从现在起，我们从头再来，再要死要活地爱一次。我们才三十出头，还来得及……”

“你现在才知道从头来了？既然性格不合，从头来十次八次也没有用的！迟了，太迟了！你懂吗？”

“就算是这样，你也该替我想想呀。几年来，我不知调解过多少离婚案。有些该离的最终还是没离成。现在你让我来带这个头，这也太讽刺了吧？怎么说这个决心我都下不了。”

“这就是你的悲哀，知道吗？至于决心嘛——你下不了我下，反正我是铁了心了，离不离由不得你！”

她看到了一双要吃人的眼睛。

四

这个家总有一天会毁掉。结婚不到一年，她就有种预感。她一直不敢也不愿正视这种感觉，是因为她内心深处那些鲜为人知的秘密作怪？她常常这样问自己，问过之后又会摇摇头。老皮曾经劝她：“离了算了。”老皮说他有个很适合她的男人，他们会过得很好的。老皮哪里知道，她根本就心不在焉，思绪的野马还在那放荡的黑夜中奔驰，老皮硬要燃灯，她坚决不同意。老皮就说不燃灯跟戴了套子似的没丁点感觉。老皮依是依了她，可没想到这竟成为日后老皮要和她来第二次第三次的借口——老皮总是没个够，似乎人生的乐趣除此就再无别的。

也许她本就不是个好妻子。丈夫要跟她离，离得应该！

她对他差点就是一见钟情。所以差点，是因为她是绝不可能随随便便就把终身交付给人的那种类型。话虽这么说，可没多长时间她就从心底默认了一个事实，这辈子就是他了。他那野火般的感情，十头驴也拽不回的倔强，连同世人少有的怪癖全都化作优势将她熔为灰烬，撩得她像作茧的春蚕。

只两三个月时间，他们就伴着如雾似水的乐曲，和摇摇晃晃的灯光偷尝了人生禁果。然而，真正称夫道妻后，那感情似乎就再没有往深处发展。婚姻是爱情的坟墓，热恋中的男女根本不可能体会到。她不相信是这样子的，做了努力去修正，但永远都是徒劳。

感情这东西就像刚生的鸡蛋，既纯净又脆弱，一旦有裂痕破损，自己不变质也会招惹苍蝇。于是便有了老皮。老皮的出现，使她改变了对人生、对婚姻，还有对家庭的看法，更使她在仕途上平步青云。

她对丈夫的宽容和大度挺感激。在别的地方不敢随便的老皮，居然跑到家里来和她调情侃大山。丈夫还让她陪着，自己去下厨。这就使得她和老皮的关系能够保持下来且不被人怀疑。不知为什么，她突然产生了一个古怪的念头：男人都不是东西？她抱着这个念头周旋在男人的圈子里，把谁都不放在心上，反正都这样了，一切都觉得无所谓。

五

有同学从南方来信，说是让他去做公司的副经理，待遇优厚。条件是大学本科，最好单身。时局说变就变得难以让人接受。昨天还听说宣传部副部长辞职去了深圳，今天就来了这份黑色的诱惑。他像是嗅到了腥味的猫，心里的那份激动要跳出来。他是本科，专业又对口，走是走定了。难就难在老婆不跟她离。在这一刻，他似乎下了决心：不离拉倒，先走再计！只要活得如愿，离不离也无所谓。真是走了，天南地北的谁还顾谁？

“老婆，我也想通了，不离就不离。婚姻就让它像一把锁君子不锁小人的铁疙瘩吊那儿。你说的是，我们双方都得冷一冷。”晚上，他扳着老婆的肩头如是说。

她没有言语。

她默认了？

“冷处理得有冷处理的办法。”他继续试探着说，“我看我们分居一段时间吧。有人说，分居是调解夫妻关系的最佳方式。”

“你甭卖关子了。你是想去南方是不是？分居不一定非得隔山吊水的呀？赶明儿我上书房睡不就分了！”

这娘们！嗅觉怪灵的。他心里憋着火，脸上仍然堆着笑。

“我是想去南方。那边发展大，我先去落个脚。等有了根基，再把你接过去。”

“我有钱。告诉你吧，这几年，我私下攒了一笔。三年两载的连你也养得起。”

“我说这日子过得掉味，你却偏不相信。你看，你看看，暗地攒钱，刮我油水，我是不是你丈夫？”

他没用多大力气就将她推翻在床上，咬牙将拳头举得高高的，然后运足气力猛地砸下去。随着一声闷响，黑血打手背上流了出来。再怎么他也不好砸女人呀！关键时刻那手臂向右拐了一下，拳头就实实在在砸在了床沿上。

他没包扎伤口，血在手背上凝成几条黑色的蚯蚓。黑色蚯蚓变形后死死吸附在他的手背上。

六

山城的夜晚永远赶不上草原的早晨。繁星堆在一起，远远看去，就像小时候逮了数不尽的萤火虫装在一只硕大的玻璃瓶里，分不清高下，显不出层次。晚风似乎被山峦堵在了远处，根本无法光顾这拥挤的人间。只有登上楼顶，才偶有丝丝凉风来和你亲吻。

他没心思睡觉。事实上，他做什么都没心思。他想离开这个讨厌的家，一个人去静静。无论什么地方都可以。他没有摔门，出门时只轻轻将门带上。由于心里烦闷而弄反了方向。又由于弄反了方向而来到了这高高的楼顶上。

“上山容易下山难。”小的时候，第一次跟父亲上山玩耍，父亲这样告诉他。那时候，除了好奇就再没悟出别的什么来。等有了一些思考能力，便想到了父亲的话是不是弄反了。十岁那年，他头一回和父亲一起上山打柴，当他挑着用父亲的话说是两个枕头的柴担往山下走时，才真正感觉到了自己先前的幼稚可笑。

“上山容易下山难”，他在心里反复琢磨着这句话所包含的哲学意蕴。可不？结婚容易离婚难，上台容易下台难……难道真的就无法改变？

他的步子和他的心一样沉，他的心和他小时候爬的山一样沉！等到几十级台阶爬上来，背上已湿漉漉热烘烘的了。老天爷像是故意作梗，根本就不给他欣赏山城夜景的时间。不到十分钟，那湿透了的衬衫就像三九天里的冰块，凉气从背后直传到心底，再渗入全身。他不得不收起想和夜莺一起飞翔的翅膀，重新回到那个恼人的家。可是当他来到自家门前时，他的思绪又开了小差。

他再次弄错了，飘飘然直下到楼底。

夜灯悬在城市的身上，像少女耳垂上吊的铃铛。五六条夜影随着一个肉体的移动而有规律地变化。他脑海里突然出现了众多虚幻的影子。比如观音千佛手，比如魔鬼的牙齿，再比如盛开的白莲花。还有许多绞尽脑汁也想不出是什么。街上人失去了白天的匆匆，像老牛拖着破车般慢慢行走。他看到的是一张张扭曲的脸，这些脸既无法看清也无法读懂。在这种面孔下生活，他想不出有多少诗情画意。

一个背影从他眼底悄悄溜走。他转过头紧跟几步，那背影也转过头朝他嫣然一笑，然后突然消失在黑夜之中。他不再犹豫，径直来到老皮家。老皮是他的领导，也是他俩洞房花烛的证婚人。他想和老皮谈谈，听听老皮的看法。在他举手敲门的那一刹那，他怀疑老皮是不是正和旁的女人亲热。要真那样，不好意思的倒不是老皮而肯定是他！他最终还是将手敲了下去，尽管手背上的蚯蚓一直死死地叮在上面。

老皮拖着鞋吧嗒吧嗒将门打开。

“是你？”老皮问。听口气老皮有些吃惊。

老皮只将门打个半开，从门缝里伸出颗肥大的头来。看样子老皮并不打算让他进去。

“有件事想讨您老参谋参谋，可否打扰？”

“你看我……快，屋里请，屋里请。”

老皮吃力地蹲下身子将鞋扯上。老皮要给他沏茶，他说我自己来，他先给老皮沏了一杯。见老皮正掏烟，又赶忙先递给老皮一支烟。老皮说在我家里抽你的烟是不是有点滑稽了，然后堆在沙发里，接着又意味深长地说：“你们那个局，工作是难点。慢慢来嘛，一步登天没孙猴子的本事不可能……”

“今天我不是来跟您汇报工作。”他有些迫不及待了，“我是想跟你谈谈家庭。”

“谈家庭?”老皮很吃惊，“家庭怎么啦?”

“其实也没什么。”他弹弹烟灰，“我想……想离婚”。

空气凝固了两分钟。老皮在琢磨他，他也在琢磨老皮。

“好端端的没听说嘛！怎么突然冒出个新鲜玩意儿?”

“我也不知为什么，我只觉得我们过不来。”

“这不是演戏吧?台词也不能这样说呀！”

“这台前台后的，您看得最清楚。几年来，我们都扮演了不同的角色，戏不能再演了。”

他感到老皮的脸抽搐了一下，似乎有根神经受到了刺激。

“怕不是想下海吧，听说那边来了信?”

好灵的信息！那封信连他老婆都不知道，老皮怎么嗅到了?也罢，这牌迟早得摊，先吹吹风，免得太突然让人家难以接受。

“您老的二公子不也下海了吗?宣传部张副部长打了头阵，我也想赶赶末班车。还望您绿灯放人。”

“我说你小子有野心，早就预谋了。沿海地区不比我们山沟沟，娘们又俊放得又开。这不，人还未走就滋生出喜新厌旧的心来了！”稍停，老皮突然转了语气，“应该的，应该的。我老头子要是退回十年，早就飞啰！”说完，开心地笑笑。

“离婚跟下海是两码事，扯不到一块。没想到您老也这么时髦呢。”他也诙谐地说，多少带点揶揄。

“好啦，你还当我是领导就听我一句劝，海里能淘金，山里能挖金。说穿了不就为个钱吗?”老皮又点燃一支烟，然后接着说，“市里已有个意向性的考虑，准备调你去顶替张副部长，重用哩！你年轻，有文凭，日后的天下就是你们的。至于离不离婚，那是你们小两口的事。我可是个旁观者，管不着喔。不过，你得为自己想想，不要弄得婚没离成反搞得满城风雨。那样影响不好！”

墙上的钟敲了十一下后，似乎还想继续往下敲。这机械的东西，永远不知疲倦，永远不辞辛劳。

他得告辞了。明知道不会有满意的结果，却偏偏还要惹上一身骚。

七

后来，他又做了很多工作。风是放出去了，但不少人都主动找上门来，众口一词，都说这婚不能离。老天，想不到离婚竟是一项如此艰难浩繁的工程！无奈之下，他只好请求法院。但愿包青天们莫把他当陈世美给宰了！

两天后，市人民法院民事庭收到了一份像是申请又像是诉状的东西，大意是某某某与妻性格不合，要求离婚，请求裁决。

这几不像的东西倒像颗炸弹，法院里炸开了锅。

“不是挺惹人眼球的一对吗，怎么也要离?”

“大前天，皮老还表扬呢！说人家夫妻和睦，事业上皆有建树。”

“怕不是昨夜里老婆红杏出墙被拿了。”

……

开心一阵后，议论的人们带着丰富的想象各自走开。

可说是说笑归笑，这两口子都是有头有脸的，牵扯面太广，影响太大。他们可不是那些歌星影星，想离就能离的。法院分管的副院长马上招集有关人员商讨。最后的结论是先等等，观观事态再说。这叫以静制动，以不变应万变。

第二天，他找上了法院的门。于是便有了下面的对话。

“我要离婚，请求法院裁决。”

“法律是重事实的，你们夫妻生活得不错。”

“我们生活得怎样，法律并不知道。”

“你们这些年来，一直是挂牌的五好家庭，市人皆知。”

“可我们性格不合，这是事实。”

“关于这一点，社会上一点风声也没有。”

“社会有没有风声并不重要，只要夫妻认可。”

“有事实表明，你的妻子并不这样看，也不愿离婚。”

……

一块淤血堵塞了喉管！想不到接待他的，竟是一个他从没见过也没听说且面孔冷漠让人无法接受的女法官。

从办公室里出来，若不是他头抬得及时，肯定会和门院长撞个正着。门院长笑容可掬，不称他邵局长却亲切地称他小邵。然后语重心长地说：“离婚非同儿戏，不是非判不可法院是不会轻易裁决的。其实，你俩一直都不错，是不是也想赶赶这离婚的浪潮？”门院长说完便邀他到办公室里坐坐。他耐着性子坐了，于是又有了下面的对话。

“过日子好好的，突然想离婚，这有悖常态呀。”

“前几年我就想离，真的。”

“怎么一直没听说过？”

“没必要说，不说也不是不能离。”

“任何事情都有个过程，省略了就不自然。人家就说你这儿（门院长指指脑袋）有毛病。”

“这过程得多长？”

“就说离婚吧，有一年半载的，也有十年八年的。这类案子我办得多了，真正办成的没几个。况且你现在的理由又不充分，恐怕就更难办了。”

“什么理由才算充分？我们过不来，日子没法过，还有什么比这更充分？”

门院长看着他，摇摇头并不回答。可他理解了门院长的眼神，那目光告诉他。他这桩案子肯定没希望。

临出门时，门院长又补充说：“你老弟还是考虑考虑。凡事三思而后行……”门院长咬住了很多话，这些话门院长不说他也能猜得出。

八

看来这婚要离，不闹得昏天暗地怕是不行了。这些天，他里外奔波，可谓废寝忘食。人明显瘦了，自我感觉身体也不如从前了。有时候打个呵欠眼前就冒火星，晚上睡在床上不是做噩梦就是流虚汗，甚至还出现过绝迹几年的遗精跑马现象。他不信天命，可冥冥之中总像有什么在主宰着一切。

他糊涂了。

他糊涂了又摸错了地方。他看见瞎子睁开了眼睛，瞎子的眼睛里有许多稀奇古怪的东西。

“你看到了什么？”瞎子问。

“一只老鼠骑在牛背上。”他答。

瞎子的眼睛射出一道曲曲折折的光。他的心像是被蝎子轻轻一蜇，然后那道光就消失了。

“这就对了。”瞎子突然闭上了眼睛，嘴里嘀嘀咕咕不知说了些什么。末了，他听到了下面的话：

“你是辛丑的，属牛。屋里当家的长你一岁，属鼠。鼠配牛，性格习性各不一样，日子可能不顺当。恕我多个嘴，你拿当家的一点办法都没有。”

他付了钱给瞎子，在往回走的路上，所有的街道都像蛇在扭，所有的房子都像要倒下来。

他又想起了老皮的话。老皮说：“女大三还抱金砖呢！大一岁算个啥，还不照样生娃娃？”

九

这就是天意！他似乎默认了。记得小时候和伙伴们下一种动物棋，那法则就是规定老鼠管大象，何况是牛！心里不再像先前那样烦躁。

回到家，厨是懒得下，一屁股坐在沙发上，什么也不想。脑海像一张白纸，一片废墟。眼睛盯住茶瓶就是茶瓶，盯住窗户就是窗户。或者在夜深人静之时，熄了灯，摸黑来到阳台上，痴痴地望着深邃的夜空。再不，就是看电视。新闻、访谈、广告……一切的一切都那样迷人地诱惑着他。有时候，电视终了，屏幕上出现了刺眼的雪花点，他还没回过神来。

“感情是培养出来的，多想想新婚蜜月那阵子，就什么都忍了。”

“可是不行呀，妹子，人家都培养这多年，忍下这多年了。”那大嫂边说边挽起袖管，“你看看，昨夜里那死鬼又把我揪成这样！”

他忍不住诱惑，从窗户里偷看一眼，天呀，黑血淤成一块青疤！

“再忍一次吧，一日夫妻百日恩。我这分管妇女工作的只能将你们往一处捏，哪有往散里推的？”

他听到了这发麻的话语，再也忍不住，就狠狠地朝窗外吐了口唾沫。

那一幕与眼下他所经历的一切太相似。跟上这女人，他算倒了八辈子霉了。

“笃笃笃……”有人敲门。

他不想开。外面又急急地敲了几下。他只好开。

“没睡？”来人问。

“没睡。”他答。

他猜想来人可能有很多话要跟他说。他看到对方四下里瞅瞅，眼光落在那间充满诗情画意且灯光朦胧的房间里，房间里有个披头散发的漂亮女人。来人说：“不打扰了。”随后就走了。

那人是他的哥们。可能是这儿说话不方便，于是他跟了出去。他看见那人站在楼梯的中间，犹豫了一下，还是走了。第二天他多方打听，才知那人是来跟他谈老皮的。据说老婆不跟他离，背后有老皮撑着。他不太看重男女关系，喜欢米兰·昆德拉、劳伦斯们的作品，受西方文化影响颇深。还有那个开放得吓人的女孩，女孩又纯洁又浪漫还有些放荡，是个矛盾的统一体，而且长得挺不错。女孩曾经提出要和他上床，他拒绝了。他担心女孩以后不会再理他，可谁知女孩却一如既往似乎全不在乎，真正地属于提得起放得下的那种。后来他才知道女孩是个多情的种子。据说，只要看得中的，她都想上床。不过对他，女孩再没提及房事。倒是因为女孩，他的性欲被压抑了许多，再不像以前见到漂亮女人就有种莫名的冲动。后来，一个偶然的机会，他听说女孩还没结婚，且生活得自由自在幸福无比。那女孩没结婚，看破了男女间的一切，他结了婚也看破了男女间的一切。所以当老皮来到他家，跟她有些眉来眼去时，他并不十分恼怒。

有什么意思？

然而，当今天他的哥们提及老皮，他心里就有股怒发冲冠的火气和难以名状的酸楚。一个小小的计划已在酝酿之中。他准备着为这一计划的实施付出很大的代价，也为这一计划的出台而在心里洋洋自得。可是，不到一分钟，他就给这一想法画上了问号。甚至觉得它是那样的荒唐可笑！也好，暂时把它作为一枚炸弹，暗藏在保险柜里，不到万不得已决不取出来使用，他想。

“当！”这回，那机械的东西只响了一下，该睡觉了。

女人的鼾声在房里乱窜，看样子她睡得挺熟。这些年来，这种噪音一直困扰着他，使他干什么都静不下心来。现在，他们虽说分了床，各拥一室，但这种噪音仍然无孔不入。他苦笑着摇摇头。

这一夜，他却睡得出奇得好！

十

女孩还是那样年轻，满面红光精神焕发。

再次碰上女孩是一个偶然。那天，他走在下班的路上，没精打采垂头丧气时却和一个很甜的声音撞了个满怀：“这不是邵局吗？”他眼前一亮，吃惊地望着女孩，半晌才讷讷地答：“哟，是你呀！听说你下了广州，怎么像个幽灵从天而降？”女孩告诉他，她其实压根就没去广州，一直守在这个山城里。贩些香菇木耳什么的到深圳去倒是常有的事。女孩邀他到她的住处聊聊，他什么也没考虑便点了点头。

也许，这又是一个美丽的错误。

女孩的卧室虽说只有一间，可布置得挺现代。女孩给他煮了咖啡，让他坐下。女孩问：“听说您在赶时髦闹离婚？”他不想谈及这个话题，可女孩的热情和直率感染了他。他没有正面回答却万分感慨地说：“还是独身好啊！”他喝口咖啡，“像你，无忧无虑自由自在，比神仙还神仙。”女孩扑哧一声笑了。女孩转身拿出一袋包装很精美的糖果，说是日本产的，吃了还想吃。他似乎预感到了什么。果然，女孩剥开一颗递给他后满不在乎地说：“有个老外死皮赖脸地纠缠我，让我这次过去就跟他结婚。”女孩的眼里看不出有多少希望之类的东西来。

他细品着咖啡，觉得那里头更多的是苦味！

“那你有没有打算跟他？”

“婚姻是鸟笼子，人们都说外边的人想进去。从前我这样想过，现在不了。”

“为什么？”

他看到女孩脸上掠过一丝愁云。

“我不是个好女人，我有了孩子。”女孩说，“当我看到你们夫妻生活得甜甜蜜蜜时，我多想有个老公！我突然从你的生活中消失，是因为我想找一个如意郎君去过美满幸福的日子，也不想对你造成太大的影响。你不知道我当时是多么爱你！后来，迫于生计，我奔波于深圳和这个小城之间。在那五颜六色的世界里，我被数不清的男人追过。人们都误以为我是情场老手。其实，我对任何人都未动过真心，不过是被迫应付罢了。嘴长在你身上叫你说去，反正也于我无妨。只是，我想有个孩子的意愿越来越强烈了。我受不了这种煎熬，于是掐准时间，做好了一切准备。只要在那一夜里，谁来找我我就和谁上床生孩子。话虽是这么说，你猜猜当时我迫切希望的是谁？不怕你见笑，我唯一希望做我孩子父亲的是你，而不是其他任何人！我知道这种想法太不现实。所以当那个老外来摘走我的童贞时我并没有反抗，而是全身心地当了一只可怜的羊羔。”

看到他惊讶的目光，女孩继续说：“有了孩子，包括那个老外，我对任何人都没有讲过。我只是向那老外要了笔钱，便躲进了深山。后来孩子就出生了。孩子出生不到半年，我就将他托给了一位山里大妈。这位大妈没孩子，只和大伯老俩过日子，他们视孩子为自己的亲生宝贝。这次回来，我去看过，长得怪疼人的。就是不伦不类，既不像我也不像那老外。你说我是不是造孽？”

真是天方夜谭！他的心里猛然升起一股悲哀，既为眼前这位奇特的母亲，也为那种下种子却还蒙在鼓里的老外，更为那将来不知父亲是何许人也的混血儿！

“听我一句劝，和老外结婚算了，免得孩子大了老缠着跟你要爸爸。”

女孩笑笑：“你倒好，自己正闹离婚反劝起我来了。”

“你总不能就这样过一辈子吧？”

“怎么不可以！”女孩显得很不以为然，“孩子我有了，床上的生活我体验了。趁年轻还能多赚几个，等孩子一大，我就把他接进城来，天天送他上学。这以后的日子就全交给孩子了。”

“若是人们问起这段经历怎么办？”

“那就讲呗！只要不叫老外知道，全世界都知道也没关系。我今天讲给你听，就是让你宣扬出去。叫那些臭男人别总是打我的主意！”

“这样做你会感到遗憾，往后的日子你也会感到寂寞。有些东西我们在得到它的时候不会去珍惜，等到失去它，后悔就来不及了。”

“你以为维系一个家庭最本质的东西是所谓的感情吗？那你百分之百错了。一个家庭得以存在，本质的东西是男女间的性生活。也许你会说，性生活也是以感情为基础的呀！这种说法也有对的一面。但你不要忘记了，人是由动物进化而来的。一个人如果对性生活都失去了兴趣，你说结婚还有什么意义？即使结了婚，这个家庭也肯定是破损的！”

他的心轻轻颤抖了一下。

想不到一个女孩也有如此深的城府！

“那么，如果我想和你上床那就成了梦啰！当然，我是就故事讲故事。我们之间没有达到这一步，不可能有这种荒诞之举。其实，女人需要男人，就像男人需要女人一样，缺了谁都不行。缺少了就像山没有了水，人没有了眼睛。尤其是女人。一个单位如果没有女人，那氛围也是干巴巴的。眼下不是流行这样一句话吗？男女搭配，干活不累。你说是不是？”

女孩又扑哧一笑说：“不跟你斗嘴皮子，我还有事要办。改日再聊吧。”女孩说完就拎起了包包。

十一

外面的世界有多大？和女孩（他一直把她当女孩看）的交往使他的想象空间扩大了很多。他不可能像女孩那样抱定决心一辈子单身。和她长相厮守，白头偕老？见鬼去吧！他说过他需要女人，可像她那号女人他不需要。他要把她从生活中抹掉，从记忆里删除！就像一首情诗中那个多余的逗点。

后来，他又和女孩往来了几次，每一次似乎都有新的发现。有一次，他居然将女孩带回了自己的家。

那天，快到家门时，女孩突然站住了。女孩说这样做会毁了你。他说我宁可被毁掉一万次也要这样做。女孩说这法子使不得。现在你还是原告，再上法庭，你就会站在被告席上。到那时，舆论就再不会倾向你了。他说管他原告被告，只要能离婚当什么告都可以。女孩犹豫了一下，还是跟着他进了他的家。

当时，他并没有注意她的表情。回到家后，他们只顾说话，一块儿弄吃的弄喝的。有时候还将房间的门关上，在里头叽叽咕咕一阵子。一切都在旁若无人、有恃无恐中进行。后来，是那重重的摔门声提醒了他们。他们已激怒了她，躲在房间里的他俩，都忍不住笑了。

很晚的时候，他才送女孩回家。返回时，他发现门已被反锁上了，那把开门的钥匙也显得无能为力。他在门前站了一会儿，正准备去局招待所时，一阵听上去就冒火的驴蹄声由远而近。

门开了。

“不跟那骚货亲热，回来挺尸？”

“早亲热过了，没意思。”

“告诉你，想蹬了老娘去寻鲜，没门！”

老婆气得呼呼的。

他第一次听到她骂这种粗话，心里很是滋味。先前，他们都是憋着满肚子的秽气过日子，狗屁都在心里装着，从没这样痛快淋漓过。

如果不出所料，赶明儿肯定有好戏。

十二

她气得眼发花，她气得像只不能再吹的气球，针一碰就会爆炸！

这些日子，她做什么都违着心，逆来顺受，忍气吞声，看嘴脸听议论，日子过得没头没尾无滋无味。你还嫌闹得不够呀！领回个骚货当面出老娘洋相！再这样下去她要疯了，她虽然和老皮有过不明不白，可容不得哪个女人来跟她抢男人。何况是在她眼皮底下！女人的自尊心在任何时候都比男人强。正是在这份自尊心的驱使下，她又一次找了老皮。

这天上班后，她瞅空来到老皮的办公室。老皮不在，办事员说老皮去了人事局，让她等会。她原打算到家里找老皮的，怕男人知道拿了把柄不好下台，就来了办公室。坐会就坐会，反正这里是办公室，大白天也不怕人说闲话。可当她坐下来想顺便从桌上拿份报纸看看时，她看到了一个醒目的标题——离婚心态录。报纸放在老皮的桌上。老皮也在研究离婚？她来了兴致，想看看那些个闹离婚的人们究竟是哪号心态。

“肯定是人家又有了新欢！”

“听说他老婆早已红杏出墙。”

“没准。”

议论不知从什么地方钻出来。她四下瞅瞅，一干人在远处叽叽咕咕。那个脸上有点麻的胖子朝她伸伸舌头，有些吃惊的样子。

“这究竟为的哪门子？不离不行吗？”她将自己很是打扮了一番，拖着那件朦朦胧胧的睡衣，来到了他的房间。

“哪门子都不行，不离不行！”他轻描淡写无动于衷。

报上说，在中国，闹离婚的大都是些知识男女。都市生活的诱惑、西方文明的介入，滋生了他们对单一性生活的不满足，更滋生了他们大脑意识深处对那种高层次立体化情感的向往。他们往往没有直接的引爆点，不需要充足的理由，在有意无意间便会突发离婚之奇想……

好玄！这些深奥的东西她从来没听说过。恋爱那阵子，有女友劝她：“你要注意知识结构。你与他学历不在同一档次，结婚之时可能就是悲剧产生之日。要幸福还得自己多努力。”难道这是一种印证？从心里说，她是努力过的。若说不幸福也不全对，就是有那么点说不出的滋味。可她还是不明白自己哪一点不比那女人强？

“你来了。”老皮将她的思绪打断。老皮见她拿着报纸，也在看那篇《离婚心态录》，便问：“口味还不错吧？”没等她开口，老皮又接着说：“那全是瞎扯！什么新（心）态旧态，哄老百姓的。”她见四下无人，就说：“我有话跟你说，这口气我怎么也咽不下。昨晚，他带回个女人，关了门在里边亲热，反把我晾在外边。”老皮似乎意识到了事情的严重性。他摸摸肥厚的下巴，然后又吃力地摇摇头：“不可能吧，小邵还是这号人？”“你没见那情景，简直气死我了！他这人生性古怪，什么稀奇事都做得出，我担心他将我俩的事也抖出来……”“他还没长那豹子胆！”老皮抢过话，“再说，我俩的事他未必就清楚。”老皮嘴里这样说，心里却空空的，虚得怕人。“这台前台后，您看得最清楚。”老皮想起了那天他去找他时说的一句话。老皮接着说：“现在最要紧的是用热情用温暖甚至用肉体去融化他感染他。千万别让他做出糊涂事来。”“说说容易，你没见他那股倔劲，真正去做比登天都难！”老皮又摸摸肥厚的下巴：“我看这样，你先回去稳住他，我再找些人去劝劝。只要工作做到位，再犟的牛也有听使唤的日子。”老皮说着说着，人就自然地靠近了她。

老皮想亲她！

老皮想亲她时，外面传来了脚步声……

十三

也许这一招又没弄对。她还是像往常那样，买菜、下厨、拖地、洗衣。若不是他百般刁难，她肯定会天天将洗脚水端到他的房间帮他洗脚。“你别烦，好不好！”他说。每次她帮他做点什么得到的报酬都是这单调乏味的六字语，可每次她都温温柔柔。有一次，他突然抓住她的胳膊，疯了般地咆哮：“为什么，为什么，这究竟是为什么！”

他想起了女孩，女孩是否去了深圳？是否投进了那个老外的怀抱？女孩在他脑海里已牢固得无法赶走，赶走女孩是件很残酷的事。

门开了，她走了进去。她没有像那次着意打扮拖着睡衣，手里拿着一块垫布。他看清楚了，那上面记载着他们房事的历史。当第一次看到垫布上的红色印记时，他感到惶惑，稍稍带点男子汉的得意与兴奋。以后的每次同房，都是她先拿出垫布，垫布已成为他们房事的兆物。后来，随着垫布上印记的增加，一种不安和厌倦的情愫便偷偷萌生了。究竟为什么，究竟始自何日他也说不清楚。

他还在往事中奔波。她已来到床前，将垫布往床上轻轻一掷，张开女人的温情与娇柔抱住了他的脖颈。“你不能闹离婚就不理我嘛。我们还是夫妻，正常的房事应该的。”他这才记起他们已有两个月没有同房了。这段日子他是怎么过来的？往事不堪回首。他只想看看，这位本事不错的老婆又想演什么怪戏。

“没意思。”他冷冷地回答。

一日夫妻百日恩。她想起了老皮的话，最重要的是用热情用温暖甚至用身子去融化他感染他。过去的有些日子，他们有了小小的不和，也大都是用这种办法解决的。“你闭上眼睛，把我当作你心目中最喜欢的那个女子就是了，何必克制自己。”她说，一只手已开始老鼠般探向他的下身。

他没用太大的力量去阻拦那只手，在接下来短短不到十分钟的时间里，他把这些天来的烦恼、怨气全都发泄在她的身上了。可事后他才知道，这样做于事无补不说，反让她感到了无限的惬意和不尽的兴奋！

完事后，他冷冷地说：“你走吧。”

“你这人心好毒，差点把人整死！”她好像没听见，在他胸前轻轻拧一把。

“你走吧。”他又一次催促道。

她走了，带着诸多遗憾，带着难言的痛楚。

怨愤和黑夜一起来到他的心中。自从做出离婚的抉择，他就发过誓，死也不跟她上床！虽没断指断发可也深深地烙在了心上。今天却鬼使神差，是精神的自戕，还是积郁的发泄？是毁灭的开端，还是死亡的再生？

他又想起了女孩，女孩肯定没去深圳，他有预感。他闭上眼睛，想象着女孩正在干什么。也许，她正泡在浴缸里，被肥皂沫拥着，一个人乏味地望着天花板愣神？也许，她正仰卧在床上，让思绪的野马放肆地奔腾？抑或，与一个相好的男子，海阔天空地神侃？一种强烈的欲望驱使着他。他既然在心里早已和她解除了婚约，就不该再与她重操旧事。他既然能与一个解除了婚约的人同床共枕，也就能与一个深埋心底的女孩共度春宵！这不知是种什么逻辑，他一头扎进去就无法挣出来。

他真的穿起了衣服。然后，然后糊里糊涂地向那黑暗的深渊走去！

女孩的卧室里亮着灯。他猜想得没错，女孩果真没去深圳。他在女孩的门前站会，犹豫片刻，最终还是下决心按响了女孩的门铃。

没多久，女孩拿着一本书出现在门口。女孩说："你来了。"他说："你不吃惊?"女孩说："没什么好惊的呀，晚上本来就是男女交往的黄金时间，谓之夜生活也。"他问女孩看的什么书。女孩将封面亮给他。他看到一个时髦的名字——公关学。"想当公关小姐?"他又问女孩。女孩笑笑："当公关老娘差不多。"他也笑笑，他感到气氛十分和谐。然后是女孩问他："婚离得怎样了?"他摇摇头，"那娘们软硬不吃，我也黔驴技穷了。"他接着给女孩讲那天去找瞎子算命的故事。女孩觉得很有趣，眼睛眨几眨，"我今天再到你家去过上一夜，一定要激怒她!"女孩说，"那天从你家里回来，觉得这办法还行。你说得对，管他原告被告，只要能达目的。现代人注重的是结果，而不是手段。"女孩说完就准备往外走。他赶忙拦住女孩："今天不想跟你谈这些。你猜猜，我来之前都做了些什么?"不等女孩开口他又接着说："我和她上了床，我原打算不跟她上床的。我说没意思，她说你喜欢谁就拿我当谁。我第一时间想到了你，于是就和她上了床。"女孩听到这里咯咯地笑了，女孩笑得很开心，笑完了女孩说："你已在心里把我给强奸了，这会来给我赔不是，对不对?"他觉得女孩的话比什么都有趣，就半作假来半当真地说："我不但要从精神上把你强奸了，肉体上我也要占有你，要是你不反对，我想……"女孩感到这话不像是开玩笑。

他看到了一张变形的脸。

女孩拿出一把梳子，坐到梳妆台前梳着头发。女孩的动作很慢，梳了上梳没有下梳。女孩的心事很沉重。他觉得女孩不是在梳头发，而是在梳着一段漫长的历史。女孩梳理完后露出了一丝笑意。这笑是甜是苦是酸是辣？他无法辨别。

“我知道迟早会有这一天，”女孩说，“可你别痴心妄想再有下一回！”他说：“你不情愿就算了。”女孩说：“你们男人都一样，又想吃羊肉又怕臊。”他真的不想违了女孩的心，站起来说：“我走了。我们还是好朋友。”女孩说：“来吧，傻瓜蛋！”

这是一次失败的性交。尽管他做了努力，仍然没有成功。这给他日后的生活抹上了一层不淡的阴影，使他每每想到女孩就感到万分羞愧和无地自容。

十四

“坏爸爸，妈妈说你不要她了，是吗？”他刚回家，儿子就奔跑着扑到他的怀抱里。他抱起儿子，在儿子脸上亲一口。“亚亚小，亚亚不知道大人的事，别瞎说。”儿子噘起了嘴巴。儿子说：“亚亚不要坏爸爸抱。”儿子从他身上挣下来，又扑到她的怀里。

难怪这几天不见她，敢情是搬救兵去了。

他转身想去洗漱间，母亲从里屋走出来。母亲说：“文儿，你是过糊涂了。多好的媳妇，打着灯笼也难找，好端端的离什么婚呢！是不是怕我们老俩过了安稳日子？”母亲眼里有了泪花。母亲是个弱女人，一点不顺就受不住，怎么经得起她的骗哄。他简单地安慰说：“妈，您别这样子，待我慢慢跟你说清楚。您应该相信您儿子，我不会……”他还没说完，她气呼呼地走过来，指着他的鼻子：“要说你今天就当着妈的面把话挑明了，我哪儿对不住你？你领回个女人屎尿朝我脸上拉。可我为了这个家，忍了。而你，你还要离婚！你！你有心没心！”她边说边哭了起来。他心一横发狠说：“不管你怎么耍无赖，这婚是离定了。”她甩把鼻涕：“妈，我没说假话吧。这就是你养的好儿子！”母亲无可奈何，上气不接下气地说：“文儿，你别……别这样。你要是还提一个离字，我就……就死给你……”母亲话没说完，人就瘫在了地上。

他不得不去叫车，不得不将母亲送医院。

医院里有个姓李的大夫，和他的关系一直都很好。姓李的大夫替他母亲打了急救针。姓李的大夫说大娘没事，躺会就好了。姓李的大夫接着将他拉进里屋，责怪他说：“不是我说你，好好的离什么婚！”他说：“不生伢不晓得那东西疼！大路话当然都会说啰！”姓李的大夫说：“你没见过你那老嫂子，成天都跟我打打闹闹的。搞得我每天的午饭都不能回家吃，可我还是过得有滋有味！”他说：“你那妹子要像我那嫂子就好了。我宁可打打杀杀，却不愿平平静静！”姓李的大夫说：“我不跟你理论。你不知道，现在满城都沸了，摸错门也在议论你们离异的事。”他说：“叫人们议论去，议论开了，离婚反容易了。”姓李的大夫说：“你不怕丢人我还替你怕呢。你听人家怎么说！都说你叫小狐狸精迷住了。”他说：“迷住迷不住我心里有底。离不离婚是我的事，你别跟着瞎掺和。”姓李的大夫有点出乎意料。他将眼镜摘下来擦擦，说：“我是看在和你交往这多年的分上，听不听由你。我只劝你一句，不要闹了，平平安安过日子。”

一连几天，他没再提离婚的事，他不想伤母亲的心，等母亲走后再离也不迟。反正这事一拖就到现在，迟几天早几天也无所谓了。

又过了些日子，母亲回去了，带着他的儿子亚亚。母亲临走时对他说："这几天我观察了，日子就是这样过，和气生财。你们好了，我留这儿就多余了。我和你爸也不可能守你们一辈子，还是你们自个儿过吧！"母亲说着说着眼睛又湿了。这种场合，他什么也不想说，只是为自己也为母亲感到莫大的悲哀。

回到家里，他打算跟她再谈一次。

"你是做妇联工作的，应该知道性格不合给家庭带来的后果。"他说。

"做妇联工作怎么了？做妇联工作就应该任人宰割？"她说。

"我不知道这是为什么，要死没活的拴在一起有什么好处?!"他说。

"我们在一起也没坏处呀，人家羡慕还来不及呢！"她说。

"你图人家羡慕就死活不愿离。你有没有替我想过？"他说。

"你只知道替自己着想，难道你就不该替我想想？"她说。

"我正是替你想也替我想才提出离婚的。"他说。

"你若替我想也替你想就不该有此荒唐之举。"她说。

"我不知道我有什么地方能这样吸引你？"他说。

"我不知道我有哪一点令你这样讨厌？"她说。

永远是兜不完的圈子。永远是没有结尾的诗篇！

"我说过，时间对我们还不算晚。我们再从头开始，你给我一个机会好不好？"

“这不是谈恋爱瞎浪漫的那阵子。你我都已步入中年，对感情对性格对婚姻对家庭对人生对社会，对一切的一切都有了比较成熟的认识，是不是？所以我一旦决定就没法改变。我请你放尊重点，我不想伤害任何人。我只想离婚。我只想平平静静地离婚你知道吗？”

“事实上你已经伤害了别人，包括我，还有你母亲、家人，还有那些从前尊敬你了解你关心你支持你的所有人！”

“你别危言耸听好不好？美国佬选总统拉票呀！告诉你，再不同意，我就上法庭！”

“上法庭又怎样？我偷人养汉了？我虐待你家老少爷们了？你将那小三带回家来，反要恶人先告状了，我也告诉你，真有这一天，我决不会跟你轻松下台！”

他不再说什么。他什么也说不出！

十五

中午，他想好好睡上一觉。这些天一直没睡够，昨天又跟她吵得太晚，上午上班没精打采，眼皮子磕磕绊绊的，甚至连走路也有点稳不住神。离下班还有一刻钟，他提前骑上车急急忙忙往家里踩。没踩完一半路程，车链条就掉了两次，弄得他满手油渍，想找个水龙头洗洗也找不着。他只好掏出手帕，将就着擦擦，再将手帕揉成一团扔到一边。

回到家里，他得先弄吃的。肚子这东西不比别的，不填满会搅得你睡不着觉。于是他就去拧电子打火灶。拧了好几次，连空气中都充满了液化气臭味，却仍然不见一点火星。摸摸打火机，打火机不在身上。想想，好像是和人开玩笑打赌“借”给了别人。这才去找火柴，翻箱倒柜能找的地方全找遍了，连根火柴毛也没找着。他只好去问对门的老陈借。火柴借来了，炉子点燃了。蓝蓝的火苗幽灵般将铁锅舔得直冒青烟。他忙将豆腐一片一片放进锅中。豆腐在锅中被煎得哧哧怪叫。得加盐了，盐瓶却空空如也。他找了橱台也找了厨柜，先前所有放盐的地方全找遍了，仍不见一粒盐影。他只好又去问老陈借。来到老陈门下，正准备敲门又想起刚刚借了人家火柴这会儿再借盐有点不太那个。他于是又噔噔噔来到楼上向老刘借。等借了一袋盐回来，虽然熄了火，锅里却炕起一层皮。他没管这些，点火，放盐，随便捣几铲后便盛进了瓷盘。这时电饭煲已跳闸。他暗暗松口气，心想这下可以吃饭了。可他刚端上碗就有人敲门，来者是对门的老陈。老陈端着碗，碗里堆着极夸张的烧鸡块。老陈说你这何苦，好好的离什么婚！老陈还没走，老刘又来了。老刘也端着碗，碗里横七竖八放着几只油炸虾。老刘说你这何苦，好好的离什么婚！老陈和老刘没走，楼下的老马也来了。老陈老刘老马都没走，又来了一位他忘了名字的老同学。这些人众口一词，都说你这何苦，好好的离什么婚！他起先是让他们坐，笑着和他们说话。见他们来的目的千篇一律全都一个调，且一时半刻都没走意，人也越来越多，没准还会来个老史老廖老朱老牛老杨什么的，脑子全乱了。耳朵里嗡嗡响像有炸弹要爆炸。“你们这是咋啦？做说客不是？这婚我不离了，行了吧?!”他语气挺重的，“我现在只想睡觉，不想离婚。你们就成全我吧。谢各位了！”老陈老刘老马还有那个忘了名字的老同学全都伸伸舌头，不情愿地走开了。他好容易赶走这些老什么们，刚睡到床上，她又回来了。她将锅碗瓢盆弄得叮当响。她又拧了水龙头打开了VCD。他只好将头捂在被子里，捂得严严的一丝儿缝也不留。没过多久，豆大的汗珠像是熟透了的葡萄，从头发中圆圆溜溜滚出来。他不得不掀开被子。后来，没等他睡着，挂钟就清脆地响了两下。上班时间到了。他只好拖着疲惫的身体慢慢地走出了家门。

他感觉到地球好像要爆炸！自己正一步一步走向那黑色的棺材！

十六

民事庭庭长收到门卫转来的一封信。信上说关于我要求离婚一案请老兄你裁决。我是有苦衷的，请相信我，我不想把事闹大，闹大了对谁谁都不好。落款是邵文。民事庭庭长也不想把事闹大，于是就私下里找了门院长。门院长说不是停火了吗？门院长觉得这事非同小可，弄不好会让他头疼半辈子。门院长当即面授机宜，要民事庭庭长亲自上邵文家和邵文好好谈谈，掏掏根底，究竟这苦衷是什么，为什么把事情闹大了都不好。

民事庭庭长稍稍动了一下脑筋，觉得到他家里去谈也不是个办法，万一叫人家老婆碰上，还以为是他在鼓捣着让他们离婚呢！那可是位不好惹的主儿。于是民事庭庭长想了一个折中的办法。

早晨，天刚亮。他听到她房间的门响了，卫生间的门也响了，然后声音突然终止，一切又重归于平静。他猜想她此刻肯定是蹲在卫生间极舒适地拉撒。几分钟后，水箱被打开。水哗啦啦冲入便池。接着厨房的门也响了，又是哗啦啦的水声。她开始洗漱，洗漱完毕，客厅的门响了一下。他从想象中看到一只背带极长的半月形包包挎在一位挺时髦的女人身上，飘飘然离开了这套房子。这些天来，她一直都是这样，早晨很早出门，晚上很晚归家。工作卖命得不行！对他不冷不热，看样子还在生他和女孩的气。

她走了，再没有什么来打扰他。他可以安安静静自由自在地躺会儿。远处街道上偶尔传来几声汽车鸣叫。广播正播着市里的新闻，那声音也时断时续，若有若无。

他躺在床上，用心体验着早晨睡觉的无限乐趣。浑身感到无比舒适！人生如此，生命如斯，就这样静静地躺着，什么也不做，什么也别想，多好！

他还在想着，电话响了。民事庭庭长约他去公园看马戏，民事庭庭长说马戏团演的全是些猴吃熊奶、蛇与人恋、狗看电视等稀奇古怪的东西。他估摸，民事庭庭长这是醉翁之意。他与民事庭庭长一同光着白腚长大，对方长几根肋骨他一清二楚。

他如约来到了公园门口，民事庭庭长早已候在这里。民事庭庭长说你老弟到底来了。他说我没说不来呀，他递支“黑红河”给民事庭庭长，瞧着民事庭庭长的眼睛问，真去看猴吃熊奶？民事庭庭长一个哈哈，“你到底是弄文字研究人的，被你识破我就直说了。”民事庭庭长四下看看又说，“这儿不便借一步说话怎样？”“你不怕人家说我们搞同性恋呀？”两人互看一眼，都开心地笑了。

他们来到公园一隅。树荫很浓，又修了一些石桌石凳什么的。照往常，这里肯定是那些少男少女们恋爱的天地。可能是时间还早，也可能是恋人们都叫马戏团吸引去了，今天显得有点儿冷清。

找条石凳坐下来，他有些迫不及待：“给我判了算了，有这个勇气吗？”

民事庭庭长看着烟头愣神，并没直接回答他。民事庭庭长说：“你说你有苦衷，能否告诉我你说的苦衷指的是什么？”

这是事情的要害，他最怕涉及的就是这块，现在果真还是无法回避。他在心里犹豫了一下，说：“我不想伤害任何人，我只想用我的人格良心加上我与你的关系担保。我想离婚，离了婚，对她、对我、对家庭都是有益无害。”

民事庭庭长说：“其实你已经伤害她了。你想和她离，她不愿离。事情弄得沸沸扬扬，这对她的伤害比什么都大。抛开这一点，还谈什么伤不伤害？”

他解释道：“离婚是很正常的，并不是耻辱，就跟结婚一样。要离婚的人谈离婚能离婚也是一件天大的喜事，可庆可贺。根本谈不上伤害不伤害。”

“你只考虑了你自己，你有没有替别人想过？她若是一般身份的人倒也无所谓了，你要知道人家也是堂堂的妇联主席呀！眼下，能理解离婚的人并不多，你和她离，想没想过社会影响？你让她今后怎么开展工作？怎么面对社会上的人？”

他的眼睛开始模糊，他看到民事庭庭长的脑袋上长着一副老皮的嘴脸。他有些怒不可遏，慌不择语地说：“她她她！你们全一个鼻子出气！你知不知道她是怎么伤害我的？”

民事庭庭长说：“我这不正向你了解吗？你不愿合作，还要我给你判案子，我们换个位置怎样？”

他想，看来不说是不行了。棋走到这一步，已别无选择！于是说：“如果我告诉你，我老婆跟别人上过床，且有相当历史了。她心里压根就没我这个丈夫，你怎么看?”

民事庭庭长接着开口了，民事庭庭长说：“现在我不想谈论这件事的谁是谁非。我只想告诉你，如果把它作为理由带上法庭，你是文化人，后果怎样你应该想得到。”他说他这场离婚大战打的是人格是良心，而不是事实。他可以用人格用良心担保，他不会捏造谎言。民事庭庭长说：“你知不知道现在人们怎样谈论你。你和那小女孩的关系几乎人人皆知，到了法庭，人们会把你当了陈世美，不宰了你也会把你弄得臭不可闻!”

民事庭庭长最后劝他：“还是趁早息事宁人，别搬着石头往自个儿脚上砸!”

他的嘴张得大大的!

这时，一对恋人慢慢向这边走来。女的搂着男的腰。男的箍着女的颈，给人的感觉是海枯石烂，今生今世也不会分离!

十七

临分手时，庭长说他已将他的申请也就是诉状转给了门院长。门院长对这件事非常关心，今天是抽不出时间没一块来，改日会登门去了解一些情况。可能的话也替你想想办法。民事庭庭长又说：“若在家里嫌闷就上我那，让我们那口子随便烧几个菜，咱俩痛痛快快喝上几盅。”然后他们就分手了。

太阳升至中天，初夏的街市蕴藏着难以知觉的燥热。旋风从远处旋来，势不可挡。不一会，他被旋风包裹在中间，裤角衣袖全都吹得呼呼响，头发也被吹得直直的戳着天。大约半分钟后，旋风拐道弯移向远处。远处有堆垃圾，灰尘、纸屑等被旋到空中。忽然间，这纸屑变成了一张张又熟悉又陌生的面孔。这中间有老皮老刘老马老陈老同学，有姓李的大夫姓王的亲戚，还有门院长和民事庭庭长。随着旋风，这些人都升上了天空，远远离他而去。

整个山城也变得陌生起来。

一连几天，他再没有向谁提起过要离婚，心里也再不去思考这件烦人恼人的事。“离婚”二字仍然是那样诱人而又不可及。他开始和老婆和好，一如新婚那阵子，人们都不知道他脑子里到底想些什么。只有她预感到这是一种抉择前的沉默，就像医学上常说的回光返照一样，他们称夫道妻的日子决不会太长了。

南边又来了信，信上说有一份挺适合他的工作正等着他。信末只告诉了他联系地址和联系方式，却没署名。这信不是那位老同学来的，看笔迹出自女人之手，挺秀气的。难道女孩又去了南边？他有些吃惊，不愿承认和面对这个事实，可他实在也无可奈何。

又过了几天，当她下班回到家时，看见桌上有张纸条，纸条上写着下面的话：

别问我去了什么地方。过去的一切就当是场梦，把它埋掉算了。听人说夫妻分居两年可视作事实离婚。两年后祝你再建一个幸福之家。

我不会再回来。原谅我。

一行酸楚的泪挂在她的脸上。

骑车旅行

—

地球成了颠簸的小舟。

白天成了漆黑的夜晚。

不知到了什么地方，不知到了什么时候，她只觉得胸前像堵着一团烂泥，浑身似什么东西捆绑着，欲动不能。她想睁开眼睛，看看这个陌生的处所，瞅瞅这个神奇的地方，但试了几次，怎么也难以睁开。她以为是得了眼病，睡着了，眼屎粘住了眼皮，想用手揉揉，可胳膊仿佛是没有了。她想放开喉咙，像雄鸡一样，划破夜的寂静，唤醒沉睡的太阳，但嘴唇翕动了几下，怎么使劲也发不出声来。幸好，她的耳朵好像还管点用，她只得借助于它来辨别周围的一切，倾听从另一个世界发出的各种声响……

是什么抽抽噎噎？难道我真到了阴曹地府？

是什么叽叽喳喳？难道我仍在操场教室？

分不出也记不清。

又不知过了多久，终于，她的眼睛睁开了。像一个产妇生下难产的婴儿，多么艰辛！多么不易！像一个瞎子突然治好了眼病，她全力搜寻着这个世界的新奇：啊！多么熟悉的面孔，皱皱巴巴，沟壑重重；啊！多么陌生的身影，白装素裹，来去匆匆……这是怎么啦？我究竟到了什么地方？一觉怎么睡了这长时间？她挣扎着，想抬起头来看个究竟，弄个明白。

“别动，华儿……”母亲语音哽咽，双手颤抖，正忙着给她掖被子。

她看到了母亲眼里的泪花。她弄不明白，为什么母亲要看着她睡觉，要伴着她熬夜？

穿白大褂的人又来了，那是大夫。她看见大夫在取听诊器，看见了支在床前的吊针架。这下好像弄明白了，她是在医院，是在病床上。可是，她仍然弄不清楚，她是怎么到医院的。

记忆剪去了一截，时间留下了空白。就像一场梦，似曾发生了什么，可什么都难以记起。

她累了，乏了，无力地闭上了眼睛。这次却不同了，在她的眼前，竟奇迹般地出现了许多自行车的车辙。直的、弯的，深的、浅的！

啊，辙迹！深深的辙迹，弯弯的辙迹……

她叫薛华，二十世纪五十年代后期出生在一个半边户家里。父亲是区政府的一名小职员，母亲在乡下种地，后进了机关做临时工。她高中毕业当了两年民办教师，后被送到华师设在当地的分院代培一年。短短三百六十天，她那爱说爱笑、爱唱爱跳的活泼劲头，一下子消失得无影无踪了，变得沉默、稳重起来。期满回家后，一直在区中任教。不幸的是，户口始终得不到解决，人家买粮吃，她却背米袋。这种公不公、民不民的位置，大队分配排不上号，国家工资她无缘，劳动报酬是教育组掏腰包支付的，又低又无保障。恢复高考后，师范生逐年增多，学生娃却日渐减少，这样两面一夹，她的事情就更难办了。留在公办学校，显得多余；回大队教民办，那里本来就配齐了人员，且老师们都是通过考核发了证书的。近几年，教育老在高喊改革，可毕竟是个前奏而已。远水解不了近火。薛华就像生长在岩石夹缝里的一株嫩草，一旦自身的营养耗尽，马上就会枯萎、凋零，直至死亡……一滴辛酸的泪水挤出眼睑，沿着眼角，在那消瘦的面颊上，画出一道蛇行的痕迹……

二

林荫道上。

她，慢慢走着，像患了重感冒，一点儿精神也没有。这路，她再熟悉不过了，两旁多少棵树，得多少时间走完，她都心中有数。第一次走在这条路上，她的心情是激动的，并不像今天这样伤感。那天，教育组组长杨云告诉她，她将作为区里的先进教师，去出席县里的劳模会。她的劳动第一次被社会承认，人生迈出了可喜的一步。这对于她来说当然是值得高兴的。后来，这路，她究竟走了多少次，连自己也数不清了。只是随着次数的增加，她的心也慢慢冷了下来。就像讨厌某个人一样，讨厌这条路，这短短的三百米……

她美丽漂亮，圆圆的脸，浓黑的眉毛。她身段窈窕，常穿些柔和、淡雅的服装，和那迷人的肤色天然一体，远远望去，宛若一株晨光下带露的美人蕉！然而，尽管她全力与人结交，同事们还是不大情愿和她接近，见了她，总显出一种莫名的别扭。她好不狐疑，多次扪心自问：这究竟是为什么？是自己的生活方式奇特？是因为自己被评为先进教师？还是因为自己是个背米袋的乡巴佬？

她百思不得其解。

今天刚从课上下来，小张就说组长有事找她，且事情重要，要她一定得去！实话说，薛华是不情愿走这条路了。记得刚到校时，老师们是热情的。女伴们和她一起追求美的旋律；小伙子们和她一起探讨生活的秘诀。自从杨云过多地关照她，自从她被评为先进教师，大伙儿对她就另眼相看了。她觉得，人们投向她的，是一种讨厌又掺杂着忌妒的目光，仿佛那先进不是老师们评定，而是杨云一手包办的。对此，她没有害怕，也没有回避。生活本来就是这样。再说，她这种没地位的人，不好好工作，能行吗？于是她主动找老师们搭讪，主动去帮老师们做些生活小事。然而老师们除了客气地支应，就是诡谲地笑笑。这下，倒真为难她了。她第一次感到了人们的不可捉摸，生活的神秘莫测。

现在，她走着，觉得这路在无止境地增长。在她的背后、两旁，甚至对面，好像有许多可怕的眼睛尾随着她、盯着她。她走累了，要歇歇脚了……

"薛华，这是怎么啦？"

她耷拉着脑袋走着、想着。这一熟悉的声音，使她本能地抬起头来。教育组到了，恼人的林荫道走完了。她强打起精神，装出若无其事的样子："没什么，组长。"

“你呀，怕是又在磨题吧？点滴时间都不放过，注意身体哩！”杨云站在门外，好像已等候许久了。他一面说，一面做着“请进”的手势。

然而，薛华有些迟疑。不知为什么，看到杨云这亲切的动作，心里产生了一种难言的感受。她停下脚步，有气无力地问：“您有事？”

“当然。”杨云笑笑，“告诉你一个特好的消息——屋里坐吧。你准会高兴得蹦起来。”

真是吗？评先进，民转公，教育要改革，实行聘请制等等，都是两点一线直接传给她的。只是把当时一过，消息归消息，薛华是薛华。因而，杨云发布的“好消息”，她压根就没指望过。此刻，她心里寻思着怎样离开这里，根本就没有进去坐坐的丁点想法。

杨云从薛华的迟疑中，似乎看出了什么，进一步补充说：“今年，省里决定从民师中招一批师范生。县里的师范，面向全县招一个民师班。我摸过底，你是最有希望的。找你来，是想在第一时间把有关事项告诉你，你好趁早有个准备。”

几句不亢不卑的话语，还真打动了薛华。她曾参加过几次高考，在高考的战场上耗尽了青春年华，最终都因文科太差抱憾而归。若真是这样，她还是要去试试的。况且，从民师中直接招收师范生，还是第一次。她怀着一颗好奇的心，又一次跨进了杨云的家。

杨云示意她坐在沙发里，转身拿出一个本子，坐进另一只沙发后煞有介事地翻了翻，慢条斯理地说：“这次的机会可好哩！你学习刻苦，工作有成就。上边还规定，先进教师可以优先。以前，你总认为这‘先进’只是一种荣誉称号。这次就是讲实惠的时候了。”说完，他一边轻轻地敲着茶几，一边下意识地看着茶几上的玻璃缸——玻璃缸里有几条鲜艳的金鱼，有一枝欲开还羞、亭亭玉立的出水芙蓉。

薛华细心地听着，愁苦的脸上慢慢有了笑意。此刻，她已沉浸在对未来的憧憬中了。她知道，只要跳过“龙门”，那所有的烦恼都会随之而去，她也将以一个真正的老师的身份出现在人们面前。

“这是真的吗？”她满怀期待地问。

“当然是真的。”杨云的目光慢慢离开了金鱼缸，他抬起头，叹了口气，又心事重重地反问道：“你到华师委培，回来都几年了？”

“四年了。”

杨云做出庄重而又吃惊的样子：“这——这就有点麻烦了。参加考试有个基本条件，就是必须有五年的连续教龄。”

一团刚燃起的火苗，受了一瓢冷水的袭击，希望之光泯灭了。就像往日一样，她感到失望，感到无奈。

杨云接着话锋一转：“不过，你的情况特别，到华师进修，是教育组推荐的，实际教龄应从你参加工作时算起。这一点，我会想尽一切办法替你去向教委解释，你就把心好好地放肚子里，绝对不会有问题的。”然后用力吸口烟，“再说，什么时候参加工作，上边也没个底，关键在组里。万丈高楼从地起，这些问题，教委还得听组里的。你就安心复习吧！”

薛华心情够复杂了。她不愿连累别人，更不愿劳组长大驾。可是她的处境又不得不使她担忧、惶惑。她尽力克制住内心的矛盾，平静地问道：“明年还有这样的机会吗？”

“明年有没有与眼下不相干。办事要实际些，越现实越好。就说那次民转公吧，那几个人转了就转了。当时，上边也说要逐年转的，后来怎样？”杨云说得很实在。这番话，他显然很满意。稍做停顿，又接着说：“像这种机会不会很多的。能走就走，能想办法走也得想办法走。先走总比后走好，不走老是块心病。你说对吧？”

还有什么可说？杨云想的比自己想的还周到。薛华又一次被感动了。她看了看对方，不无激动地说：“又得麻烦您了，真过意不去。”

“呃——这话可就太见外了。做这些是我应该，也是愿意的呀！”

来到门外，杨云又强调说：“这段时间，你就安心复习。别的工作，我跟你们校长去打个招呼。过两天组里还想预选一下，准备将入选的集中起来，抽几个有经验的老师辅导辅导。你可千万别分心啰！”

三

电压不高的日光灯，把它那柔和的光线无力地洒在病床、器具、家什上。镇流器发出微弱的“嗡嗡”声，像一支昏昏的催眠曲。护士刚出去，病房里只剩下慈祥的母亲。老人坐在床前，此时，她没有掉泪，也没有抽泣，只是愣愣地看着沉睡的女儿。长时间地注视，她那眸子仿佛凝固了、僵死了。

门开了，不是护士，也不是大夫。来者二十五六的年纪，理着游泳头，一身村妇的打扮。见到病者，她迷惑了，不敢认了。难道这就是一年前的她吗？这苍白的脸庞，这消瘦的面颊，这……不，不是！绝不是！她迟疑地看着薛母，那目光是复杂的。然而，从那似乎挂着微笑的嘴角上，从那安详和蔼的面容上，她认出来了，是她！千真万确！可是她还是不相信，不相信眼前躺着的就是薛华——那个美丽漂亮、心地善良的薛妹子！她只好问薛母："老人家，这是……薛老师？"老人点点头，并不作答。她愣住了，呆呆地站在那里，就像一根木桩，什么知觉也没有。

蒙眬中，薛华似乎听到了一个声音。这声音陌生而又熟悉。她无力动弹，无力回话，可记忆的原野复苏了。那段难忘的往事，那人生旅途中关键的一步，忽闪忽闪，蹦蹦跳跳地出现在记忆的屏幕上。

民师考试结束了。几天来，脑子总绷得紧紧的，想放松也不敢。现在，结果是红是黑可暂时甩一边，她需要休息，需要调整。可是没了车，回不去了。她准备去趟澡堂，然后买几两饭填饱肚子，舒舒服服睡一觉再去赶明天的早班车。

可是不行，脑中突然跳出一个陈蕾来。这陈蕾给她的问号太多了！她和陈蕾不在一个区，以前并不相识，是来县城赴考的车上才认识的。两人一见如故，后又同住一室。几天的相处，关系已非同一般。当时，见陈蕾抱着个孩子牵着个叫人担忧的老人，她心里就犯嘀咕，觉得这种时候，出马的该是丈夫，而不是连自己都要人照料的老人！不相信眼前的这位大嫂也和她一样是来参加民师考试的。

"陈姐，"晚上，她一边逗孩子，一边小心地打探，"孩子他爸在外地工作吧？"

她发现陈蕾的脸上掠过一丝难言的神色，责怪自己不该这样冒昧。可陈蕾极善于控制自己，她抑制了蔓延的忧伤，带着微笑回答说："在家种地。薛妹子，你陈姐没那福气呢。"

"那他为什么不来？"

"这——"拖了个长长的尾音，陈蕾最终说不下去了。脸上的苦笑消失，眼里似乎有了泪水。这就更蹊跷了，莫不是她丈夫去世了？或者……她这样想着，不愿对任何一种猜测下定论。理智告诉她，她不可以再继续问下去了。

沉默，房子里的空气突然凝固起来。

在死一般的沉默中，老人开口了："我这可怜的女儿不知哪里犯了天条，寻了个没心没肺的男人……"

"妈！"陈蕾极力阻拦。

"就你怕丑了他。那黑心的杂种，有你一半的良心也不会叫你们母子受这份罪。"老人什么也没顾，愤愤地说，"我要把那狗杂种的心挖出来，叫天打五雷轰。叫他走到哪里都让人瞧不起。"老人越说越气，哽咽着，断断续续讲出了事情的经过。

年轻的陈蕾，是个天生的美人胚子，远近有名，君子小人无不追求。最终陈蕾和一个在外工作的小青年结了婚。婚后的一年间，小两口相亲相爱，互敬如宾，感情甚是缱绻。但有了个女孩，丈夫就烦恼起来。接着是冷淡、不和、吵嘴……随着时间的推移，加上家庭重压与思想负荷，陈蕾过早地衰老了。怀了第二胎，丈夫硬说这孩子不是他的，借口计划生育，强逼她到医院流了产。随后，就是闹离婚。对此，组织出面做了调解，驳回了丈夫的无理要求。可后来，丈夫不但没有悔过之心，反而变本加厉，在外面拈花惹草不说，还常常将她打得鼻青脸肿，甚至当众侮辱她的人格。她实在忍不下去了，只好亲自上法院提出申诉，请求离婚。谁知离婚后的日子也不顺心，不少人说她偷人养汉被男人甩了。回到娘家，爸妈、兄弟虽然疼爱，嫂嫂却不怜悯，“嫁出的姑娘泼出的水，家里的一切没她的份！”父亲看不过眼，又怕闹出不是，动了肝火，嫂嫂只好勉强答应留下她。但不同意在一口锅里吃饭，得另立灶头。这样，陈蕾才有了临时的栖身之地。再后来，她发现又有了身孕。她没有去堕胎，反而觉得，孩子是自己日后的希望，有了孩子生活便有了盼头。再说，孩子是她和丈夫正正当当怀上的。她顶着风言风语，硬是把孩子生下了。孩子降世后，人们处处另眼看她。以前的同情变成了嘲笑，指责她落到这般地步是罪有应得！日子更加难过，她只好拼命工作，卧薪尝胆，并出人意料地走进了考场。

原来是这样！薛华长长地叹口气，她已被陈蕾的不幸深深感动了。她这个容易动感情，眼泪不值钱的人，这次却没有流泪。除了同情，她还对那个没有良心的男人产生了极度的愤恨……

四

仿佛醉汉遭到了冷水的浸渍。

仿佛死囚突然间获得了特赦。

陈蕾心中的激情似火山迸发了。她一下子跪在床前：“薛华，我的好妹子。这都是我……是我造的孽……”她边说边哭，边哭边打自己的嘴巴。

薛母给弄糊涂了。她琢磨着来者是不是弄错了人，再不就是和女儿有什么特殊关系，便急忙上前劝说：“姑娘，这当何苦呢？有话好好说。别哭，别哭哟！”

不劝犹可，一劝，陈蕾反而撕心扯肺地哭起来。

这哭声，弄得薛母更莫名其妙，也引来了不少围观者。有的扒着门框，有的站在门外，一齐向这位如丧考妣的大嫂投以同情的目光。心肠软的，还被感染得抹起了眼泪。

“哎呀，这位同志，你也太动情了。这是病房。要安静，安静！”大夫一口汉腔，声音不高，却很严肃。他是听到哭声才赶来的。

经大夫的干涉，陈蕾才慢慢停止哭泣。她擦擦眼泪，坐在薛华身边，望着那苍白如纸的面容，摇摇头抽咽着说：“多好的妹子……你能睁开眼来看看我吗？”

是听到了这悲怆的呼唤，还是那生命的路途有了新的转机？奇迹出现了，薛华的眼睛真的睁开了。你是谁，好像在哪儿见过，可又这么陌生？这该死的眼睛，为什么总是蒙着一层浑浑的云翳？待目光稍稍清晰后，她认出来了，这不是那位可怜的陈姐吗？虽然衣着没多大变化，可脸上有红晕了，饱满了。她露出了一丝甜甜的笑。随即，那笑容消失了。她在寻找过去，寻找那已经淡忘的往事。

那次民师考试，薛华觉得比哪一次都得心应手，数学、政治，就连平时基础较差的语文她都是一口气做下来的。不用说，这一定是个好兆头。可是自从那天得知陈蕾的遭遇后，她总觉得自己和陈蕾有某种联系。梦里也和陈蕾在一起，甚至有时醒来，耳根还挂着冰冷的泪珠。这仅仅是因为她爱动感情，眼泪不值钱吗？不是，绝不是！个中缘由，天知地知，除了她自己，恐怕就再没有别人知晓了。

还是在华师分院代培的时候。

入校不到一个月，她就与一同进修的秦雨耕一见钟情。这个秦雨耕，才能没得说，又聪明又有活动能力，情商智商都是百里挑一。于是，月光里漫步，柳荫下密谈，溪流边盟誓，便成了他们课余的全部。后来，临近期满了，在一个深邃的夏夜，天上没有云，空中没有风，银色的月光静静地泻在苍翠的松树上；草丛里，蝈蝈叫叫停停；远处，萤火虫忽暗忽明、若隐若现……一切都是神奇的、迷蒙的。时近午夜，他俩仍然偎在一起，如胶似漆，难舍难分。这样，不知过了多久，秦雨耕发颤地说："薛华，我能吻……吻你……？"她心虽相许，嘴上却未置可否，人整个沉浸在爱的涟漪中。此时，一切语言都成了多余，唯有沉默才是幸福！良久，四瓣橘片慢慢地贴在了一起。她没有动，无力反抗，一种从未有过的感受使全身酥软了。后来，又发生了什么，她不知道，好像做了一场梦，她想挣扎，却没有挣扎……再后来，他们结业了，一个城市，一个农村，东西南北，天各一方，只好借助鸿雁传递心声。可到了最后，片片痴情犹如入海泥牛。她只好打掉牙往肚里吞，有泪也只得往心里流。就这样，她第一次匆忙地得到了爱情，也第一次匆忙地失去了爱情；第一次尝到了爱情的甘甜，也第一次品味了爱情的苦涩。

"同是天涯沦落人，相逢何必曾相识？"在生活的海洋里，相同的地位，相同的遭遇，已像一条结实的缆绳，把这两条飘摇的小舟牢牢地拴在了一起。考试后，她所担心的并不只是自己。对陈蕾的怜悯，对陈蕾生活的担忧，常常攫住着她的神志。前两天，她到组里找了钟老师。徒劳往返，一无所获。但她托付了钟老师，要钟老师上县摸底时，一定不忘了带回陈蕾的消息。钟老师爽快地答应了她，并说三天后就有结果，要她安心在家等着。其实，急又有什么用呢？能考中的掉不了，掉了的中不成。既然考试已成为过去，一切也只好听天由命了。可她，上午十点不到，就跑到村子后面的大路上望了好几次，即使是在家里，也像热锅上的蚂蚁。钟老师说好了，四天之内要来喝喜酒的，可今天已是第六天了，还不见人影儿！她买回的那瓶五粮液也渐渐蔫了，不精神了。莫不是……

"丁零零……"一阵清脆悦耳的铃铛声，驱散了她心里的烦躁，她急忙放下手里的活，出门来迎接这命运的使者，拥抱这伟大的时刻。

来人戴一顶黑草帽，穿一件发黄的衬衫。乍一看，她还当是自己的老爸。可细一瞧，是钟老师，是吉是凶，全浓缩在这一瞬间了。她期待这一瞬间的到来，又害怕这一瞬间的到来。

"小薛，恭喜你，你的夙愿实现啦！"正在她欲问又止的时候，钟老师开口了。

本该高兴的消息，并没有给她多大的刺激。爱情的不幸，几度落第的苦涩，几乎灌满了她那有限的肚肠。因而，当这成功的甜蜜流进心房时，占据的空间已相当少了，综合后的滋味仍然显不出多少甘甜来。现在，她最担心的是陈蕾。她没有说句表示谢意的话，也没把钟老师请到屋里去，却急切地问道："钟老师，陈蕾怎么样了？"

"你呀，就关心别人。"钟老师嗔怪地说，"告诉你吧，她也够线啦。"

这下，她高兴了，竟像一个天真的顽皮蛋，激动地拍着手跳了起来。

钟老师继续说："后天，去县里体检，最好乘车去，别骑自行车了。你的考分不是特别高，底下只有陈蕾一人。身体上弄出个什么不是，把握就小了，多保重噢。早晨，我在车站等你。早点去，还有一份表要填。你忙吧，我走了。"

"这可不行！"薛华想起了那瓶五粮液，她拉住钟老师，"您不是说好了，要来……"

钟老师笑笑："和你开个玩笑，你还真搁心里了？"他看看薛华，爽快地说："好吧，我答应了一定算数的。这酒，等拿到通知书后再喝才是啊。今天，我还要到其他几个老师家里去，他们也等着消息呢！"

她想了想，也只好让步。临分手时，她又问："钟老师，听杨组长说，过了线的不一定全能录取，是吗？"

"这……这是上边的事。据说过线的人数只比实录的人数多一个。估计你的问题不大，危险的是陈蕾。本来，女生在同等条件下优先，可今年过线的女生特别多，优先权也就自然取消了。要是其他考生没大的差错，她就难保了。"

她刚刚兴奋起来的心，又罩上了一层浓浓的阴云。

档案抛到市里前，在县里搁上了几天。教委有两个主任不在家，不便决定人选。民师招生，不像高考。这种形式，决定权名义上在市里，实际在县上。所以，抛档案就不是闹着玩的，不召开党委会就不能进行。这几天，各区负责招生的同志，几乎是一天一趟县城。

抛档案的前一天，薛华由于关心陈蕾，在组里等了钟老师很久。体检下来，陈蕾的身体合了格，其他人也没刺可挑。医生知道民师奔到这步不容易，特别迁就。偶尔遇上色弱什么的，全当了睁眼瞎。这可就玄乎了，择优录取是原则。在这个原则下，她扮演了孙山的角色，陈蕾无疑将名落她后，成了陪衬，由一个有幸人变为一个不幸者了。而刚才，钟老师带回的消息已证实了她的猜想。怎么办？明天就要抛档案……这时，陈蕾的生活情景，就像电影里的蒙太奇镜头，呈现在她的眼前。尤其是对陈蕾未来生活的担忧，使她产生了一种无法抑制的心理。她要去教委，去找招生科的李科长，去替陈蕾说情。李科长和她爸是世交，她曾随同她爸去李科长家做过几次客。她要尽自己最大的努力，为陈蕾争取最后一点希望！

生活中有些人就是这样的，往往有望而不为，无望偏为之！也许，这就是某些悲剧酿成的原因吧。薛华现在就成了这样的人，这样一个带有悲剧色彩的人！有些事也是这样，往往有心栽花花不发，无心插柳却成荫。也许，这就是人们常说的命运。

做出了这样的决定，她心里轻松了许多。后悔没有事先找李科长——她的“伯父”。早如此，就不会干等，直等到今天这最后的时刻了。

闷热的空中吹来一丝凉风。不远处的稻田里，一个青年农民撒着晶亮的化肥。轻巧的燕子在他头顶上来回盘旋。薛华看看挂在天际的夕阳，它那炽热的目光，已变得柔和。她拢拢秀发，然后，骑着自行车，登上了这吐着热气，有如巨蟒的柏油马路。

地球发了疯，两旁的树一个劲地往后倒……

来到县城，已是华灯初放。彩灯下，五颜六色的橱窗；喇叭里，歌星们甜润的歌喉；影剧院前，熙熙攘攘的人群……一切的一切，她无心顾及，心里装着唯一的念头，径直来到了李科长的家。还好，李科长没有外出，正和夫人、女儿一道看电视，共享天伦之乐。

看到薛华晚上一人撞门，又见她汗涔涔、气喘吁吁，李科长吃了一惊，忙问道："薛华，没出什么事吧？"

她挥把汗水，嫣然一笑，然后，一本正经地说："当然出事啰！"

"鬼丫头，什么时候也学会耍人了？"看看她的神情，李科长消除了担忧，换个口气说，"来，坐下凉凉。"接着又吩咐女儿去打点水来让她洗洗。

"不用了，伯父。我找您还真有点事。"

"真有事？在这儿谈，行吗？"

"看您说的，什么时候也拿伯母当外人了？"她调皮地看一眼李科长。她知道，伯母是伯父的绝对权威，是伯父的贴身参谋，高级老秘。再说，伯母也挺疼她的，她还等着唱和呢！

坐下后，她急切地问："伯父，民师的档案抛了没有？"

"你这机灵鬼，一看，就晓得奔啥来的。说说，有什么要办？"

"听说明天抛档案，这话当真？"

"没错。"李科长顿了顿，"是不是放心不下呀？"

她做出神秘的模样，撒娇说："伯父，您犯一次原则，帮我一次忙，就一次，好吗？"

"嚯，死丫头，还想将你伯父的军呀?!"李科长知道她的事没问题，就爽快地说，"好，今天就输你一盘。不过，你可得给伯父保密哟！"

"那当然。"她也爽快地回答。

“说说，要伯父怎么帮你?”

“这次考试有个叫陈蕾的，听说她的档案留下了，是不是?”

李科长皱皱眉头：“是的。可这与你……”

“求求您，伯父，”她打断李科长的话，“能不能把她的档案也抛上去?或者，换下另一个人来?”

“鬼丫头，净出些难题，你不知道，这不是一个人能决定的。得开会研究。”

“开会就开会，那有什么?去跟主任说我也敢!”

“你呀，就别天真啦!主任那儿可不比这里哟。再说，留下陈蕾，是符合政策的。把她的档案抛上去，到了市里，落榜的也是她。换下他人，你想想，人家的考分高，条件好，不告你伯父那才怪了!”

“这事您做不了主?”

“不是做不了主，是这主不能做。”

“那好，我找主任去。”她真的站起了身。

“等等。”科长想了想，很慎重地说：“薛华，伯父我倒要弄个明白，这陈蕾与你不亲不邻，何苦来着?”

“是啊，华儿，做事总得有个起因吧。”一直在旁边张着耳朵只管听的伯母也忙插嘴说。

正是陈蕾和她不亲不邻，她才这样做，也才敢这样做的。她认为，陈蕾的人生太苦，生活太难，情况太特殊。若是谁知道她的遭遇，都不会无动于衷的。于是她将自己是如何遇上陈蕾，陈蕾的不幸和目前的处境，一五一十和盘托了出来。

屋里的气氛陡然沉重了。她、李科长、李科长夫人都低着头，默不作声。

良久，李科长夫人才嘘了口气，不易察觉地“唉”了一声。然后，自言自语地说：“这孩子，命倒真是够苦的。但按政策论条件，那是肯定不行。若是有谁能主动让出指标来，这事还有个希望。”说完，拿目光紧紧地盯着她。

李科长瞪了夫人一眼。

李科长夫人装着没看见，继续说：“老李，我看这事也不难。工作嘛，是靠人做的。你就会门缝里看人。也不去了解了解，现在的青年人不比以往了，他们心宽度大，对前途看得远！你就能打包条没有愿让出指标的？华儿这不是给那不亲不故的陈蕾说情来了？再说，有人愿让出指标，也没有像华儿这样主动找上门来的呀！”

“奔到这步都不简单！”李科长把个“单”字咬得重重的，拖得长长的。

“那人家陈蕾就简单了？听华儿刚才的介绍，她比别人不是更难吗？依我看……老李，档案迟一天早一天不碍事。明天你就去了解了解。看看谁的处境比这个陈蕾好些，生活靠得住些，年纪轻些。跟他们做做工作。这样的机会来年还有嘛。今年考得上的，明年也不愁中不了。顺水送个把人情，人家陈蕾还不一辈子都感激！”

这回，李科长真的给“将”住了。

又是一阵沉默。

还是科长夫人耐不住，意味深长地问：“华儿，你说伯母说得在不在理？”

她没有回答，先是点点头，接着又摇摇头。她的心已开始有些冷了。听话听音，伯母的意思好像是冲她来的。伯母没唱和她，不，唱和得过了头，这实质上是帮了倒忙。是的，论处境，生活、年龄，她都比陈蕾优越，而且除了陈蕾，就数她分数低了，若说让出一个指标，她是最合适的人选。可她并没有想让出来的意思。她来伯父家，是来说情的，并不是来让指标的。伯母干吗话中有话，冲着她使眼神呢？她不解。她同情陈蕾也同情自己。她觉得，无论是陈蕾，还是她自己，谁下来都是不幸的。她所以来找当招生科长的伯父，是为了减少这种不幸，弥合她那颗总爱关心人同情人的心。生活啊，你为什么这般捉弄人？难道在生活的舞台上，她注定了是一个悲剧角色？不，生活是公平的！它给予别人的也一定会给予她。眼下，她多么希望伯父能主持公道，为她说句话。可是，她失望了。伯父只是低着头，一个劲地抽着烟，并不说什么。

她哪里知道，此时此刻，李科长的心里也在激烈斗争呢！陈蕾是他爱人的舅侄姑娘，这倒无关紧要。要紧的是听说民师有机会上师范，那陈蕾的老父亲自找上门，叩头作揖，说什么也要他帮忙把陈蕾弄出来。看着老泪纵横的老人，他动心了，答应了他，只要够线就让陈蕾走。当时，他是想，够了线的总有特殊情况。没想到，未碰上特殊不说，连那倒数第二名竟是他老同事的女儿。他彷徨了，犹豫了……最终，还是原则战胜了私情。可眼下，事态有变，他又动摇了。他估摸，劝说薛华让出指标是有可能的。然而手背手心都是肉，真那样了怎么向老同事交代？他什么计也没有了，只好抽闷烟，什么也不说……

伯母更干脆了，她捕到了丈夫的心思，把准了丈夫的脉搏，果断地说："华儿，你既是同情这陈蕾，同情就同情到底，不是有句话吗，叫送佛送上天。你明年再考怎么样？"

这次，她没有点头，只凄苦地说："今年总算碰上了。来年我怕……怕……"

"呃，你基础好，又上华师培训过，不会有差错。"李科长夫人也索性劝人就劝到底，"再呢，还有你伯父这棵树，虽说遮不了多大的阴，话还是说得上的。明年想办法也要让你走。事在人为，绝对误不了事！"

她惶惑了。回想起考场上的风风雨雨，泪水潸然而下，模糊了眼睛，挡住了视线。

"你不要强人所难嘛！""好了好了，不愿意也就算了。好歹你和人家没亲没缘。伯母是看你心诚，给你说着玩，别往心里去。"伯父说完，掏出手帕给她擦拭脸上的泪水，真拿她当孩童了。

然而，泪腺一经捅开，不流干是止不住的。后来，她流着泪诉说了自己的心思，流着泪让出了那个指标——那个她追求了数载，耗费了青春年华的指标。伯父、伯母说了些什么安慰话，她一个字也没听进去。她只有一个要求，就是希望这件事不要让任何人知道。她怕人们知道了说她傻，说她痴。这样，比说她没能耐考上更叫她难受！

……

五

过道里，一位老汉背着个很不协调的旅行包，看看这个门牌，又看看那个门号，神情忧虑，看样子是来看望病人的。可他为何东张张西望望，就是不进病房呢？方才他还跟大夫打听过呀？他在过道里走了好几个来回后，又一次来到了一号病室。他睁大双眼，想看看里面的情景，无奈门关得严严的。他看看四下没人，便将耳朵紧贴门板，屏住呼吸听起来。恰在这时，门突然开了，几个衣着考究，干部模样的人和他碰了个满怀。

好难为情哟！

老汉吞吞吐吐地问：“老师……老师在吗？薛老师……”

老师，多么崇高的称呼！她听到了，听到了。可她这个老师做得并不好。记得组长杨云曾批评她：“培养人才也不认个对象！”她口里应下了，心里却不服。然而，杨云说这话，也不是全无根据。她并不想那样做，但不得不那样做。

她班上有个叫黄年生的学生，父亲因交通肇事坐过牢。就为这，黄年生总受到同学们的歧视，特别是区委大院的几个学生，饭碗要他洗，作业照他抄，错了还要找麻烦。他学习刻苦，经常找她问题目，要资料。时间久了，她对他产生了怜悯之心。经常给他辅导，遇到同学们欺侮他，她做了些劝解。

后来，话就传开了。

“薛老师偏心！”

“薛老师喜欢劳改犯的儿子！”

这些话起先只是学生说说。没多久就传到了校长的耳里，甚至区委大院。

记得那一次，她正在上课，校长突然找她：“小薛，你看谁来了？”

她随校长来到办公室，只见区委王书记端着一杯茶，夹着烟头坐在那里，看样子候了许久。

“小薛呀，坐，坐。”王书记没起身，话却说得十分亲热。他将手里的茶杯合上盖子，放在桌上，然后给校长传个眼色。

“小薛，王书记今天来，是想和你谈谈把王欢的学习搞上去。你知道，王书记上过朝鲜战场，老来得子。在儿子身上，王书记寄予了很大……”

“老崔啊，话可不能这样说。”王书记打断校长的话，“到了学校，我们只能是家长的身份。家长都希望自己的孩子成龙成凤嘛！”稍停，接着说：“小薛，听说你干得不错，关系转了吗？好好干，前途是远大的，机会在等着你呢！”王书记语气更加亲切了，但话听起来特别不是滋味。

当时，她什么也没说，什么也不想说，只是恭敬地听着。她心乱如麻，弄不明白，为什么书记的儿子就要把学习搞上去？为什么只有这样前途才是远大的……后来，黄年生也不找她了。可是有一天晚上，她回家背米返校时，意外碰上了黄年生。黄年生坐在路旁，痛苦地呻吟着。

她急忙上前，蹲下来问道：“你怎么了？”

黄年生停止了呻吟，强装镇静地说：“没什么，薛老师。”

“没什么？我刚才都听见了。你在骗老师。”

“真的没什么！”

“那你为何不回家？天都快黑了。”

黄年生低下了头，豆大的汗珠滚了出来。原来，他的大腿上长了个骇人的脓包！

她没有考虑，掉转自行车头：“走，回家去！”

一路上，她问了他的学习情况，问了他这些天为什么不去问题目了。在她的再三追问下，黄年生才说：“我父亲坐过牢，怕连累老师。”

她还以为是他听懂了课，没疑难了呢。多懂事的孩子！本来，这幼小的心灵是不该有什么创伤的，为什么偏偏要把这些沉重的负担加在一个无辜少年的心上？她不明白。

第二天，黄年生没能到校。中午，他的父亲专程到学校请了假，说是动了手术，得躺几天。可到第三天，黄年生就一瘸一拐上学了。作为一个教师，一个班主任，看到自己的学生对学习如此专心，她被深深地感动。放学后，她又用自行车把他送到了家门口。这样一天、两天……直到黄年生的伤口痊愈。

再后来，黄年生考上了中专。请客那天，校长、主任，还有其他老师都去了。一个个喝得酩酊大醉。独她没去。

“老妈妈，这……这是薛老师吧？”背旅行包的老汉急忙钻进屋来。他怎么也不相信，面前这个姑娘就是送过他的儿子，给他儿子多方关照的那位薛老师。

原来，老汉深知自己名声不好，怕再次连累她，只好等那些“大人”们走后，才敢进屋来。那天，他拿到儿子的入学通知书，高兴得两只手颤抖了好半天。之后，忙吩咐儿子去请老师，他要置办酒席，好好答谢人家。可他又有些担心，老师们会不会给这个脸？儿子回来了。儿子说别的老师都答应来，就是不见薛老师。这怎行？他只好亲自去请，可薛老师已不在学校了。

没能答谢薛老师，竟成了老汉的一块心病。他想，若是单独再请，怕是不可能了。只好瞅个空买点东西送上门去，可又担心人家说薛老师的闲话。事情就这样搁了下来。

老汉从包里取出鸡蛋、糯米，诚恳地对薛母说："老妈妈，这是学生来看望老师的，收下吧。请老师好好歇着，养好身子。"

够了，有这句话就够了。薛母心里既高兴，又难受。她怎么留也没留住老汉，还没问问清楚，老汉便匆匆地离去了。

六

薛华的心跳恢复了正常，偶尔能说上几句梦呓般的话语了。这株嫩弱的小草，从事发到现在，已经顽强地走过了一段无法想象的生命历程。这是多么艰难的人生旅途啊！没有对生活的向往，没有惊人的毅力，八成就没有今天了。

薛母呆呆地坐了许久后，动身打燃了液化气炉，想冲点牛奶，或是麦乳精……

啊，火，火！昏睡中的薛华睁开了眼睛。记得那火是红红的，怎么一下子变成蓝色的了？记得当时，母亲想扑灭那烧心烤肺的火苗，怎么一下子拿起了火炬？哦，对了，那天，母亲也拿着火把，可比今天的要大得多，亮得多，照得也远得多……

让出指标的那天晚上，天快亮时她才合上眼皮，一合眼就进入了梦乡。梦里，她站在山顶，朦胧中，看见山沟里有几点火光在蠕动。拿火把的好像是她的母亲，她的小妹。这是什么地方？她们到这里干什么？她想弄个明白。她圆瞪着眼睛，极力向下看去。没来得及细看一眼，她脚下的石块突然坍塌了。她伸出双手，希望有人拉她一把，但没有。接着，她便发出了一声可怕的喊叫……她被自己的喊声惊醒了。看看表，已过六点。糟糕！昨天来县城怎么就没跟家里说一声呢？母亲、小妹打着火把，分明是在寻找自己。霎时，一种紧迫感袭上心头。她迅速起身，穿上衣服就去找伯父伯母辞行。

她推着自行车，慢慢地离开教委大院，浓浓的哀愁油然而生。随着一步一步地远离李科长的家，昨天赶路时那种迫切的心情以及让出指标后的自我安慰，一点一点地化为悲哀。这种愈来愈沉的心情，像一块石板，压得她挪不动步了。她停下来，回头看看教委这幢漂亮的大楼，看看楼上伯父的家。伯父伯母，还有琼琼小妹，三双含情的眼睛在阳光映射下，亮晶晶的。她担心他们再次看见了她的泪花，急忙扭过头，大步走出了院门。

来到街上，她尽力不去看那些橱窗，不经过那些热闹的市场。这些，与她此时的心情太不协调了。然而，由歌声、喊声、笑声、汽车的喇叭声、机器的轰鸣声……一切的一切所组成的城市交响曲却不断地撞入她的耳门，她总不能掩耳而行吧?！一条条骑车的长龙，一队队赶赴早班的人，一双双挽着胳膊，相依而行的恋人……不停地跃入她的眼帘，她总不能闭目过市吧?！走着，听着，看着，想着，不知什么时候，两行清泪挂在了腮边。向往已久的城市生活，为什么不属于她呢？本来，只要不多此一举，上了师范，分配时，这小小的县城是有她的立足之地的。可是，近在咫尺的一切，倏忽间化成了泡影，昙花一现都不曾有过。这究竟是为了什么？她没有去抹泪珠，她已经麻木了。人们惊诧的目光，不解的笑声，她都视而不见，听而不闻，只是一味地推着自行车，僵直地走着，走着……她是喜欢骑自行车的，很小的时候就学会了这种本领。当她骑着车上街，上学，走亲戚，走同学时，乡邻们投向她的是忌妒的目光。对自行车她有着特殊的感情。可今天她没有骑，骑上去会摔下来。她担心摔下来后就再难以爬起来了。

眼下，她的心已全部沉浸在对此行的悔恨之中。你算什么？陈蕾的不幸与你何干？关你屁事？你这样做，图的什么？世人会怎样笑话你？……她掉转车头。她要去找李科长——她的伯父，要他再犯一次原则。不！不是犯原则，是按原则办事，把她的档案抛上去。可是，她的面前出现了几双难忘的眼睛。这中间，有暗淡的，这双是陈蕾的；有苦涩的，这双是陈母的；有迷茫的，这双是伯父的；也有难测的，这双是伯母的。她怕这些眼睛，可它们又紧紧地盯着她！也许，这件事从一开始就错了！现在悔悟，恐怕为时已晚。她只好再次调转车头……

来到城郊，她停下车，留恋地看看这不算大的县城：它是熟悉的——她曾随父亲在这里度过一段童年时光，曾给她留下许多美好的记忆。然而，它又是陌生的——它不愿收容一个弱女子。她不能失去它，却又不能得到它。她再不愿远离它一步了，却又不得不往前走。只要朝前走一步，她的心就会被牵动一下，甚至被撕下一块。人啊人，得到某种东西时不以为然，到了失去的时候，才感到了它的分量！这是多么沉痛的教训啊！

她支上车，来到塘边，连做几个深呼吸，捧一捧清晨的凉水浇浇脸面，然后掏出手帕擦擦，沉重的心稍微轻松了些。晨风徐徐，叫不出名的小鸟在法桐上叽叽喳喳地鸣叫，仿佛嘲笑她一般。她要是一只小鸟该多好！无忧无虑，不烦不恼。

她捡起一块石头，愤愤地赶走了这小动物，再次瞅瞅这刚刚苏醒的县城，这童年的摇篮。然后，带着不尽的依恋，骑上车，她发疯地向前驰去。

回到家里，她做的第一件事，便是把所有的复习资料统统扔在天井里，泼上煤油，点上了一把火。望着这熊熊火苗，望着这耗尽了自己年华和汗水的书本，她突然觉得它们和自己一样，也是可怜的。她顺手抄起身旁的一盆水，猛泼过去，但无济于事。这次，她没有流泪，却发疯地笑起来。母亲见状，忙抢过脸盆，要到水缸里去打水。她抢先拦住了厨门，大声吼道："妈你别管！让它烧，烧得越旺，我心里越痛快！"

母亲只好停下脚，吃惊地望着她，嘴里喃喃说道："你怎么啦，你疯啦，是不是考试又落啦？叫你爸去说说……"

"听着！"她声音更大，"谁去求爷爷告奶奶，我就不活了，去死！去死！！"

母亲被吼得愣住了！

……

七

人生的道路是漫长的，但关键的只那么几步。她忘了这是谁说的。在这关键的几步中，她每一步都走错了。每走错一步，都给她留下了深刻的印记。也许，她应该答应杨云，去做一个贤妻良母，就不会落得今天这般光景了。

她永远也忘不了那一次，那不很关键，却又牵着她命运的一步……

"薛华，你听说过维纳斯吗？她复活了。"

“听说过，据说她的腿也断了。”

“你瞎编。答应我，做我心中的维纳斯吧。”

“我不是什么维纳斯，也不会嫁给任何一个男人。你——死了这条心！”

“人，都要成家的，不嫁人，道义上说不过，生活也会看不起。”

“这没什么，只要我自己还看得起自己就够了。”

“嫁给我吧，我会使你幸福的。只要嫁给了我，工作上无须你去奔波，学习上也不必花这大心血了。你爱美，我可以给你安排一个美的环境，烦了听听音乐，寂寞了看看电视。无聊时，可出去走走。菜食任你选，衣服任你挑。包你生活得顺心如意，保你永远像现在这样年轻漂亮、妩媚动人。”

“可惜我生就了一副贱骨头，不愿庸庸碌碌地过日子，更不愿做那种仅供男人们欣赏、玩弄的附属品。寄人篱下是悲哀的，并不幸福。”

“这有什么不好？现在不是搞对外开放，学习外国吗？为什么我们的思想不能再解放些？前几天，我读了一部小说，里头讲的就是单职工制的家庭组合。这个观点，报刊上还加以评论，说可以使夫妻中的一方有更多的精力去从事工作，去干出一番有功有名的事业。伤其十指不如断其一指嘛。再说，你不愿享清福也行，只要结了婚，我可以帮你办户口、转正，可以把你送去进修，照样有文凭拿，照样有工作做。这总可以了吧？”

“不！只有自己劳动的果实自己享受，才觉得甜美。一个有头有脑，有血有肉的青年人，不需要任何人的施舍，只希望走自己认定的路！”

“你听我说嘛。从我调到这里起，有哪儿对不住你？定报酬，想法给你往高处争；评先进，也是我出的面；还有……”

“工作并不是为了得什么先进。人家愿意不愿意给我高帽子戴，随便！古人说得好，良剑期乎断，不期乎镆铘；良马期乎千里，不期乎骥骜。如果只是为了功名，为了得失，我宁可不做！对您以前的关照，我从内心里感谢！”

“何必生这股无名气呢？有什么解不开的，提出来，咱俩有个商量。父母那里工作我去做，不会为难你……好了好了，还是坐下来，咱俩慢慢谈吧！”

“没必要了。该说的，我一个字也没保留。原谅我的直率。对不起，我走了。”

“那——好吧，你再想想，如果觉得我以前对不住你，我们可以重新开始。好事多磨，你说是吧？”

她不知道自己为什么不爱杨云，杨云究竟有什么不值得爱？她记得，杨云刚调到这个区里来时，人们议论说，他是被妻子抛弃后到这里来的。那时，她曾产生过同情之心。后来，杨云突然多方关照起她来。约她看电影，邀她春游，还问她有没有钓鱼的兴趣……多次的交往，她对他的身世有了些了解，人们的传说也从杨云口里得到了证实。她那颗同情之心随之便有了新的升华——从某种程度上，她已看到了自己人生长河的归宿。尽管在爱情上受挫后，她发誓不过三十不再找男朋友，甚至这辈子再不想嫁人。但是，杨云的遭遇她太同情了，她不相信世上竟有这般可恶的女子，作为女人，她感到愤怒，感到羞耻！只要杨云真心实意，愿和她共同厮守人生残年，她愿用自己这颗真诚的心去温暖他，用自己这双轻柔的手去抚摸他感情的创伤。然而，当感情告诉她，她应该去爱杨云时，理智又告诉她，这个人不值得爱。她在受到理智折磨的同时，也受到了感情的折磨。多次的较量，随着时间的推移，平衡遭到了破坏。她开始对杨云有些讨厌，可究竟讨厌什么，心里也弄不明白。

也许今天，她弄明白了。杨云不是她理想中的人儿，离她心目中的那个形象太遥远了。

八

从杨云家里出来，已是下午三四点了。她推着自行车慢慢地走着，走着。冬天的太阳像贫血的女人的脸，煞白而无引诱力。寒冷的风抚着额头。小河横穿小镇，潺潺流水绵绵地淌着，像一支忧伤而又婉转的曲子，带来了她那一桩桩如烟的往事……

家里五姊妹中，她排行老大。爸妈间年一胎，给她连生四个妹子。她“哇哇”坠地时，爸妈并没有因为她是个千金而失望。她反成了父母大人的掌上明珠，衔在口里怕化了，顶在头上怕飞了。她要抠下爸妈的眼睛来当珠子使，他们也是舍得的。在父母宠爱的大伞下，她一天天长大。来到青春门前，她已脱颖而出，长得沉鱼落雁、羞花闭月了。父母为她的前途担忧，也为她的婚事操心。于是四处奔波，到处托人。

然而初恋的失败，使她失去了再恋的勇气。对爱情这种神圣的东西产生了畏惧心理。对男孩，也产生了某种厌恶的情绪。她曾想把一肚子的怨情发泄在所有异性身上。从那时起，她把自己打扮得更美丽，以逗引异性的青睐。而对那些多情多意者，她又嗤之以鼻，让对方可望而不可即，企图以此来慰藉她那颗破碎了的心，达到复仇的目的。走上岗位不久，她就觉察并改正了这一点，那样做太轻佻。不过，爱美的天性是改不了的。除了容貌的美丽，她还要追求内在的美。世俗讲“男才女貌”，她要才貌并驾，表里齐驱。在爱情的长河中，她认定自己要做世俗的叛逆者，等待着有一天，心上人来到她的面前。但是，生活的惊喜何年何月才能出现？有人说，初恋最幸福了。不错，初恋的确使她尝到了爱情的甘露，可又何止是这些呢？更多的是苦涩，是伤痛！正是这种甘和苦的浸泡，楚与痛的搅拌，使她成熟了起来。然而，究竟什么样的爱情才是理想的、幸福的？她也找不到答案。她要从生活中去寻觅，去发现。

生活总是爱捉弄人。没等她找到答案，新的问题又出现了。几个妹子相继步入青春的大门。特别是大妹薛敏，参军在外，已有了心上人，未来的妹夫和她都在部队文工团工作。他们俩感情诚笃，男方已求过婚。虽然，他们都到了婚配的年纪，可农村有个习惯，“大麦割了，才能收小麦”。好在妹夫通达事理，求婚碰壁后，再没提及。年底，薛敏写信告诉她，说她的男女要登门认亲。父母很高兴，她这做姐姐的也不例外。可高兴之余免不了失意，因为她这个做姐的耽搁了他们，误了他们的青春。

妹夫人挺帅，举止潇洒、随和，连大年三十的团年饭都是他下的厨。在她这位同年的姐姐面前，妹夫更是不拘不束，无羁无绊。这使她有点儿羡慕，也有点儿妒忌。薛敏呢，才三年没回家，换了个人似的，总缠着她问姐夫物色好了没有，什么时候请她这做妹妹的吃喜糖。还嫌闹得不够，有时，妹子妹夫同时进攻，叫她好受！当时，妹夫对她说："姐，迎姐夫那天，我给你吹喇叭。在团里，我是吹唢呐的。"一句话说得她也乐了，还给了妹夫亲亲热热的一拳。

说笑逗闹一阵，薛敏提议说："我们玩扑克吧，这样的日子难得有，何不玩得开心点儿呢！"

她不反对，因为她不想扫她的兴；她没有点头，因为她不会玩扑克。

倒是二妹薛慧痛快："玩就玩。我和大姐一队，你们俩一队，谁输了谁钻桌子！大姐，来，给他们点颜色看看，叫他俩去桌底下啃嘴皮！"

她牵牵嘴角，无奈地说："可惜大姐笨蛋一个，连扑克也不会玩。"

"大姐，我帮你。"小妹也凑了上来。

她第一次拿起了扑克牌。

薛敏倒机灵，怕桌底下出洋相，抢先坐在了她对面，和她做起了对家朋友。可上场后，薛敏每揭起一张牌，都要给她那心上人儿看看。每到关键时刻，小两口不是挤眉弄眼，就是暗里牵衣袖、拐胳膊，变着戏法儿使暗号。妹夫更是放肆，有时竟扳着薛敏的肩头，看准了再出牌。这般境况之下，胜负就成了秃子头上的虱子。

那场扑克打得好不是滋味哟！看到小两口那股子亲热劲，看到薛慧无忧无虑，小鹿般欢快，看到幺妹小小年纪就迷上扑克，她的心难受极了。若是换个地方，换作他人，她早就扔牌不干了。可是尽管不会玩，尽管没兴趣，她还得强颜欢笑，坚持再坚持，忍耐再忍耐……玩完扑克，她已顾不得妹子妹夫了。他们也没有顾她，各自进了各自的房间。

她关上门，坐在床上，不知不觉中，泪珠挂在了腮边。好久，她又想起了秦雨耕，想起了那撞开少女心扉的第一道钟声，想起了他俩那段不寻常的经历。要是和雨耕结了婚该多好！今天，她就不会这般伤感了……想着想着，脑海里突生一个可怕的念头，妹夫和雨耕长得像极了，一言一行、一举一动那简直就是雨耕的翻版！难道他们是兄弟，或者……她害怕这是事实，又希望这是事实。她要从侧面打探打探，便迫不及待地叫来了薛敏。

“你知道小晋家里都有些什么人吗?”

“爸妈，外加两个宝贝疙瘩。”

“他是老大，还是老二?”

“老二。”

“他爸妈姓什么?”

“爸姓秦，妈姓晋。他跟妈姓，他哥跟爸姓。他妈是晋国的公主，他爸是秦国的相公。”薛敏说相声似的，没待她往下问，便全倒了出来。

“那——你们姑嫂的关系不错吧?”

“哈哈哈……姐我算服了你，未卜先知呀?他哥还是晾衣的竹竿——光棍一条呢!”说完，薛敏做出一个怪怪的表情，话锋一转接着道:“姐，我突然生出一个奇怪的念想，觉得你倒是和他哥特别特别般配呢!他哥呀，好有才气哦，人比弟弟长得还帅，真的。”

“你就别拿姐穷开心了。”她有些慌乱，却仍然情不自禁地说，“为什么?”

“有点动心了吧，我不大清楚。你问问他吧。喂，晋公子，劳你大驾，姐有事问你。”她想拦，但已来不及了。

“问我？”

“我们随便聊聊，别听她咋呼。”

“哟，又不是外人，还不好意思了是不是？你不问，我代你问。姐问你家老哥干吗还是条光棍汉子。”

“这个嘛，我也说不上来。我和他远隔千里，见面的机会不多。总的说来，他这人很怪。爸妈托人给他介绍了不少对象，他连面也不见。他想考研究生，但这也不是理由啊。直到今年初，才在二老的高压下定了一个，可来往得并不咋的。据我分析，他心中可能装着别的什么人。这事儿，迟早得黄。”

她已无心再往下听，只想知道他叫什么名字，是不是叫“雨耕”。于是喃喃道：“你哥他……他的名字……”

“秦雨耕。”

啊，“雨耕”！多么亲切而又可恨的字眼！难道你……她突然明白了，几年来，她不接受任何人的良心善意，总在爱情的门前徘徊、彷徨，逡巡而不愿进，原来她心里还隐隐约约装着一个人，一个使她爱之入心又恨之入骨的人！

晚上，一家人坐在灯光下，由父亲主持，开了个家庭会。父亲身体有病，想提前退休，退休后按照政策规定，可由一个子女去顶班吃商品粮，安排工作。

在她们成年的四姊妹中，大妹参了军，三妹上了大学，这事儿，只有二妹与她论高下了。这个二妹，独树一帜，长得五大六粗，黑皮厚肉，地里的活，比男子汉差不到哪儿去，自从分了责任田，家里的几亩口粮地就全包在了她身上。而她，一毕业便拿起了粉笔头，又长得薄皮细肉，天生一副做工作的模样，叫她去拿锄头把，父母不忍。再说，处在她这种高不成低不就的位置上，户口、工作不解决，对象也难挑，这同样成了父母的心病。所以，这件事，爸妈早就私下做了决定，打算叫她去顶职。召集四个千金，不过是走走过场，免得二妹抱怨。可是，事情并不像父母想得那样，当他们拐弯抹角、磨磨蹭蹭说出意图时，她坚决不同意。父亲问她为什么。她说不需要父母的施舍。当时，父亲脸气得铁青："好吧，你不要我和你妈的施舍，那就让老三去！"可这"老三"也仿着她的口气，抗命不从，还说自己一生下来就是盘泥巴的命。家庭会不欢而散。

二妹一上床就打起了呼噜，可她却怎么也睡不着。过眼烟云随风去，儿时天真入梦来。她从小就偏爱二妹，什么都护着二妹。她俩都爱花、爱草、爱树、爱绿色的春天。她们常常踏着春的脚步漫步在乡间小道、池塘河边，沉醉在春风里，唱歌、欢笑。偶尔也摘一朵带露的花儿，轻轻地嗅着、吻着，仿佛与大自然融为一体。每到这时，她们便有说不出的快乐，总希望永远在一起，不分开，不离别。

她忘不了老家门前的那片草坡。坡下有一坝清水。每天放了学，她俩都爱到草坡上坐一坐，躺一躺，用心灵去感受那美好的一切。特别是春夏，草坡绿茵茵的，坡里点缀着几朵白色或是红色的小花。那时候，她俩不知哪来那么多亲热，常常是头对着头，躺在那里看小人书，说悄悄话。让小草轻轻拥着她们，抚摸她们。那柔柔的草地，多像母亲温暖的胸膛呀！有时候她们各自选择了最满意的姿势躺在地上，让童心在这里展开幻想的翅膀，任思绪在这片似有似无的空间里自由地飞翔……那是多么天真、多么快活的时光啊！她正陶醉在过去的岁月里，只听二妹喃喃说道：“姐，还是你……你顶吧。你教书惯了，吃不了苦……”

“薛慧，你这是……”她支起身来，才知道二妹在说梦话。她多么羡慕二妹啊！无忧无虑，无烦无恼，欢欢喜喜地过日子。可她，什么时候变得多愁善感了？

她觉得这个机会应当让给二妹。不然，她的心这辈子都得不到安宁。

眼下，她有些后悔，觉得自己不能被人理解。杨云今天的所作所为说明了什么？不就是把自己当作趋炎附势、追逐名利的人了吗？这无疑是对她人格的侮辱。回想起这些年的风风雨雨，辛酸的泪水夺眶而出……

九

“你好像有什么心事？”吃饭时，父亲问。

“我？”薛华迟疑了一下，“没什么呀，爸爸。”

其实，薛华今天一进屋，就觉得气氛与往日不同。她猜想家里是不是出了什么事，强忍着内心的不快，装着笑脸，主动帮母亲做这做那。但她越这样做，父母越觉得她的举止有些失常。况且，细心的母亲，已观察到她那平时晶亮的眼睛今天有些黯淡，脸上似乎还留着泪痕。

“是不是小杨找过你了？”父亲进一步问。

薛华暗暗一惊，停下筷子，思忖着：难道杨云上门说过婚事了？她不知是什么滋味，委屈一下子涌上心头。

“她爸，吃饭吧，闲不住扒团饭！”母亲责怪道。

“好吧好吧，吃饭吧。爸随便问问，就当多嘴。”

薛华哪还吃得下饭呢！这顿饭，她本就是勉强的，每每咽下一口，那饭粒就像无数玻璃渣子，刺得喉管火辣辣的。现在，这些细屑紧紧挤在一起，变成偌大的一块玻璃片，卡住喉管吞不下去了。眼泪汹涌而出，一个劲地往外流。她像个刚入学的孩童在外面受了欺负一样，抽泣着，一下子扑进父亲怀里，放声哭起来。

母亲不知女儿出了什么事，也坐在一旁暗暗地抹眼泪。

父亲抚摸着女儿的秀发，慈爱地说："华儿，都怪爸的不好，伤了你的心。爸知道你是要强的，可当时，当着王书记的面，才说了个推辞话，谁知……！"父亲打住话头，改口说："爸的身体确实不行了，听话，把户口转出去，咱不教书了，爸就是拼了命也给你找份别的工作。"

"不！爸爸，"薛华边哭边说，"还是让二妹去顶吧。越在这个时候，我越不能这样。我不当缩头龟，坚决不当！"

"你呀！太任性了。给你找的婆家，你不同意，自己找又找不着；叫你去顶班，你要自己考，可考出去了，你又让给别人。要是今年走了，不就没这些烦心事了？你爸……也难啊！"

"华儿，依你爸的，去顶吧！敏儿结了婚，你连个影子也没有。坐了机关，也好找婆家。总不能跟爸妈过一辈子吧？听话，啊！"

母亲本想劝说几句，谁知话没落地，她哭得更伤心了。父母一时没了主张，只好默默地坐着。

哭了一阵子，她突然停了下来，她的泪水已经流干，怯懦已经洗净，委屈已经泄完，擦干眼泪，果断地说："爸爸，我不嫁给他，坚决不嫁给他！"

“以后的事咋办？你又不是铁饭碗，人家随时都可以砸了你饭碗。”

“砸就砸！真到了那一步，我就回家开商店，做个女经理。”说完，她破涕为笑，露出了一脸天真的神情。

这笑，不仅没有笑去父亲的忧虑，反而牵出了父亲眼里憋着的老泪……

十

地球停止了颠簸。

白天再不是黑夜。

世界仍然是以前的世界。人儿依旧是从前的人儿。

薛华的神智已完全恢复了正常。现在，她首先感到的，就是肚子有点饿。她记得，还是睡觉以前吃过二两稀饭一个馒头，下饭的菜是从家里带去的酱豆豉。本打算中午炒个鸡蛋，再吃四两饭，然后好好睡上一觉，休息一下的——前一天晚上改作业熬得太深，她很乏。但没等她弄口饭吃，就睡着了。这一觉真长，可睡得不怎么香甜。

母亲端来了牛奶，一口一口地喂着。她想自己动手，胳膊却仍然很软，没有一点儿力。只好咂着嘴，贪婪地吮吸着，吮吸着。这情景使她想起了嗷嗷待哺的婴儿。她觉得，她现在和小时候一样，在吮吸母亲的乳汁，那么甘甜，那么芳香。

喝了点牛奶，身子硬朗了些，她想下地活动活动。

第一步迈开了，头有点晕，眼有些花，身子轻飘飘的，接着是一个踉跄。若不是母亲坚强的臂膀，她可能就倒下去了。但她没有害怕，没有却步，稳了稳神后，继续向前走去……

第二年春天，薛华被调到了一所最偏僻的大队学校。这个大队，处在群山环抱的一个小盆地里，离区镇约三十里路程。东、南、西三面都是陡峭的山峰，只有靠北的一方，山势低缓，有个狭窄的峪口供人们进出。盆地呈椭圆形，且平坦得让人不敢相信。据说这里原本是江汉平原的一角，远古的一天，王母娘娘手执神鞭路过这里，不知什么事惹怒了这位圣母，只见她左一鞭，右一鞭，横一鞭，竖一鞭。眨眼间一个盆地出现了。但到了最后，那娘娘终于气力不济，才留下北边这低缓的小山。千百年来，只有少数庄户人在这里栖息。解放后，这里人口的繁衍、土地的开垦以及政治、经济、文化的发展都进入了青春期。它就像一个高能的电子，在核的最外层，吃力地旋转着。

早春二月，春寒料峭，乍暖还寒。尽管如此，大自然仍由于那不可抗拒的力量，慢慢地苏醒了。它眨了眨惺忪的睡眼，訇然一声，展开了新的生机：山涧泉水叮咚，田野绿毯茸茸；春笋像亟待出壳的小鸡，尖嘴儿啄得地壳微微颤动；映山红压弯了山峦，笑绯了一边天际；樱杏张脸待客，桃李含羞迎宾；小桥流水，田园牧歌，赛过那世外桃源……

放学后，老师们都回家了。白日依山，窥视着人间隐事。远处村子里传来隐约的歌声，用心听时，才知道唱的是《游子吟》。

薛华站在樱树前，独自默思。她想起了辛弃疾的词，“闲愁最苦！休去倚危栏。斜阳正在，烟柳断肠处。”此时此景，勾起了她千种思绪，万般柔情……临开学时，杨云才找她去摊牌，说要调她去一所山区小学。杨云和她谈了很久，说了很多道歉的话，一直声明，他这样做是被迫的，民师要裁减，安排她到这所学校也做了大量工作，不然，她就得卷铺盖走人。还问她有什么要求。有，只管提，他能够解决的尽量解决。当时，她觉得很难从命，真想回去做女经理。倒不是她怕艰苦。山里人野，是事实，电影里、小说里全都这样写。可到了真正抉择时，她又犹豫了。她喜欢学生，听惯了孩子们叫她“老师”，和那些半大的孩子打了五六年的交道，已深深地爱上了他们。这一任性意味着什么？不就是和孩子们永诀了？况且，杨云把她安排到这里来，说不定用心就在这里。不，不能这样做！这碗饭硬着头皮也要吃下去！

就这样，她带着一肚子倔强，来到了这个大队，这所学校。

学校规模不大，上百号学生，算上她才四个教师。按说是好管理的，但因为小、偏，一不障眼目，二不影响大局，大队睁只眼闭只眼，教育组也爱答不理，所以散漫。按要求所有老师都要住校的，但在这里住校回家随个人的便。食堂和医务室、小卖部等几个单位一锅开，有时候，连顿饭也弄不上吃。她只好买个煤油炉，不得不开起小锅小灶。人呢？两个年轻的，一个年老的，同属那未知的半边天，说野有点，说不野也过得去。介乎于愚昧与文明之间。据说在她来之前，这里是男人的一统天下，没女人上讲台的先例。这不，厕所的隔墙，才齐学生娃的颈子，叫她怎么生活啊！她只好往私人茅厕里钻。在这种情况下，她的到来，无疑增添了几分色彩，也给老师们带来了许多快乐。无形间，纪律紧了，住校勤了。每天，到了晚上，办完公，他们总要和她聊聊天，说上几句野性子的话。她希望他们在学校里住宿，又怕他们过紧地缠着她；巴望他们多和自己交往，又担心他们要那所谓的野性子。在这种矛盾心理的支配下，她一方面热情地和老师们接近，另一方面又处处设防，存有戒心。后来，她发现，这三个人很怪，住校总是一起住，至少也是两个人时，才留在学校不回家。慢慢地，时间长了，习惯了，戒心也就消除了。再后来，她干脆鼓动两个青年教师和她一起搞复习，迎接今年的民师考试，对方自然也乐意。在这些过程中，她嗅出了山民淳朴、憨直的气息。

生活是习惯了，但是，一种孤寂的感觉常常缠绕着她。特别是夜深人静的时候，整个校园只有她一人住宿，这种孤寂的感觉往往又掺和着一些害怕的成分。山区的夜晚寂静得像死了一样，偶尔，几声凄清的野山羊叫声，叫她丧魂落魄，毛骨悚然。若不是对面小卖部里常年有人，这碗饭只怕是早就吃不下去了。也只有在这个时候，她才萌发出一种本能的意念。是啊，都二十五六了，大妹也有了孩子，也不怪父母责怪她了。记得一次做梦，正奶娃娃呢！可醒来时，一只手抱着枕头，一只手按着奶子。冰冷的泪水涌出了眼眶，浸湿了衾枕，好不心酸！

现在，她要好好想想了。自从得到了雨耕的消息，在爱情上，她也下了狠心。过去，她明知雨耕抛弃了她，可心里总是疙疙瘩瘩的，怎么也忘不了他。梦想有一天，她能再次投入他的怀抱，去共同厮守人生的残年。爱情就是这种难以捉摸的鬼东西，恨得刻骨，爱得也真切。恨与爱总是交织着，掺和着。得知了雨耕的消息，她又有点儿同情起他来了，觉得他俩一旦结合，对于他，总带些悲剧的色彩。她要尽快斩断那根无形的丝线，赎回过去灵魂深处的罪过。

只是，谁来再次叩击少女的心扉呢？抑或，她又能拜倒在哪位男士的脚下……

十一

第二天，薛华突然接到了一封来自省城的信。她心里纳闷，又有哪个同学进省城工作了？她急忙拆开封口，寻找末尾的署名。“雨耕！”她吃惊地叫了起来，眼睛瞪得圆圆的，心慌意乱地往下看：

薛华：

久违了。

还喜欢直呼其名吗？

今天，无意间从弟弟嘴里得知一些你的情况，一下子勾起了我对往事的回忆。

不必隐瞒，回城后，现代都市生活图景的确改变了我的初衷。日历、广告牌上的美人像，舞厅、歌剧院里的摇滚乐，花间、霓虹灯下的有情人……这一切使我眼花缭乱，头昏脑涨，一种邪念应运而生。所以，不得不另眼看你那些滚烫的来信了。第一封，咬了咬牙，没回。第二封，也咬了咬牙。直到收到你的第五封信时，才隐隐觉得太对不住我们相识一场了，决定给你回个音，告诉你我的一些情况。也许是鬼迷心窍吧，最终还是没有回。当时我是想，只要再收到你的来信，怎么说也要回的。可后来，你的音信中断了，我估摸你的痛苦已过，与其回信揭开伤疤，不如作罢让它痊愈。就这样，我手中的笔放下了，永远放下了——多么荒唐啊！

后来，我参加了一个同学的婚礼。这个同学常常在我们中间夸他的女朋友如何了得，如何漂亮……可是，新娘下轿后，出现在我眼前的，竟是一个脸上有两块疤痕的农村姑娘。我问他这是何苦，他只是笑笑，并不解释，我心里留了个谜。但不管怎么说，我的良心第一次受到了现实的挑战。之后不久，我看了电影《雷雨》，女主人的遭遇使我震惊！我又一次翻出你给我的第五封信，也是最后一封信。信中，你只寄给我一首李清照的词：

红藕香残玉簟秋。轻解罗裳，独上兰舟。云中谁寄锦书来？雁字回时，月满西楼。

花自飘落水自流。一种相思，两处闲愁。此情无计可消除，才下眉头，却上心头。

多么情真意切！而我……我知道，这是你泪腺枯竭的预兆，心血绞尽的象征。这一切，全是为了我，为了我呀！我的心再次动摇起来，恨不得立即飞到你身边。我将我的想法告诉了父母，遭到了他们百般阻拦。就在这时，我得了急性肾炎，浑身肿得放亮。待肾炎治好后，又染上了黄疸……再等到病愈，时间已流去了可怕的一段。我的梦破灭了，只好在惆怅中默默地打发日子，独饮这人生苦酒……

盼你回音！

你的雨耕

我的？不，不是！早先是我的，现在已没有可能了。她想把信烧掉，但划燃了火柴，却没有去烧信笺。直到那火烧疼了她的手指，才甩掉火柴棒。

十天后，她又接到了雨耕的一封信，仍然没有回。

又过几天，她正在寝室里批改作业，“咚咚咚”有人敲门。她习惯性地随手将门打开。天地突然昏暗了！你来干什么？现在的薛华，已不是从前的薛华了，她枯萎了，没姿色了，早就配不上你了……的确，薛华是没有从前美丽了。眼睛黯淡了，苹果脸变成了瓜子脸，眼角已出现了鱼尾纹，就连那黛黑的秀发也不知什么时候多了几缕银丝。对这些，秦雨耕根本就没有思想准备，甚至一时都不敢认了。

“你……”万般辛酸涌上心头。她本想像他对她那样，不给回音，让对方在痛苦中慢慢忘却一切。可没想到，他会来，且这样突然，连个招呼也不打。她已经没有言语了。

来到屋里，她指指唯一的办公椅，示意雨耕坐下。她自己坐在床上，一切又寂静下来了。她不知道应该怎样应付这种场面，心里乱乱的。好久好久，雨耕站起来，打量一眼她的寝室：土墙没有粉刷，壁缝能看到外面，墙根大洞小洞一个紧挨一个。他慨叹地说：“这就是你栖身的地方？”话音未落，一只猫似的老鼠在他脚下一晃便不见了。

她没有回答，怔怔地反问道：“你来干什么？”

“结婚，和你结婚！”

“晚了，已经晚了。你心中的薛华死了，早已化为灰烬，不存在了。你走吧。”

“不，我决不走！听我说，薛华，你的遭遇我都知道了。这次来，就是和你结婚的。你不要拒绝。我们都等得够苦了。”

“我……我有了爱……爱人。你走吧！”

“你瞎说！你是属于我的。我也是属于你的。我们早就是夫妻了！”

“真的，我不骗你。他对我好，我也喜欢他，请你不要当第三者。你……还是走吧！”

她看到了一双绝望而又凄苦的眼睛。

“好，我走……我走！不过，在走之前，我想知道，我那冤家在哪儿，叫什么，他哪来这大福气？”

“这没必要。你走，你快走！”她几乎是吼了起来。

“……”他想说而没话说，拎着行李，匆匆地出了门。

“雨耕，你……”

是再见？是分离？是永诀？也许今生今世再也难逢了。多情自古伤离别，此刻，酸甜苦辣一起涌上心头。她想再看一眼他，哪怕是一眨眼的工夫也好！然而，他没有回首，一味地向前走去，走去……

第二天，天快黑时，他又来了！

“薛华，我去找了那位冤家，听说是个二水货！”

“你……你怎么能这样?!”

“我要对我所爱的人负责！我不希望她嫁给一个让她得不到幸福的男人。”停了停，他接着说，“这家伙倒勇敢。开始，我问他和你什么关系，他说同志关系。我一听就上了火，恋爱就恋爱，干吗遮遮掩掩、畏畏缩缩？我料定这家伙不是头拉车的驴，没说二话，就给了他一拳！”

“你——”

“别担心，看在你的面上，我不会伤害他的。我是想试试这小子的真心。在我告诉了他我们以前的一切后，他却镇静得像没事一般。我害怕的就是镇静，本想他听到后会跳起来指责你，但是我失败了，看得出，他是爱你的。他征服了你，也征服了我。我走了。但我觉得，这小子不像块过生活的料。他虽然凭了权势能给你安定，但不会使你舒心愉快的！”

“这辈子，我从来就没指望能有什么舒心日子过！命苦是天意，想好是想不了的。”

“既是这样，那我成全你们，祝福你们。今天，一是向你告别，二是想告诉你，我将仍然等着你——就算没有希望。他对你好，我打一辈子光棍也无怨；他欺负你，你就和他离，我们破镜重圆。你自己保重吧。今天不早了，你找个地方我住一宿。你放心，我不会再打搅你的……”

晚上，她怎能睡着！这一次，也许就是真正分别了。想到日后再不能相见，想到自己昨天那种冷漠的态度，她觉得对不住他，想起身敲开他的门，再和他坐坐，哪怕是一分钟也好！可理智告诉她，她不能这样。为了他，为了自己，她必须埋葬过去，冷静地对待眼前的一切。辗转反侧，好容易天快亮才合上眼皮。一觉醒来，太阳已冒了山尖。她赶紧起身，可仍然太迟了，雨耕已经走了。不知什么时候，也没留下任何东西。他来得突然，去得突然。只是这“突然”给人的遗憾太多了。

她默默地望着山口，久久回不过神来……

十二

雨耕走了，一种紧迫感紧紧地缠着薛华，她不相信雨耕说的全是真的，也不相信那些就是假的。但有一点是真的，她说的是假的。当时，昧着心默认了和杨云的关系，那是为了说服雨耕，让他死了这条心。可现在，她该怎么办?

又下起了蒙蒙山雨。这该死的初夏!

她在雨中散步。她想起了雨耕的《春雨》——一篇获奖的散文:“春雨? 她不禁动心了。‘随风潜入夜，润物细无声。’虽不是夜晚，但她却分明感到了在春雨的滋润下，万物开始复苏:树青了、草绿了、花开了。多美呀! 她猜想，在雨中散步，让春雨做伴，一定别有一番情趣吧。春雨带来的将是一个五彩缤纷的春天。人们也会在春雨中去洗刷自己，更新自己……”就是这篇《春雨》，让他讨得了不少女孩的欢心。

可眼下是初夏。初夏的雨也一样吗?

细雨沾柔了衣襟，打湿了秀发……

“小薛，好兴致啊。”

“头有点昏，沐沐雨不碍事。”

“哦，对了，昨天我去开会，碰到杨组长，让你今天回去一趟。”

没想到，杨云成了家里的座上宾!

“回来啦，薛华。那里的日子还行吧?”杨云站起身，像主人待客人一样，让出了沙发。

她点点头，看一眼坐在旁边的父亲，进了自己的房间。

她轻轻地关上门。泥烂路滑，三十里地，骑车竟用了近两个小时。她累了，倒在床上，歇息一下。想起那段弯弯曲曲的山路，想起车被烂泥粘得推也推不动，心里还有些后怕。这些究竟是为了什么? 她是一路琢磨着回来的。父亲前几天给她的信中，提及过个人事情，说是给她相了个对象，要她回来定亲，难道今天……可这人是谁呢，总不会是杨云吧?

只是蹊跷，杨云很少到家里来的，今天却穿戴一新，和爸那样高兴地聊着。是巧合？她糊涂了。

“薛华，你来！”爸在喊，口气似乎不大对。

出得门来，却不见杨云。杨云什么时候走的？

爸皱着眉头。爸不吸烟，却拿着烟。凭直觉，这氛围有哪儿不大对。

“你说，做人要紧的是什么？”爸站起来，在屋里走了一圈，“是脸！可你……你在外面做了些什么！”爸的手颤抖着。

她不知道爸哪来这大脾气，丈二和尚摸不着脑袋，只好委屈地说：“没做什么呀。”

“没做什么？你今天不说清楚，往后，你就别进这家门！”

“是没做什么呀！”

“还想赖?!”声如雷鸣。

这时，妈从厨屋里赶出来：“华儿，你就照直说吧，人都会有不是，错了就改。爸妈面前什么不好说？”

这是怎么啦？一向护着她的妈也变得陌生了，难道自己偷了人养了汉，摸了鸡放了火？

一阵委屈涌上心头。她知道爸性情温和，很少发脾气，事不打紧，是惹不怒的。可究竟是什么冒犯了他呢？

后来，她才知道，杨云为了讨得爸妈的欢心，借关心之名，把她和雨耕的事全倒了出来。且添油加醋，说她拆散雨耕的家庭，强占有妇之夫，已闹得满城风雨。作为一个人民教师，这还了得！

她流着泪，跪在爸的面前做了些解释，可爸一个字也听不进去。接着，爸话锋一转：“名声要紧，为了你的今后，我和你妈答应了杨云。过两天，择个吉日，把婚事办了，也了却了你妈和我的一桩心事！”

委屈变成了哀求。她抱着父亲的腿，“不，爸爸，我早说过，我不嫁给他。杨云没安好心，我不嫁给他，不嫁给他呀！”

“那你嫁给谁？去拆散人家，嫁给那个不三不四的东西？你想想，你都二十六七了，再过几年，就成老姑娘了！人家杨组长，年轻有为，虽是个二婚，可你也……也丢了脸不是？”

她没想到父亲也会在她的伤口上再捅上一刀！心里一横，猛地站起身，悲怆地说：“爸，我的事，你甭管。就当您没有我这个……”

“我就管！”爸将没抽完的半截烟往地上一掷，用力踏上一脚，“谁叫你投胎在我门下？没教养的东西！自古道，男女交往是非多。人都长着眼睛，谁看不见？旁人的闲话、口水都能把你淹死！”

难道真是这样？

她刚回到镇上，凑巧碰上几个区中的老师。

“薛华，你好福气，神不知鬼不觉地就找了个城里男人！”

“你们早就认识了是不是？听说还……哎呀，难听死了。”

她不知道怎么回答才是，只好找些别的话题搪塞过去，慌乱地往家里赶。可是身后又飘来小声的嘀咕：

“哼，不要脸！”

“话可别说远了，感情这东西就是一魔鬼！”

……

难怪爸发这大的脾气！

“爸，您冷静点。您总不希望女儿找一个她不爱的男人吧？杨云有水平，能工作，可他心眼儿太多，手段太毒……”

“爱？什么叫爱？有多少人互相爱了？你问你妈，我们结婚那阵子，你妈把门关得死死的。可我们还不照样过日子？再说，人家小杨爱你不是一天两天了。这样做全是为你好，他说马上就把你调回来，就连进修的指标都安排了。”

“可是爸爸，你知道这种爱的可靠性有多大？有人测试过，爱的能量是恒定的……”

“好了，不用你给我上爱情课。我只晓得小杨爱你，这就够了。你听着：第一，从今天起和那小子断了往来；第二，答应小杨，和他成亲。不这样，就给我滚回来！别教几年书，把祖宗八辈的人都丢光了！”父亲说完，猛一摔门，出去了，没留一点余地。

她回过头来，只见母亲扒着门框轻轻地抽泣……

一连两天，薛华没有出门，不吃不喝，宅在家里生闷气。只是苦了做母亲的，整天守着她，生怕她有个三长两短。

第三天，她自作主张雇了台拖拉机，去拖行李。她不干了。

来到学校，正好赶上下课休息。她看到校长从她班里走出来又进了办公室。一到操场上，学生们，特别是她班上的学生，一边拍着手，一边奔跑欢叫：“老师回来喽！薛老师回来喽！我们有老师喽！”听到孩子们天真的叫喊声，她心里酸楚楚的。

拖拉机还没停稳，校长微笑着向她走来，热情地打起了招呼：“小薛，回来啦。班里没事，难得出趟山，怎么不多休息几天？”

是揶揄，是怜悯？不像。是斥责，是批评？也不像。那是什么呢？辨不出也说不清。此刻，她多么希望校长批评她几句，凶她一顿啊！那样，她可以顺水推舟，找个借口说走就走了。现在怎么办？如何向校长解释？她的心，似被马蜂蜇了一下。

她没有说明来意，随校长来到办公室。两个青年教师正为一道代数题争得脸红脖子粗。见她进来，双方都像得了救星似的。“薛老师，你看……”“小薛，你来评评……”多么谦逊的态度！她的心有些颤抖。

她推开窗户，看看那些活蹦乱跳的学生娃娃，看看她的教室；她回过头来，瞧瞧这简陋的办公室，这几张熟悉的面孔；最后，她的目光落在墙上那张“尊生爱生”的宣传画上。啊，教师！人类灵魂的工程师！多么光荣而又伟大的职业。她的心里，一团火又开始燃烧起来。

她竭力抑制眼里的泪水，不让它漫出眼帘。可怜而又怯懦的泪水，你回去吧，带着过去的苦涩，也带着眼下的辛酸，还带着未来的不测，永远地咽回去吧。她掏出二十块钱，转身塞给司机：“回去吧，谢谢你了！”

三位同事不知何故，一齐向她投以惊讶的目光。

十三

时间荏苒，光阴似箭。生活越是紧张，时间过得越快。转眼间，民师预考又到来了。今年的考试，薛华是做了充分准备的，尽管那次烧了所有的复习资料，但后来她又到处托人，重新置办了一套。所以越到这个时候，她的心里越冷静。

今天，是考试前的第四天，也是星期天，学校却没有休息。因为他们走后只剩校长一人，根本无法替他们代课。他们去几天，学生就得耽搁几天，所以只能用休息日补课。刚上完第一节课，阴了好久的天空突然响起了雷声。接着，大雨“哗哗”下了起来。不到三个小时，山洪暴发，河水猛涨，山谷里一片白茫茫。百年未见的大雨，冲散了人们的心，惊得学生娃目瞪口呆。

中午时分，雨停了，只剩下沉闷的雷声。气温陡降。多数学生冻得直打哆嗦。面对这种情况，学校决定提前放学，并召集各队各湾的学生，做了必要的安全准备工作。

薛华正在给年纪小的学生们脱鞋，卷裤脚，嘱咐他们跟着大哥大姐们，不要掉队，不要乱跑，校长来到她身边：“小薛，丽丽呢？”

她抬起头，看了看惊慌的学生，只见丽丽缩在墙角，小声哭着。丽丽单家独处，离学校最远，还隔着河。校长随她来到丽丽面前。她弯下腰，帮丽丽擦去泪花，亲切地说：“丽丽，别怕，老师送你。”

“我送吧，小薛。”校长说，“河里水涨得猛，你毕竟是个女同志，万一……”

“不会的。”薛华恳切地说，“您是家里的主心骨，眼下正是农忙，这会儿，田里正等着哩！”

她说服了校长，带着伞，牵着丽丽上路了。她们没走上一半，雨又瓢泼似的下起来。隆隆的雷声由远而近，最后停在她们头上一声炸响；闪电像眼镜蛇的信子，在她们面前撩来撩去；风，一阵紧似一阵。不一会，雷电交加，狂风卷着豆大的雨粒，雨粒碰着雨粒，大点的、小点的、稠密的、稀疏的，一起发疯般冲了下来，大有搅混宇宙，毁灭地球之势！

丽丽瑟缩着，像一只受惊的小鸟，紧紧地趴在她的背上。她怕丽丽受惊生病，一边走一边问："想爸爸妈妈吗？他们会来接你的。"

没有回音。也许是声音太小，丽丽没有听见？

"丽丽，喜欢妈妈吗？"她又大声问。

这次，丽丽回答了："喜欢。薛老师，您像妈妈，我也喜欢您。有一次去姥姥家，天下着雨，妈妈就是像您这样背着我。"

多么知事的孩子！一股暖流流进心田。她抖抖精神，大步向前走去。

来到河边，汹涌的洪水几乎淹没了桥面。迟来一步，也许就过不去了。她心里暗自庆幸。

但是，看到翻滚的洪水，又觉得头昏眼花，仿佛地球的旋转也加快了。她又看看洪水中摇晃的小桥：两块一尺来宽的条石，撂在两个石礅上，另一端，搭着一根大木头。面对这"独木桥"，她害怕了，却步了。万一背着丽丽走在上面，过来一阵狂风，支撑不住，那就……她没有勇气往下想。

"薛老师，让我下来。我能走。"没等她答应，丽丽已溜下来，"爸爸每天送我，都让我自己走。走熟了，我不怕。"

看来只得这样了。她打量一眼丽丽，叮嘱道："别四下看，小心点儿！"

丽丽点点头，然后，一步一步上了石桥。

她跟在丽丽后边，撑着伞，护着丽丽，也做好了应急的准备。

这时，雨不停地下着，风不休地刮着。为了顾丽丽，她浑身叫雨淋了个透。湿透了的衣服像无数条贪婪的蚂蟥，死死地叮在身上。下身隐隐作动，似有什么渗了出来。她猛地记起，自己经期将至。该死！迟不来，早不来，偏偏这个时候来！想到日后会落个什么病根，她有些怕，后悔没让校长来送丽丽。一阵风过，她打了个寒战，也刮走了那些不该有的胡思乱想。来了就来了，她已顾不得那么多，要紧的是眼下。她急忙勒住思绪的马缰，心里只有弱小的丽丽，眼中唯有摇晃的小桥。

在艰难的挪动中，桥已过了一多半。眼前只剩下五尺来长的木头桥了。她嘘了口气。可是，没等她放松一下，丽丽一晃，险些掉下河去。她一把拉住丽丽，站定后，发现木头是浮在水上的。若不是两边的木桩夹着，早就被洪水冲走了。“好险！”她心里吃了一惊，额上沁出汗珠。稳稳神，她谨慎地将木头挪正，用一只脚踩在上面，等木头落实后，才让丽丽走上去。

来到木头中间，突然卷来一阵狂风，雨伞被吹得翻了过去。她急忙伸手去扭伞骨架。就在这一瞬间，她的身体失去了平衡，脚一歪，木头也随之急速倾斜起来！她意识到一场不幸将要发生，猛一把将丽丽推上岸去。自己却仰面倒在了咆哮的洪水里……

一阵挣扎后，她来到了水晶宫这个静谧的世界。原来，这里也有和人世间一样的房子、田地、鸡鸭和牛羊……可是，今天的天为什么这样浊？风为什么这样猛？哦，是变天了，下雨了。敢情水晶与人间并没两样！她正惊诧着，只见一位身穿青龙袍的老公公领着一群后生向她走来。他们来干什么？欢迎我这天外来客吗？要是不欢迎，我可就没有栖身之地了。

“别害怕，姑娘。”公公说，“你愿留在我们这里吗？”

“不，老人家，谢谢您的好意，人世间还有我年迈的父母。”

“留下吧，大姐。”美丽的红姑娘恳切地说，“我们会照顾你，关心你的。”

“不，好妹子。学校里也有和我同甘共苦的老……老师们。”

“留下吧，姑姑。”天真的神童们一起说，“留下给我们做老师，讲你们那里好多有趣的故事。”

“不，小弟弟小妹妹们。丽丽和她的小伙伴正等着我，等着我呢！”

“……”

“嘭”一个巨浪把她和那些善良的人们隔开了。接着，一个青面獠牙的怪物向她张开了血盆大嘴……

再见了，敬爱的爸爸妈妈。女儿不孝，辜负了你们的希望，伤了你们那颗慈祥的心，曾给你们带来过不少烦恼。为了女儿，你们挖心掏肺，可女儿活在世上，从没给你们盛过一碗饭，倒过一杯茶。女儿对不起你们。今天，女儿买了一听麦乳精，本想明天回家，冲杯饮料表表心意，可老天作梗，女儿就要不辞而别，先你们而去了。敬请二老宽恕。谨望二老不要为女儿而过度伤心，那样会拖累身子的。今后的生活，望二老保重了……

再见了，亲爱的妹妹们。你们不要悲哀，不要向姐姐学习。要好好替姐姐照顾二位老人，再不能伤了他们的心。姐姐去了，养老送终的重担就落在了你们身上。大妹要孝敬公公婆婆，敬爱丈夫，带好孩子，也不能因为到了婆家就忘了家里的二位老人。他们没有儿子，不能让他们受那种世俗偏见的气。二妹要听爸妈的话，照顾好脚下的小妹，就依了爸妈去顶班坐机关吧！两个小妹要好好学习，争取日后有个出息……

再见了，可怜可敬的陈蕾大嫂。愿你生活得美满幸福，愿那逗人的宝宝在你温暖的胸怀里幸福成长……

再见了，爱我和我爱的人们。生活是美好的，人生充满了爱。今生没能和你们互诉衷肠，共享爱福，只好在这个时候，隔着千山万水，对着淼淼水天向你们祝福了。愿你们能听到这悲怆的声音，收下一个弱女子临死前这份虚无的友爱。也愿你们人人能中小爱神的神箭，有一个可爱的家庭……

再见了，我的家乡，我的老师，我的同事，我的学生……

生活的惊涛，没能吞噬一个弱小的女子；自然的浪花，却泯灭了一个坚强的姑娘！

世界之大，为什么就不能容下我呢？难道就多了我这个无力的女子?！人生的长河，我才刚刚开始；生活的旅途，也只走完三分之一的里程呀！神圣的造物主哟，你把我带到这个世界，难道就忍心让我匆匆而去吗？

救救我，救救我吧！

十四

时间在流逝：一分钟，二分钟，三分钟……大雨在倾盆：哗，哗哗，哗哗哗……洪水在怒吼：轰，轰轰，轰轰轰……

在这生死攸关的时刻，丽丽的父亲担心丽丽，来接女儿了。他看看哭着喊着的女儿，知道出了事。没等问问清楚，便见河道的拐弯处冒出一具“尸体”。他急忙跳下去，救起来一看，正是多次送过女儿的薛老师。他摸摸心脉，已感觉不到跳动了。

他没有顾及什么，立即趴在地上做起了人工呼吸。幸好，他做过几年的赤脚医生，知道一些应急的措施。在他的全力抢救下，薛华的脉搏又一次微弱地跳动起来。可是，由于溺水的时间过长，河水中夹杂的泥沙太多，加上她身体原本就很虚弱，又在经期，人是过来了，却仍然难以脱离危险。接着，薛华被送进了区卫生院。

今天，住院部一扫往日的冷清，突然热闹起来。络绎不绝的访客都是来看望薛华的。这些人中，有年过半百的长者，有未脱奶气的娃娃；有老师，有学生，还有家长。这中间，有很多是薛华不认识的。他们有的带着水果，有的拎着鸡蛋，更多的是拿着鲜花——一束一束的鲜花。

陈蕾又来了。

打自从钟老师那里得知是薛华给了她入学的机会，她对薛华感激不尽，也对自己痛恨万分。她觉得自己太自私，要用行动赎回她的罪过。昨天到今天，除了万不得已，她是不愿离开的。她帮薛母打水、买饭，给来看望的客人倒茶，甚至给医院擦窗户、拖地板、倒痰盂……只有不停地干活，她的心才能得到些许安慰。

薛华已彻底从死亡线上挣扎过来了。看到陈蕾默默地做这做那，母亲和护士怎么也拦不住，她的心里也有些酸楚。

“陈老师，何必这样呢？你也有你的事，这些就让我妈来做吧！”她靠在床上，小声地说。

陈蕾正想说什么，只见杨云和钟老师一起来了。钟老师已来过好几次，杨云还是第一次，据说，他是到教委开会去了，才回来，下了车，正好碰上钟老师，便一块上这儿来了。

陈蕾照旧倒茶，只是递给杨云时，是低着头的，神情很不自然，伸出的手也有些颤抖……

房间里突然静了下来。每张脸上的表情都十分复杂。人们各自想着各自的心事。

此刻，心情最复杂的，要数杨云了。这倒不是因为他把薛华弄到了那所山区学校，也不是因为他的求爱多次遭到薛华拒绝。今天，他在进门的一瞬间，便发现了一个熟悉的身影。这身影曾使他神魂颠倒，肝脑涂地；曾伴随他走过数以千计的日日夜夜。起初，他以为看花了眼，在他接茶的一刹那，他才看真切了。是她，的的确确是她！可他弄不明白，她为什么也在这里？与薛华又是什么关系？不过，他倒是挺能装，心里有着惊叹号，脸上仍然没事一般。

“安心休息吧，小薛。”沉默片刻后，杨云第一个告辞。他认为，他这个组长没进家门，首先就来看望薛华，这已经够给面子了。再说，他不想别人窥探到他与陈蕾的关系，也不想当着陈蕾的面，给薛华献什么殷勤。

杨云走了。陈蕾却呆呆地坐着没动。

薛华觉得蹊跷，方才的一幕。她看得真真切切，陈蕾的脸上先是惶恐，后是怨愤，最后是忧伤。难道……她摇摇头，“不可能，绝对不可能！”

她疑虑未解，只见陈蕾长长叹口气，来到床前，摩挲着她的手背，欲说还休：“妹子，你觉得杨云怎么样？”

“怎么说呢，工作还行……就是有点……有点儿……我说不上来。”

“妹子，他就是我那可怜孩子的爸爸……”

“啊——”薛华脑子里猛一嗡，“是他！”

“是的。”陈蕾接过话茬，“那次，我也狠了心把他搞得很苦。他在那里名声太坏，离婚后就来到了这个区镇。所以，我是怎么上的师范，怎么来的这里，他一点也不知道。”

两人相视对坐，这时候，谁都找不出合适的话语来。

良久，陈蕾起身冲杯奶，端到薛华面前：“妹子，趁热喝了吧。我不是做戏。这次，我来这里实习，也想找他谈谈，希望他看在儿子的分上……”

薛华脑子里的震惊更大了。她不明白陈蕾为什么要这样做。不加思考地说：“陈老师，你不能和他复婚！他那样没心没肺，你决不能和他复婚！凭你现在的条件，一定能找个比他强的爱人。”

陈蕾眼里的泪水溢出来了，流到嘴里，一股苦味。她吞一口苦涩的泪水，哽咽着说：“好妹子，我也这样想过。可是，再找个人，我怕他对孩子不好。就这样下去，孩子整天嚷着要爸爸，我心里难受。每每想起我那可怜的孩子，心里就像刀绞。为了孩子，我不得不这样做啊！”

是的，为了孩子，母亲是什么事都做得出来，什么苦都吃得下去的。她不也是为了孩子，才舍不得丢下这份工作吗？她被这发自肺腑的心声感动了。看到陈老师如此，她又一次想起了秦雨耕——那深埋在心底的三个字眼……也许，陈蕾的选择是对的。感情这东西是复杂的，神秘的，也是说不清楚的。

“那……你就试试吧。”薛华想了想，“现在就去，组长刚和您见了面，这会儿，可能正念着旧情呢！”

“不，绝不能！眼下我离不开你。待你完全恢复后，再去找他也不迟。”

“别这样，陈老师。组长工作忙，平时想找也难找到。记住，千万别提我你之间的事。以后，你们真复了婚，怎么说，我也不干涉。可眼下，千万千万不能！”

在她俩谁也说服不了谁的时候，钟老师折返回来了。这次，他是来给薛华说考试的事的。

“小薛，你安心休养吧！预考就不必参加了，到时候，直接上县考试。”

“那不行。人家会有意见。”

“别固执了，小薛。本来你的基础不差，可这次对身体的摧残也不小。去考试，我真替你担心。不考当不考说，考了，万一有个闪失，就给了人家把柄。”

是啊，在考场上，她失去的太多了。她是有资格参加今年的考试的，不管预考能不能过关。可是，她已做好了充分的准备，她还是想去考考，并且一定要考出好成绩来。然而，这该死的脑袋，还是蒙的，不像先前好使了。倘若真像钟老师说的那样，可就难办了。一种对未来的担忧攫住着她的心。她再没有毅力拼下去了，年龄、婚姻、智力……都不允许她继续拼下去了。

“那……又得麻烦您了，钟老师。”她有气无力地回答。

第四天，薛华出了院，刚一出院，便拖着沉重的身体，踩着自行车慢慢地走上了返校的山路，再次开始了人生的旅行。

天刚晴。路未干。一道弯弯曲曲的辙痕，深深地印在大地上……

尾声

薛华最终还是没能参加考试。为她考试的事，钟老师工作没少做，但不管用。新上任的招办科长，说她去年让出指标是个人感情，今年为了送学生，落了水，影响了考试，精神是可嘉的，事迹也是感人的，他很同情，但有关条文没有说这种情况可以照顾。况且，为了挤民师招考这座独木桥，有人向市里告了她一状。科长也没办法，只得公事公办，严格按政策来了。

没能去考试，她很遗憾，觉得前途渺茫，不可预测。但过去了的毕竟过去了，今后的路还得走下去，不能因为少了某种条件就停下脚来。

薛华已把自己考试的事忘记了，所有的精力都花在了学生的期终考试上。她想，前段时间，教学复习两头扯，误了不少时间，现在得加把劲，把学生的成绩搞上去。学生也没辜负她，成绩跨了一大步，占了全区排名榜的第二名。

期终考试这天，区里的辅导老师亲自到他们学校监了考。考试完后，他找到薛华，转述了杨云的口信：区工（业）办（公室）想挖教育的墙脚，调她到砖瓦厂去当会计。要她做些考虑，有什么要求可早些提出来。说组里还打算去说说情，争取把她留下。

又过了两天，组里的办事员找上门来了。这次，是正式通知她，要她某月某日到砖瓦厂去上班。交代完必要的事项后，办事员又补充说："组里打算开个隆重的欢送会，用车送你到那边去。工资发至九月底，多发两个月。还有什么要求，你只管提。"

"没什么。我只希望……希望不开什么欢送会，也不必破费来送我。我有自行车，能走。那多付的工资，我也不要，就留给学校做伙食费吧！"

是啊，人都不在了，还有什么必要多领这两个月的工资？区区百把块钱怎么能安抚一颗被揉碎了的心！再说到了新的单位，那儿也会发工资的……

薛华推着自行车，驮着行李，沿着小河姗姗而行。河水唱着欢歌，永不休止地向前流去；山峦青翠欲滴，潜藏着无限的生机。走不多远，她听见河道里笑声喧天。循声望去，水沫横飞，水雾时隐时现。原来，是一群光屁股的学生娃在戏水。她没顾及什么，径直向那里走去。学生娃们发现了她，有几个爬上岸来，慌乱地穿上裤衩，拎着书包跑开了。有几个只是看了她一眼，并不在乎她这个从前的老师，继续戏着水。

她停下车，站住了。她要多看一眼这些学生娃娃。她想听他们再叫一声"薛老师"。她对学生是有感情的，对教书这份工作也是有感情的。不然，她当初是不会到这里来的。她希望继续教下去，一辈子不转户口，不转正，也心甘情愿。然而，这份工作再也不属于她了。人啊，最大的痛苦莫过于自己要想得到的东西得不到。她后悔当初，早知如此，不如在家里开一爿小店，做她的女经理。

学生娃们被她吓跑了，她不得不继续往前走，来到那次被洪水卷走的地方。桥下的水清可见底，鹅卵形的石子，有大有小，连那些可爱的小鱼，也看得清清楚楚。可是她却害怕了，不敢过了。要是丽丽的爸爸不将她救起，该多好！她想，真是那样，也就没有今天这伤心扯肺了。说不定她还会成为英雄人物，事迹被登在报纸上，播在电视里，让人们歌颂、敬佩，甚至眼红……

她不知道这路有多长，归宿在哪里。她慢慢地走着，想着。可以说，这是她想得最多的一次了。她想起了陈蕾，想起了杨云，不知道他们的关系现在怎样了。她想起了雨耕，想起了他那些过火的做法，想起了那个迷茫的夏夜，想起了那天留给她的最后几句话；她想起了和老师们一起生活的那些日日夜夜；她还想起了前不久退休的父亲……

前面到了十字路口。她糊涂了，辨不清方向了，不知道哪条才是她要走的路。她走累了，要歇歇脚，歇会儿再走——若是来台拖拉机该多好。

她终于选择好了，撩撩飘在额前的几绺乱发，然后，骑上自行车，猛一使劲，疾速地向前驰去，驰去……

黄牛凹

人类繁衍的历史，便是女人流血流泪的历史。

——题记

这是一片神奇的山地。峰峦如牛毛，沟壑像蛛网。望不到头，看不到边。相传，远古的时候，这里是一片汪洋，波吞日月，涛吐天地。后来，由于鳌驴年老，换肩时气力不济，只好呵口气。只见它刚一张口，便打那嘴里喷出泥土沙石，从茫茫大洋中隆出一块平地。又相传，好心的王母怕这里的生灵与世隔绝，赶不上那日行八万里的步伐，抡起神鞭，横竖抽来，使这平地与大陆连成一体，贯通一气，形成了大小不同的山包，深浅不一的沟壑。于是便有了赶南山塞北海之说。千百年来，人们代代相传，越说越神，愈传愈奇。没有人去深究，更无人去怀疑。

一条河由西向东，似一条纽带，把几十道山口拴在一起。每每下雨，便白泛泛像一条龙。雨一停，那水也停。据说这河老长老长，一直流到很远的地方。

河是山的经脉，山的魂灵。它带着山，流着历史，写着古今……

上 篇

一

女人没喝水，没吃生，没着凉，肚子疼……

女人发动了，孩伢要出世了。

这几天，牛宗没去打山货，守着女人，一心一意的。他听女人说要生了，望穿双眼的孩伢要见面了，就欢喜。看到女人这样的号叫，就害怕。想起女人跟他说过的怪胎（现代医学叫难产），就更害怕。他没见过生伢，不晓得生伢有几多的吓人！心里的高兴劲没了，脑子里装着的是怕，还是怕。

“接……接生……快……”女人痛苦地呻吟着。

牛宗这才记起请接生婆的事来。看看女人，他不忍心离去。刚出门没几步，又听到女人痛苦的号叫只得往回转。女人打着手势，一个劲儿地催他，他不得不再转回去。他恨自己不能帮女人一把。要是能帮，几多的好！他甚至有些悔，悔不该和女人睡，睡了，竟惹来女人这般的不好受。

请来接生婆，眼前的情景更叫他怕。

女人匍在床上，弓着屁股，两只手死死地拽着床沿，像一头犁地的老牛。豆大的汗珠从女人的头发中漫出来，洗湿了女人的面颊。

“快，翻个身。”接生婆好麻利！没等牛宗搭上手，便把女人翻了身。“快去，寻床絮把女人的头垫上。”

随着接生婆的吩咐，牛宗心里的吓也不知跑哪去了。眨眼间，他便与接生婆配合成了默契，递这递那不需接生婆开口。

一切都在紧张地进行。

一切都在悄没声响地进行……

该做的全做了，那伢却还没来。牛宗一闲着，心里就慌，就怕。他担心女人是怪胎，担心女人生不下伢来，甚至疑心这接生婆没能耐。怎的就生接不下呢？

一袋烟的工夫，女人的下身越张越大了，露出了拳头大小红红的一团肉。牛宗的心提到了嗓子眼。他听女人讲过，生伢时，先生下的若是小脑袋那才不是怪胎。而那小脑袋是长了头发的，像女人那头油黑的秀发。在他心中，生伢先见着的，应是黑黑的，不该是红红的。他凸着眼，又惊又喜地看着。他想，他的孩伢在女人肚里是不长头发的，那嫩嫩的小脑袋就和那嫩嫩的屁股蛋一样。他的女人能，绝不会生怪胎的。可是，随着那红红的肉团越来越显眼，他看见了，看见了一只小小的斑鸠！

“啊，怪胎！”牛宗惊叫一声。接生婆忙拿眼睛狠狠地瞪，又将目光移向女人，似在示意牛宗，要他别惊叫，女人晓得了，就慌，就连累着生伢。

牛宗记下了，可他心在颤，手也在颤。

孩伢的屁股蛋和腿，还有那圆圆的小肚肚，都生下了。到了生胳膊时，却生不出。那胳膊横在女人的肚里，女人使再大的劲也是白使。慢慢地，女人的呻吟小了。女人不晓得是不是怪胎，牛宗咋呼时只知道疼痛，那耳朵根本就没在意。女人也不晓得孩伢生是没生下。没生下，她也要歇会儿，歇会儿再生。

孩伢的腿动了动，那颜色有些变了，先是红红的，慢慢就成了紫色。

接生婆挺老到，碰上怪胎也不是头一回了，只见她捉住胎儿的两腿，不是向外拉而是朝女人的肚子里塞去。等胎儿的屁股蛋又回到了女人的肚里，她就腾出一只手来，食指和中指并着，顺着胎儿的腿伸进女人的肚里，帮忙将胎儿的胳膊理顺了。女人发出撕心的号叫，身子一阵阵地扭动。接生婆一边吩咐牛宗将女人按着，一边抽出手来，换个方位。如此这般地将另一只胳膊也理顺。等那胎儿的两只手全生出了，接生婆这才帮忙将胎儿往外拉。不一会儿，孩伢的胳膊肘，还有那肩头就全生下了。

生脑袋的时辰到了。仍旧生不下。女人怎么拼也生不下。

女人的呻吟又大了，还有粗粗的喘气声。脸色比先前更白，嘴唇咬破了，出了血。那手没处放，一会儿抓着这，一会儿又抠住那，指甲抓破了，流了血。

牛宗头一回见着生伢，才晓得生伢这般的难！做人不简单，做女人更不简单！他要在女人生下伢后好好地待，叫女人什么也别做，端给女人吃，端给女人喝……

又过了半袋烟的工夫，那揪人的小脑袋仍是没生下来。再生不下来，可就要命了。接生婆也不顾了女人的疼痛，她叫女人吸口气，再拿了性命拼。同时呢，将女人的肚皮用力一压。女人撕心扯肺地号叫一声。

这声音在坳子里回荡，直震得山也颤了。伴着一声听不到的响，胎儿整个地生下来了。光滑滑的，新鲜鲜的，没一点儿杂质，没一点儿残缺！

牛宗的心落了地，那冒出的冷汗也悄悄地躲开了。他看着这带紫的肉坨坨，看着立在那两腿间的鸭鸭，一股从没有过的幸福感流进心田。

女人的下身却在那道听不见的响声中裂破了，黑血直往外流。一阵锯拉般的疼痛后，天地没有了，白天成了黑夜，活人成了死人。多么不易！多么艰难！多么疼痛！多么幸福！泪伴着血！生伴着死！惊伴着喜！忧伴着乐！快慰伴着惶恐！地狱伴着天堂！

这就是人类的繁衍么？这就是女人的天职么？这就是造化的赐予？这就是世间的精灵！

牛宗的心又一次搁到了喉头上……

二

孩伢生了，女人活了。牛宗像过了一百年，难，比生伢还难！

胎儿出生后，牛宗给取了个名，叫黄牛根。这一半是顺了他大（大，即爸爸），一半是依了女人。他亲眼看到了生伢，才知道生伢老难。他喜欢女人，不光喜欢，还看重。女人为牛家传了后，接了香火，女人的功劳就大。比天大，比地大。没了女人，就没了牛家，就没了牛家坳，就没了这河上河下好远好远的地方。他要把女人排在他前边，要根儿跟女人姓，姓黄。

女人活下了。女人的身子垮了：眼珠子凹了，奶子瘪了，肚皮贴着后脊梁……那身子原本就虚，生根儿，奶根儿，又没滋补，垮了。

牛宗看在眼里，疼在心上。他后悔没有多喂几只鸡，多生几个蛋。他只会打山货，只会下套。那山货味鲜，可就是不补身子，就是不活气血。

牛宗盘算着用山货去前边坳子里换只几鸡，或是几斤蛋。人家怎么说，他就怎么应。只要能换鸡、换蛋，吃点儿亏不打紧。他先上了牛黑家，又磨磨蹭蹭说了来意。

牛黑领着牛宗，来到一头母牛前。牛黑说："宗哥，这牛下了头死牛伢，奶子胀得鼓鼓的，牵去吧。"

"拿去吧，牛娃子。好歹都姓牛，一家人。"牛黑的姆妈也催促道。

牛宗仍旧不吭声，他在想，拿是不拿？

"你女人奶子足是不？那你为啥来我家？"牛黑见牛宗老愣着，就激他。

牛宗将牛牵上了。不，是换上了。人家就要他两只羊。他用两只羊换回一头牛！

有了牛，有了奶。根儿会笑了。女人也恢复元气了。牛宗觉得日子有了指望。他将草屋后的那片荒开出来，又将屋山头的那片荒也开出来。新开的荒，流油的土黑黑的，一季下来，收下的苞米没处装。他又估摸着造屋。造了。草屋不牢实，漏雨。他又估摸着烧瓦。烧了。一切都如意，一切都凭着力。就是女人的身子不随他的心。为了弥补女人，他计法没少想，气力没少花。

这天，牛黑见着他。牛黑说："牛哥，还为女人的身子愁？”

“你没女人，不晓得的……”他给牛黑问得老不自在。

“我就晓得你的心。”牛黑不生气他的话，蛮有把握地说，“补女人，药，就在前边的崖子上。你看，那是什么？”牛黑朝天空指了指那飞得老高的小鸟儿。

“燕儿？它……”他细细地看一会，不相信地摇摇头。

“别小瞧。这机灵鬼的窝里有种怪东西叫燕窝，稀罕着呢！营养又大又补身子。要是弄得来，你女人一准会补得鲜亮。”

“哪有？”牛宗的心给说得迷迷的。

“崖子上。”牛黑又指着远处的崖子，“每年秋里，燕儿要回老家时，就有个白胡子老头儿拴了绳，吊下半腰间的洞里去。那洞里燕窝多得奇，一掏就是一筐子。白胡子老头胆大，敢下。”

回到家里，牛宗没跟女人说，忙着寻了葛藤，剥下皮，拧了粗粗的绳子，上了崖。

太阳打在了山尖。不是升，是落。它要再看看这山峦，要把这最后一缕光线，全留给牛家坳。

天空好蓝，没有云。坳子里那往日看得见的雾气也没有。远处的山峰清一色的绿，有点淡。数不清的燕儿在空中逗闹，也有几只歇在崖间那棵平伸着的老树的枝上啁啾。轻轻的，悠悠的。

牛宗看看这深不见底的崖子，心里生怕。想想女人日后会红润起来，怕就全没了，就抖了胆想下。他看看太阳，太阳也没了，他晓得，山坳里的太阳出奇的懒，醒得迟，睡得早，没两顿饭的工夫，天是不会黑定的。这工夫，足够他下崖掏燕窝。有了燕窝，再加上那牛，女人、根儿都有了着落。日子就好过，过得火样红、叮当响。他笑了，顽皮蛋似的。再看看天色，少有的好。天助他，他会掏到燕窝的。他将葛皮绳拴在树蔸上，顺着绳，再憋口气儿往下溜。

黑乎乎的洞口，近了。高飞的燕儿，一窝蜂冲下来，围着他愤愤地飞，叽叽地叫。燕儿真乖，知道他是去掏它们的窝，不让。燕呀燕，甭怨我心歹，就这一回，就掏一点，也不会伤了你们。他想，他的根儿是只燕就好了……

“咔嚓”，葛皮绳断了。根儿不是燕，他倒先成了燕，燕儿似的直向崖底冲去。还没来得及“啊”一声，天没了，山没了，女人、根儿全没了……

三

女人还有。根子还有。

女人抱着根子，站在门前盼男人。

“苦呀，苦啊。”是苦阿子的叫声。这苦命的鸟儿，打自来到这里就和他们做了邻居。

晚霞好奇，铺了好大一块天。那色是黄的，又像是红的。淡淡的黄，淡淡的红。没多大光景，却给云块吞吃了。

天渐渐黑了，山慢慢压过来。夜游的鸟飞过一阵，又飞过一只。这只掉队的孤鸟，飞上一程，鸣上一声。那叫声好凄，好苦，就像呼喊着前边的伙伴，也像给自个壮胆。两颗星星悬在云缝里，很高，很远，像两只眼睛，偷偷地看着人间。风，一阵紧，一阵松，想刮不想刮，想住不想住。

根子睡了，嘴角挂着笑。女人将根子抱进屋，放床铺上，轻轻拍几掌再去看那铳。铳在套也在。女人心里就生怕，鸡皮疙瘩就直涌。男人天黑都要回屋的，不回也要跟她说声："我下套，甭等。"今儿没说，没回。她不晓得出没出事。出了事她也不敢想，心里就直担着忧，为男人，也为她，还为根子。

来到门外，星星躲住了，空中一团黑。风也大了。女人打住脚，定定神。人影，男人回来了。她没有喊，大步奔过去，想趴在男人肩头上好生哭一回，把心里的屈、心里的怕全哭出来……可眼一眨，男人没有了。她不信，揉揉眼睛，再看，还是没有。她更怕了，浑身一悚，眉毛汗毛就直竖。

"哥——，哥哥——""他大——，根子他大——"女人死命地喊。喊声撞着山，接着又弹回来，又撞山……她要用喊声喊回男人，赶走心里的怕，就像那只掉队的夜鸟。

天更黑了，远处的山全涌到了脚跟前，一伸手就摸得着，一拿步就会碰破额头。四周冷冰冰阴森森的，稍一动，就有什么骇人的东西蹦出来。心，突突地跳，夜也跟着突突地跳，天地可怕到了极点，可女人什么都不怕了。她要去寻男人，到男人下套的地方、打山货的地方，她跟着男人下过套，打过山货。

蓝光，眼睛，她心头一紧。大前天，坳子里的一头猪就被那狼叼了去。门没关，根子睡在床上。她心里又是一紧。她要进屋，早就有"眼睛"蹲在门前，凶凶地不让路。她猛地呵一声，"眼睛"的眼睛眨了眨，就像在笑她。笑她胆小，笑她挪不开步。她豁出去了，硬了颈子，直向那"眼睛"冲去。心里跳，脚下慌，石头一绊，一个趔趄已到"眼睛"面前……

"眼睛"不晓得对方使了什么招法，还没摸准，后边屋子里一声尖叫。它胆怯了，纵身一跃，跳出一丈多远，向前急跑几步，然后坐在那里。

她从"眼睛"的胯下钻进屋来，忙关了门，抱起根子死命亲。是根子救了她。不是根子，那后路她不敢想。根子还在嗷嗷叫，眼泪、鼻涕糊满了脸。她不管，还是亲，用那舌头舔根子的脸，还有那眼泪，那鼻涕……

"嗥——"叫声四和，旋风似的，在坳子里打圈。

四周黑得胀眼睛，打那门缝里，还看得见那蓝幽幽的光。

她不敢出门，不敢睡，抱着根子坐在床上。

"苦啊，苦啊。"苦阿子又叫了。在这冰冷、漆黑的山坳里，叫声更是凄清、哀婉、悲凉……

根子在她的哼哼声中睡去。她怕根子离开她，紧紧搂着。这会儿，对男人的担忧变成了信赖。男人有一把好力气，身子骨又硬朗，不像她，怕野物。男人会回来的，说不定还会带上些东西，像上回拎回一只山鸡，像上上回，背回一只山羊。继而，又向老天祷告，要老天睁睁眼，保她男人平安无事。担心、信赖、祷告；祷告、信赖、担心……一夜就这么折腾着，折腾着。

第二天，天刚亮，根子还在甜睡中，女人带好门，到坳子前去问信。没问着。刚回到家里，牛黑进了屋。牛黑喘着气说："不好，牛哥……牛哥他……他……"

"他咋？"女人急着问。

"他……他去那崖子上掏燕窝，说是给嫂子补身子。没小心，掉……掉下去了。"

犹如五雷轰顶，六爪抠心。女人眼前一黑，身子猛地就往下倒。牛黑抢上一步，将女人搀进里屋……

男人死得惨，比她大还惨。死了一夜没人管，那腿肚，那肚皮都叫野物、叫那蓝眼睛给吃了！肠肚掏了出来，蜘蛛网似的织在地上。眼珠子也被抠了，空空的留两个红肉洞……

女人嚎死嚎活。她把男人的残尸抱了回来，把男人那肠肚一段一段一截一截全装捅里拎了回来。又给男人穿了新衣，放在床上，要男人再不出门，再不上崖去掏燕窝，再不给野物扒了肠肚。她要好好地侍候男人几天，陪着男人安安稳稳过几个夜。然后做个灵屋，搁上香案，平平静静守几天灵，直守到七七四十九天满。晚里，她照样和男人睡一床。坳子里的人怎么劝也不听。根子没命地哭，有个带伢的女人将奶子塞进他嘴里，还是哭。

第二天，尸发了。人们合计着把牛宗给埋了。女人哭天喊地，怎么也不让。可被另两个女人拽着，挣不开。

男人埋在了屋山头，埋在了那棵苦楝树下，离屋不上百步远。她要看着男人，守着男人。直守到自个也和男人一样，静静地躺在那里。

四

人死如灯灭。灯灭了，先前那昏昏的光也没了。就黑，黑得让人直想号。就像想那昏昏的灯，一点火星也罢。

男人死了，男人的一生活了。要饭时男人塞给她一个大饭团；那小潭里寻死，男人救起她；头一个同房的晚上，男人不碰她，把床让给她后自个去睡灶根；头一回和男人去下套，去寻山货……全活了。她命苦，八岁就死了娘和大，跟着叔熬日子。可叔不正经，打牌、拦路、睡女人。十五岁就将她逼了去，给个四十好几的男人做四房。那男人心狠，歹毒，不顾她的死活，又有头里几房的刁。她受不住，找叔，叔不理，还要打断她的胳膊腿。她只得往外跑。可这山高天低，树大林深，她没依托，黑天瞎火没路走。有路，也只有要饭的路，辛酸的路。于是这颠那簸，九曲十八弯，弯到了一个陌生的村子。不料又被一个少爷硬拦着不让走，还当着恁多的人要睡她。她的脸蛋中看、甜美，猫狗见了也想咬一口，祸就总跟着她，走哪儿跟哪儿。她恨这张脸蛋，想死，投了潭，没料给一个大哥救了。又经过九曲十八弯，大哥才娶了她，带着她逃到了这牛家坳……

男人死了，屋子里空空的。望着这暗暗的木油灯，女人心里好凄凉。她不相信，日后伴着她的就是这微弱寒碜、无风也流泪的木油灯。她也不相信，男人就真的离开了她，去肥那堆黄土、黄土里长着的苦艾。她端着木油灯，来到和男人厮守了几年的屋里。屋里没有了男人，有的只是阴森与恐怖。她的眉毛一竖，一股冷风吹来，她心里一战，赶紧退出房门。

“伢他大，你女人可怜，胆又小，你行行好，不吓她呀！”稳了稳神，待灯焰燃大了，她又往屋里走，去寻男人，去看男人是不是真的丢下了她。

男人死了，什么都死了。女人活着，什么都活着。活着不好受，活着还不如死。女人想死，去赶男人，去追男人的魂。男人一生中没过几天舒坦日子，去给男人烧火洗衣，垫床暖被。可不行，还有根子。根子是女人身上掉下的肉，是牛家的香火，是她的指望，是她孤灯残年的日子，是她御寒充饥的衣食。她要把全部心思都花在根子身上，要根子立马长大。长大了，扛上男人的歪把子，带上男人的套，去打山货，去套野羊。不是为了根子，她会去崖子上往下跳，去死，去寻男人，不管野物掏不掏肠肚……

根子长得趣，脸蛋像女人。根子撩她伤心，喊“大”不用教，拦也拦不住。这“大”一字一针直刺在女人的心窝里，叫她笑不出声，哭不出泪。

根子个头大，身子骨像男人。女人已抱不动，背不起了。每每抱起根子来，眼前就直溅火花。好多事，她都不能背着根子干了。下地、烧火、洗衣……她只好将根子放地上，给根子说几句好话，再去干活儿。有时，根子哭得没天没地，她不得不丢下手头的活，亲亲根子的泪脸，把根子搂在怀里，小声地哄根子：

虫虫飞，
虫虫走，
虫虫不咬根儿的手。

再不，就是教根子拍手掌：

翩翩镲，
螺丝瓦，
张家大姐骑白马。
白马过沟，
踩着泥鳅。

根子笑了，脸上漾起两个圆圆的酒窝。她又放下根子，接着干手头的活计。

根子快三岁了，根子知道女人的心。女人趴男人坟头没命地嚎，他就没命地哭。女人不嚎了，他也不哭了。女人给他擦眼泪，他就给女人抹眼泪。根子知道叫“大”女人不喜欢，不叫了，“大”换了“姆妈”。根子乖，晚里女人去下套，根子就趴在床上，玩女人给他做的布娃娃、锯的小木枪，直玩到女人回来止。再不，就在玩中睡去，嘴角流着梦涎，挂着笑。根子尿过一回床，女人打了屁股，不尿了，憋得哭也不尿。

根子不生病，不像坳子前边的小憨头，三五天就病一场。这是风里雨里给磨的，是老天有眼睛，女人那颗心安稳了些，日子也添了几分的乐。可眼下，根子烧得烫人，不笑，不哭，不吵，只憨憨地睡。病起得陡、来得猛，女人慌了神。去看先生，山又高，风又大。请先生上门，放下根子又不安心。

这时候，牛黑来了，牛黑说：“甭怕，先生我去请。”

先生给根子看完病，走了。

天黑下来，牛黑没走意。

“牛黑兄弟，你大叫你了。”女人撵牛黑。

牛黑站起来，欠欠身，没有走，反一把抱住了女人。

这一切太突然，女人做梦也没想到！先前，她是拿牛黑当兄弟待的。碰上这般好兄弟，也算是她福分了。她感激牛黑，感激他帮男人烧瓦，给牛家盖屋；感激他帮着埋男人……

可要她和牛黑睡，山崩了也不行！

“不，不成！行行好，牛黑兄弟你行行好！”女人流泪哀求着。

牛黑没牵没挂，就势将女人搡在床上，拿嘴死死咬住女人的嘴。那手就忙着动作，慌慌张张地去解女人的衣……

一声尖叫！是根子。记得那晚，那狼不让女人进屋时，根子也是这样的叫。叫声，吓跑了狼，救了女人。这会儿根子又叫了，叫声更尖、更苦、更怕人！

牛黑先是不理，后又拿衣服将根子严严捂住。他既是动了心思，又动了手脚，就要将要做的事做到底。万一根子的哭声惊动了前边的坳子，他的脸就丢大了。

“嗵！”屋山头响了一铳。响声划破山坳的宁静，打破了牛黑的美梦。他像一只受惊的野兔，衣服也没穿就夹着两腿往外跑……

女人被救下了，是给那“铳”救的。铳，她记起了铳。大前天，太阳刚上山，屋山头就响了一铳。太阳落山时，她领了根子去寻菜，菜园里躺着一只死山羊，活鲜呢！那时辰，她没把山羊和铳连着想，还当是谁家下猪皮弹炸了，跑这儿才死的。可炒了吃时，洗得干干净净的，吃着吃着竟吃出“石子”来。这会儿，她连着想了。敢情那“石子”不是石子，是铳子！当时，怎的就不用心看看？可她又摇摇头，觉得这铳太神秘，就像那半山腰里飘着的云。她怎么也估不准。

五

牛黑再没有上黄寡妇的家，解不开的铳声照样有。黄寡妇心里担着吓，放也放不下。

冬日的太阳暖烘烘的，诱人。没有风，坳子里一片宁静。

偶尔传来几声鸡鸣，声音高亢又显得遥远，和着大山散出的热气，叫人陶醉，给坳子蒙上了一层神秘的色彩。

黄寡妇坐在门前，她将男人的衣服剪开，又缝拢，然后站起身，自个儿试试。根子去找小憨头了。根子听小憨头说，蛮叔也就是小憨头他大一鬼早就出了门，去帮他们耕那块地。根子就赶紧回来告给姆妈。

黄寡妇放下手头的活，叹口气。心里说，蛮老五兄弟你也太当真！那日她只是念叨根子他大，才说了句伤心的话，谁知却被蛮老五装在了心里。她感激蛮老五。男人死后，好多活计全给蛮老五包了。蛮老五做活不声张，帮人不言语。一担一担地从山上担回柴来；一筐一筐地从栏里除去粪；一块一块地砌起猪屋……全是默默的。蛮老五来了就干活，干完活就走人，黄寡妇有心留他吃顿饭，他死活也不依。可有时候，他又咧开厚嘴皮，说是饿得眼发花，要黄寡妇立马端碗糊来喝，弄得黄寡妇不知怎的才是。黄寡妇摸不透蛮老五，就什么都只好依着蛮老五。

黄寡妇没先去招呼蛮老五，她麻利地进屋抓把碎米往地上一撒，引进“黄蓬头”后又麻利地关了门。黄寡妇将“黄蓬头”赶得咯咯飞，好容易才抓到“黄蓬头”。黄寡妇往日杀鸡都要雇人的，今儿没雇。她学了男人的样，捏紧鸡颈子，照准凸出来的一处，别别刀后轻轻一划。“黄蓬头”在地上打几滚，殁了。她的手也被划出一道血口子。那手指虽是有点痛，心里头却似灌了蜜。接着是一阵忙，待鸡汤煨香了，这才拉了根子往地里赶。

这块地处在一个偏远的山沟里。先前，这里满是榨木、葛藤、蒺藜，男人花了不少工才开出来。男人死后，她是没能耐再种了。蛮老五劝她："嫂子，牛哥开地没含糊，丢下好可惜。"这以后种、收全给蛮老五揽下了。

黄寡妇还在想着，一抬头已来到地头边，她看看蛮老五。蛮老五不声不响犁着地。蛮老五不看她，不说什么。黄寡妇的嘴张了张，又把要说的话咽回肚里。黄寡妇看看根子，黄寡妇说："根子，去，叫你蛮叔回屋吃口饭。"黄寡妇就扭转头，去看那树上挂着的铳……

"嗵！"一声铳响，有只野羊蹦跳几下，倒在了地上。"嗵！"再是一声，是只山鸡扑腾几下翅膀，然后像断了线的风筝栽下地来。"嗵！"又是一声，空中划出一道火红，山梁穿了个窟窿！

黄寡妇取下那铳，摩挲着光亮的弯把子，等蛮老五掉过犁头，她又赶紧将铳挂在树枝上。

蛮老五一步步犁过来，根子跟在蛮老五一旁，又问这又问那的。根子问："蛮叔，这地好犁不？"根子又问："蛮叔，你啷总是跟我们做事呀？"黄寡妇接过根子的话："根儿，不懂事！叫你蛮叔回屋吃饭。"根子就一个劲地嚷："吃饭啰，蛮叔，吃饭啰！"蛮老五这才开口道："吃吧，就依你一回。"

蛮老五今儿不比往常，话过头的多，他一会跟根子逗乐子，一会儿又跟女人拉家常。蛮老五问："那只'黄蓬头'呢，还生蛋不？"黄寡妇想支吾着挡过去，根子却抢着说："杀啦，还有一大把蛋黄黄。"蛮老五脑里一惊，正经八百地问："做甚？"蛮老五嗅到一股鸡汤香，心里就想，要是为了自个，这地就犁冤了。他知道女人家里日子过得紧，心里说，你又甭想长几斤横肉，鸡也杀了，还是留给根子吧。叫根子吃了长快些，好替他姆妈担忧愁。想罢，蛮老五就站起身，装出一副急样来："嫂子，这饭留下回吧，我有要紧事忘脑后了。"

黄寡妇说："咋啦？方才也说得好好的，这是怕我药了你？"

蛮老五嘴里刚说走，人已到了大门外，黄寡妇追出来，她让根子抱住蛮老五的腿，说什么也不让走。

就在这时，牛黑来了。牛黑打个惊："嚯，你们这是……青天大白日的，像话？"

蛮老五笑笑，蛮老五说："哪呢，我家地犁完了，闲着也是闲着，就顺便给黄嫂戳几犁。"

"哼！戳几犁？都说蛮兄是憨实人，没想到这里头还有挺多的沟坎。空着自家的女人，却想到外边戳几犁！"

牛黑说完就走了，蛮老五看着远处的牛黑，没头没尾地说："人挺好，就是……"黄寡妇没听明白，就问蛮老五。蛮老五叹口气隔半晌才说："嫂子，你不好开口我给你开，老这样不成呀！只要你告一声，这心里装没装牛黑？"黄寡妇明白蛮老五的心思，摇摇头，什么也不说……

六

风又起了，苦楝被吹得呜呜响，楝果落在土瓦上，当当的。

根子今儿没了睡意，总是玩，吹灯也不让。黄寡妇只得随着根子，给根子讲故事，讲牛郎织女，讲套山羊，讲"我儿端错"……讲着讲着，那眼里就不好受了，一眨眼，泪珠掉在了根子的脸蛋上，又顺着脸蛋流到了根子的嘴里。根子觉得有味儿，一个劲地吮，叽叽地吮。

根子睡着了。

牛家山睡着了。

黑夜里哼起了雷声，那是牛家山在打鼾。雷声近了，停在屋顶上，闪电撕破漆黑的夜，拼命地往屋里钻。

憋了好几天的雨，终是下起来。

牛家坳成了一个咽泪的媪妪，牛家山成了一个流泪的老叟。

“咚、咚！”声响，脚头漏雨了，黄寡妇起身支上土钵。

“嘀嗒，嘀嗒……”又是响声，黄寡妇接上木盆。

“哗哗哗哗……”

黄寡妇最怕下雨了，屋上瓦盖得稀，雨一下起来，总是外边大下，屋里小下。她心里就搁块石头，老担心那雨灌着墙壁，墙壁陡地坍下来。雨不住，那石头就不落。

所有能盛水的家什都用上了，不够。女人提着心，没敢睡，斜着身子倚着墙。

“吱呀！”还是响声。不是漏雨，是门。

黄寡妇记不得门上没上闩，想想记记，上了的！心里就更怕。她想找根火柴，还没摸着，闪电先划了——是个人影！心不禁颤了一下。火柴打湿了，怎么划也不燃。丢一边不划了。索性听听动静，听不见，她以为是男人回来了。男人晓得她怕屋漏，丢不下她，死了还回来，回来给她戳漏子。

又是闪电，更大，更亮。那人已经站在了她面前，浑身叫雨淋了个透，长长的头发从额上直搭到鼻头子。她吓得惊叫一声，就什么也不知道了。

不知过了多长时间，根子将她哭醒。根子在她身边。她不晓得是怎样到这床上来了的。想动，想哄哄根子，可欠欠身，没力。下身像压了一座山，好重好沉。根子从不尿床的，今个尿了。不对，这尿咋有些黏？捻捻，还有些滑腻。她忙拿鼻头前闻闻，不骚，是腥味。啊，血，是血！她挣扎着支起身来，点燃那昏昏的木油灯。床上满是血！床头那接漏的土钵也成了两半。根子还在哭，她却没力去哄哄，去拍拍，去教根子“虫虫飞”或是“翩翩镲”，可突然间灯熄了。

不，是她眼前黑了……

灯还燃着。她又醒了。这回，根子没哭，根子睡了，眼角挂着泪珠子。她是从死里头逃回来的，两条腿逃得好酸软，不是惦着根子，她是不想逃了的。她好像是做了一场梦，梦里见着了男人，男人先要她留下，过不一会，又叫她走，叫她去照看根子。她不想走，听到根子在哭，走了……

根子睡在她身边。根子哭得没了力。

她静下心来，想想，是哪个没心没肺的睡了她，恰在她来了红的时候。她想起了牛黑，想起了蛮老五，想起了那摸不透的铳声，想起了那头发搭在鼻头上的魔鬼……她恨那闪电，闪电太短，还没看清对方就没了。看清了，她要拿把刀去杀了魔鬼，或是放把火，烧了那魔鬼的老窝！

女人又想起了老屋里的东家，就又想起了她这张男人们都喜欢的脸。不是这脸，她落不到眼下这田地。就恨，恨这脸太中看，恨自己为何不长成缺鼻豁嘴的丑八怪！她用手死命地掴这脸，直掴得鼻眼里也出了血。

第二天，黄寡妇端了盆衣，牵着根子，来到河边。太阳刚刚出来，河里冒着水气，露水珠“叮咚叮咚”，在河母期盼的目光中，回到了那温柔的怀抱。河水清清的，躺在那里，像睡熟的闺女。黄寡妇不忍心搅乱它，不忍心打破一河好梦。她将木盆放在岸边，搂着根子坐在那里，平平的，静静的。

根子玩着小木枪，不吱声，不大动，只偶尔举起枪来，“嗵”地学声铳响，然后，自个一笑，再接着玩。那神情，好似天下全是他的，没别人份儿。

若是永如这般静坐，多好！不想什么，不操心什么，不担心什么。可……人生好难！像断了线的风筝，不知飘向哪里，不知落在何处……

游过来一尾鲫瓜。鲫瓜不知岸头坐个活人，停下翅，咂着腮，万般的娴静。她要是尾鲫瓜就好了，分享自然，独有一片天地，独占一个世界，自由自在，无拘无束……那次她想做鲫瓜的，是男人不让做。可男人撂下她不管，自个享福去了，叫她独自坐在河边，羡着鲫瓜，望着满河春梦。

她呆看一会，用棒槌将水轻轻一划，划开一道思绪，划破一片镜天。

鲫瓜倏尔远去，游进那幽深的水晶宫，去告诉伙伴们心中的惊吓。

不一会，涟漪消失了，水面又得平静。黄寡妇凝视水底，没见到鲫瓜，却看到了一副辛酸的面容：那乱发耷在额上，叫细风一吹，在水里飘呀飘，飘得水面也起了波纹。她伸出手撩撩，水里又映出一张好看的脸子。这脸子叫她惊疑，叫她生怕。尽管不那么丰艳，不那么红润。她没想到，世上还真有这般好看的脸蛋子！这样的脸子谁看了都会动心的，难怪牛黑要睡她，难怪那铳声老跟着她。可你白长了，白生了。女人不要你，恨你，留着你只会惹来更多的祸灾！她想起了男人。这脸原本是给男人长的，男人去了，这脸也应随他而去，让他下了套回来有脸迎，有脸亲。

黄寡妇捡起一块石头，使劲朝水里砸去，那脸给打碎了。水花溅起落在根子的脸上，根子就问：“出太阳了哪样还下雨啊?”“那是太阳公公流的汗珠。太阳公公走得累了。”黄寡妇说。

黄寡妇将衣服搁在石头上，捶几槌，又浸在水里摆几摆，一拧，麻花儿似的。再捶，再摆，再拧……动作好麻利。没几下，满满一盆衣就清毕透好了。她扭过身，见有条人影匆匆地进了林子，那人影还背了铳。她又想起了铳声，想赶几步，看个实。没拿脚，又停下了。心就跳，怦怦地跳……

回屋后，黄寡妇前想后想不踏实，总觉得自个身上藏了猪皮弹，什么时候说炸就炸了。可炸不死人，只弄得你缺胳膊少腿子的。总觉得活在世上，做个清白的寡妇比上天还难！她又想起了坳子前边的那女人，一脸的麻，男人问也不问。一个骇人的念头就直往心上爬，要是毁了这张脸子，和那麻脸女人一样，日子不就平静了？她下了狠心，要这张好看的脸子从今往后永远在这个世上消失，不再给她带来无尽的烦恼。

黄寡妇拿出男人留下的铳子，倒在锅里死命炒，她的泪就死命流，泪滴在锅里，锅里冒着青烟，“哧哧”响。黄寡妇将铳子炒红，再盛在陶钵里。一阵心酸涌上心来，模糊中，一个麻脸的女人向她招着手，她赶紧追上几步，麻脸女人就领着她向一个可怕的地方跑去。跑着跑着，麻脸女人猛地打住脚，扭过头来，张开血盆大嘴，青面獠牙就像要吞了她。她也回过头，喊着男人的名字，有些后悔地朝家里奔来……

钵里的铳子变了青色，隐隐的仍冒着烟。就在这时，黄寡妇看到了蛮老五。蛮老五拎着给她编的竹篮，正向这边走来。她心里一颤抖，不再顾念什么，忙闭上双眼，猛将脸贴在了铳子上。又是“哧”的一声，冒起一股白烟。一阵刺心的疼痛后，黄寡妇便倒在了地上。

地球伴着女人，和女人一起死去了……

没有了苦阿子的叫声，人世间静得出奇。头发落在地上，响声如同惊雷！

是蛮老五将黄寡妇唤醒。蛮老五哽咽着说：“嫂子，你，你这是……你哪能这样，你……”蛮老五正要将她扶进靠椅，牛黑来了。牛黑见状，没问缘由，猛一把抠住蛮老五的衣领，红着眼问蛮老五：“你狗日的好心狠！人家不跟你，你就下毒手？你……”牛黑一边说，一边照准蛮老五就是一拳。这一拳正打在蛮老五的鼻梁上，那血就如柱地流出来。蛮老五不还手不还嘴，哀求着说：“救人吧，牛黑兄弟。这儿你支应，我去请先生。”“狗屁跟你是兄弟！你好生听着，牛家的事不用你掺和！”黄寡妇忍着痛，没力地说：“别……别这样。你们都是……是好人。甭管我，就让我去……去吧。”

七

太阳带走了白天，星星喊来了月亮。山村的黑夜，燥热猛退，凉气袭人。

根子今儿好兴致，手里拿只蛋壳，硬要黄寡妇给他捉萤火虫子。黄寡妇放下了手里的活，拿把大蒲扇，牵着根子来到门外。好多的萤火虫子！全集在坳子里，像是伸手就可以捉得来。可黄寡妇走近时，又隔得远远的了。黄寡妇静静心，定神一看，才晓得那多半是星星，不是萤火虫子。唯有那不多的几只，飞得高高的，一明一暗，像是取笑这母子俩。

“我要，我要嘛！”

“根儿乖，姆妈教你唤，把那好多的萤火虫都唤得来。”

“像唧唤呀？”

黄寡妇就教起了根子：

萤火虫发、发，
到我门口喝糖茶。
筛子罩，磨子压，
压出油来煎糍粑。

根子学着她姆妈，唤了，可那萤火虫子就是不下来。来了，在母子俩头顶上打个圈，又走了。

“我要萤火虫，要萤火虫。你去叫大回来帮我打萤火虫。”

黄寡妇的心给针刺了一下。根子越来越不乖了，小的时候，晓得叫大姆妈不高兴，便不叫了。可眼下却一个劲地要大，回回都要出了女人的辛酸。她只好扯个谎，说是他大出远门了，过不了几天就回来的。还没过上一天，根子看到小憨头骑在他大的肩上，又要起了大。今儿晌午，小憨头来喊根子去抽茅笋，手里拿了只蛋壳，那里头盛了好多萤火虫。根子就问：“憨子哥，你唧捉得萤火虫？”“我大捉的。我大会飞，飞天上把萤火虫都捉来了。”打晌午起，根子心里头就装上了大。女人捉不到萤火虫，这会飞的大就上了心……

黄寡妇不理不睬，正追一只萤火虫。那萤火虫拐几道弯，一拍屁股想溜走，没想到给她一蒲扇，打下来了。根子也忘了大，趴在草地上捡萤火虫。

萤火虫被装在了蛋壳里，浑浑的亮光一明一明的。根子举在手里，一边跑着圈，一边高兴地喊：“哦，萤火虫，我抓到一只好大的萤火子萤火虫噢！”

女人看到根子好兴致，来了精神。她搬只板凳坐下，喊过根子，指着满满的一轮月亮：“你看那月亮哥。”

“月亮哥唧样呀？”

女人勾着根子的手，嘴里念道：

月亮哥，满天梭，
先生我，后生哥。
生我哥哥我打锣。
我从姥姥门前过，
姥姥还在坐摇窝。

念完了，搂着根子，拿下巴在根子胸前直拱，根子就嘿嘿笑。

黄寡妇心里好畅快！

黄寡妇又叫根子望星星，嘴里又是念：

天上星，亮晶晶。
皂角树上挂油灯。
油灯破，破两个。
猴子挑水桥上过。
猪掌灶，猫添火。

牛坐席，马陪客。

驴子端菜脚不歇。

听着听着，根子睡着了。黄寡妇拍着根子的背，嘴里仍在念叨着。那声音单调、幽深，像是呓语，又像远古的绝唱。

下 篇

这块神奇的土地，经过若干年的积蓄、酝酿，又开始了挤压，使得鳌驴无法承受。终于有一天，这口气怎么也憋不住，“轰隆”一声，火光四溅，从那嘴里再次喷出一股永恒的岩浆，喊出一道不灭的回音……

一

根子上学了。

根子好淘气，放学总是回得迟。一问，他便从背包里拿出山雀儿，或是斑鸠蛋。再不，就是抽了人家的竹笋芽，当了他爷的旱烟杆。今儿个，他好欢喜，没等姆妈问，就拿出几只小鸡：“我捉到了小鸡。我喂小鸡。”

黄寡妇一看，愣了。根子捉到的哪是小鸡，是苦阿子宝宝。这苦阿子已是他们的老邻里了，年年都来，去了也来。前不多天，她还去探过，苦阿子姆妈好专心，伏在窝里，正孵小宝宝呢！她怕惊动了苦阿子，就蹑手蹑脚走开了。没想到孵得这么快，更没想到，它们的小宝宝竟给根子捉了。

“根儿，把小鸡给姆妈。乖，听话。”

“不，我要喂小鸡，喂大了杀给姆妈补身子。”黄寡妇心头一热，眼泪差点掉下来。

“根儿，这不是小鸡，是……是苦阿子。”

“啥子是苦阿子呀？”

“这就是苦阿子。”

“它啥子叫苦阿子呀？”

“它命苦，叫苦阿子。”

“它啥子命苦呀？”

“它是人变得的。”

“我要听，要听姆妈讲人变这苦阿子。”

“从前，有个小姑姑，给人做了童养媳，男人死后，婆婆就磨她，叫她吃不饱，穿不暖。姑姑病了不给看先生，还硬逼她做活计。没出一年，姑姑又病又饿又累，就死了。姑姑死后，婆婆把她剁成八块，腌在坛子里。不久，姑姑的哥来看她，没看见，叫声妹，那坛里就噗噗响。他觉得奇怪，将那坛盖一揭开，坛里立马就飞出八只鸟来，一起‘苦啊，苦啊’地叫。她哥接着说一声：‘我那可怜的妹，和哥一起回家去。’八只鸟全歇在她哥的马背上。后来，人们就给这鸟取名叫苦阿子。”

“啥子叫童养媳呀？”

“……”

“她婆啥子要磨她呀？”

“……”

根子就是根子。根子问什么都想究个底。

根子聪明得没法比，黄寡妇给她讲的故事，他都记得，还一字不漏地写进了作文里。先生好喜欢根子，每次的作文都判四分。先生专门到家里来过，还给黄寡妇拎来一盒饼干。黄寡妇好不感激，她要先生吃顿饭再回屋，先生犹豫了一会，走了。

根子老缠着黄寡妇讲故事，讲完一个还要下一个。不讲，就鼻涕眼泪地哭，怎么哄也哄不休。晚上，吃完饭碗还没收，根子又缠上了，黄寡妇就接着讲。

“先前，坳子里犁地用人拉。远远的一天，突然来了个大怪物，个头高高的，头上还长了筛子模样的两把‘刀’。可它不伤人，又驯善。坳子里没把它杀了分着吃，就挨家挨户地养。后来又驯着要它犁地。犁了。人们越是精心地养。养着养着，就生了小怪物。这小怪物又生小怪物。这样的，越生越旺，越传越多直到今儿个……”

讲完了，黄寡妇考根子：“猜猜看，这怪物是哪号？”

“牛！”根子吭也没打。

根子把牛写进了作文。

这次的作文是五分，比前几次都高。可是根子拿着作文本，低着头，不高兴，再看那脸上，留着弯弯的几道泪痕儿。

黄寡妇问：“根儿，跟谁打架了？”

根子摇摇头。

“先生说你坏话了？”

根子摇摇头。

黄寡妇没再问，撩起下摆去擦根子的脸，可给根子挡开了。

根子愣着眼，看着她，半晌才问：“妹妹是你野生的？”

根子今天是挨打了。他作文分判得高，坳子里的伙伴眼红他，骂他是野种，骂他姆妈和他写的牛一样，不要脸。根子受不住，还了嘴，伙伴们就打了他。

黄寡妇又愣了，颤抖的心裂了道口子，滴着脓，流着血。她没有点头，也没有摇头。她没有想到，根子也会来直问她，也会来戳她身上这块疮疤。她一把拉过根子，死死将根子搂在怀里。根子性子倔，受点屈就往外跑，她怕根子离开她，更怕断了牛家的香火。

根子抓住姆妈的衣扣，打着姆妈的嘴，还拿脚去踢他姆妈。

黄寡妇不动，不躲，眼眶里的泪一阵一阵的，直往外涌。

那次雨夜后，不知是哪个没心肝的趁着黑又睡过她几回。她没了男人，却有了身孕。她对不住男人，对不住牛家，想一死作罢，省得世人戳她脊梁。可她丢不下根子。根子才几岁，没了大，没了姆妈，根子无法活。根子命苦，在摇窝里就死了大，长大了出门进门独条影。下了地回来没人给烧火，衣服破了也没人缝补……她什么都想了，还是活，日子再难也要挺着活！只是她不相信，牛黑会那样狠心地问她。牛黑问："你肚里的野种是不是蛮老五的？我让你跟我你不应，还是熬不住了去和那外姓的蛮老五睡！"她不相信，当时她会突然冒出一股邪劲，一巴掌掴在牛黑的横脸上……她看到了牛黑嘴角的血。可牛黑也没让过她，牛黑不再客气，对着她那微微凸起的肚腹就是几拳。她躺在床上，摸摸肚皮，里面没了动静。这野种怕是死了。她想，死了好，死了少好多的麻烦。她想叫牛黑多揍她几拳，把那野种揍死，揍掉。可女人的本能又使她不忍心，死命地护，野种也护。她不知道男人晓不晓得这件事，男人晓得了会不会像牛黑这样对她。要是男人不让她怀，她该怎么办？她也不知道往后的日子还过不过，有没有勇气活下去。后来，她就炒了铳子将脸弄麻。她成了麻脸婆后，牛黑就不再上她家了……

根子挣不脱，累了，睡了，在她怀里，带着噩梦。

二

黄寡妇一觉醒来，身边空空的却不见了根子。她的心突突跳，打黑夜里又蹦出一双怕人的蓝眼睛。她急得什么也记不起了，火柴摸不着，鞋也不在了老地方。她只好赤着脚向灶屋摸去。心里太急，脚下给板凳一绊，结结实实栽倒了。赶巧头又撞在门框上，裂了道口子，出了血。她不敢顾及自个，也忘了去灶屋摸火柴，就跌跌撞撞磕磕绊绊，独个奔向那夜幕深处。

午夜的坳子，宁静得像睡熟了的婴儿。满月的银辉洒在地上，温馨、祥和。夜风裹挟着山的气息，在坳子里慢慢游荡。

黄寡妇一边奔着，一边喊着："根儿，你在哪里？根儿，回屋啊！姆妈告诉你，姆妈把一切全告诉你呀。我的根儿——"女人的喊声打破了夜的宁静，和着夜风撼着山峦。有了狗的叫声，夜渐渐地醒了，女人也渐渐地醒了。我这是去哪儿？用心想想，根子和小憨头最要好的。对了，先上小憨头家里看看。只是，深更半夜的，一个寡妇去敲人家门，坳子里明天又有话传了。她站会，又想想，还是去了。

“憨子他妈，开门呀。我家根儿在不？”

开门的是蛮老五，憨子他大。蛮老五见黄寡妇赤着脚，蓬着头，血凝成黑壳，似几条蜈蚣趴在脸上。衣服也没扣，还穿反了。

蛮老五问：“怎的？弄成这样！”

“根儿，根儿他……”

“根子没回屋？”

“根儿，根儿……”

蛮老五又喊起女人，让女人陪着黄寡妇，自己则挨个去问根子喜欢去的家里。问遍了，没有。他又去别的家里问。坳子里全问遍了，也没有。蛮老五心里一紧，根子晚里都在的，他会上哪儿？

坳子里的人全醒了，他们都为根子担着心。在这春荒头上，该不会……人人都小心地避开那可怕的字眼儿，都强迫着自己不往那上面想，都说些让黄寡妇宽心的话。人们也分头到野外寻了，仍是没有踪影。

黄寡妇哭得死去活来，她想起了男人，想起了男人曝在崖子下的残尸。脑子里陡地一亮，她猛地站起来，痴痴呆呆地朝那崖子奔去。蛮老五、牛黑，还有一些热肠子的人们全跟在后面。

根子真就跪在崖子上。不远处，有双“眼睛”蹲在那里，透出幽幽的光。人们吆喝一声，“眼睛”极不情愿地走开了……

根子落下了病症，烧得烫人，净说胡话。黄寡妇将根子紧紧揽住，生怕根子丢下她再去追男人。蛮老五安慰几句，蛮老五说：“甭吓，我去请先生。”蛮老五正要出门，根子却突然说："不，不，我不要你请，偏不要你请！别人都说你是我妹的野大。你滚，你滚开！"根子手也挥，脚也舞。黄寡妇说："那全是伢们嚼的舌根！你蛮叔是好人，别乱说。"根子说："他不是我妹的野大，你哪样替他说好话？他坏，他是个最大的坏男人！"黄寡妇说："根儿，你再瞎说，我就……"根子又说："要说，偏说！就要说……"黄寡妇用手堵住了根子的嘴。根子就拿了吃奶的力，天翻地覆地闹。

请来先生，蛮老五又帮着备这备那，根子却还在任着性。根子不理蛮老五。根子说："我不看，坏男人请来的先生打死也不看！"根子嘴里说，手脚又开始了舞动。眼看黄寡妇敌不住了，蛮老五就走近根子，蛮老五说："根子你听话，治好病再喊小憨头一同去上学。蛮叔坏，是个坏男人，蛮叔这就走。"蛮老五说完，便悄悄地离开了牛家。

一连几天，根子的烧总是不见退。那先生就只是给根子打针，根子起先还听话，后来就不让打了。回回打针，黄寡妇都要请来邻里左右，帮忙将根子按牢。根子动弹不得，就用了最大的嗓门瞎哭乱喊。那喊声字字像针，直刺在黄寡妇的心尖上。但为了根子的病，她只得忍着，还装出高兴的样子说："根儿听话，打完这一针，根儿的病就全好了。"

根子的烧慢慢退了下来。可是，针打得太多，根子的神经受了刺激。特别有一针，直打得根子尖声怪叫，似疯了一样。从这以后，根子就成了一个不正常的娃娃，有时候好好的却突然痴笑几下，有时候给别人打了不哭，光是笑。根子落下了痴呆！根子落下痴呆后不再上学。黄寡妇起先不相信根子真就痴呆了。那天，她领了根子去上学，交给老师还没转过身，只听得根子说要尿，就见根子掏出鸭鸭当了老师和娃们的面尿了。黄寡妇没奈何，只好拉着根子往回走。

这以后的几年中，为给根子治痴呆，她不知请过多少先生，访过多少阴阳司。末了，她只好求助于神灵，让神灵来可怜她，保佑根子恢复过来。她于是在家里设个香台，每日里早早起身，第一件事就是烧支香，叩几个头，以求神灵心动。可是，近十年过去了，根子的痴呆依旧如初。

天意，这是天意！黄寡妇流干了泪，木了似的。

三

望望长得极似黄寡妇。那眼，那鼻，那脸子，那额头，就跟年轻时的黄寡妇分不出两样来。有人说黄寡妇真福气，望望虽是个野娃，却出脱得天仙一般。到了这般光景，若是谁谁再说出黄寡妇的不是，就有人立马站出来："野娃咋啦？你要能养出这般俊俏的野娃，我服你！"

又有人立马站出来，点着头说这话说得极是。

难得望望，人长得俊，又有一手好针线，什么花都绣得出，什么鞋底也纳得出。只是天生有些怕人，自觉有娘没大，人前人后总有些抬不起头。

这天，坳子里烧窑的外地汉进了牛家的门。坐定后，烧窑匠先是拿话安慰几句，接着说他能给根子治痴呆。

"这病易治，俺见得多了。你家后生性子躁，是急的。"

烧窑匠不再吱声。他拿出一支烟，慢慢地着火，慢慢地吸，慢慢地吐烟圈，还不时地拿眼睛瞅瞅望望。

黄寡妇没在意这里头的机关，只要能救得根子，什么也不会往心里去。她倒杯凉茶给烧窑匠，急着说："操心大师傅了，只要能治根儿，牛家掏心掏肺也感激。”

烧窑匠怪气地笑笑，他并不在意女人此刻迫切的心，呷口茶，正经地说：“俺看过这方风水，阴气太重，阳气受了压。要救崽子，就得压压阴气。”

黄寡妇不知道这话啥意思，用心等着烧窑匠往下说。烧窑匠又看一眼望望，叹口气说：“今日不是时辰，改日吧。”说完起身就走了。

晚里，烧窑匠让他徒弟传过话来。那徒弟支支吾吾，到底还是将他师傅的意思说白了。原来，烧窑匠是要和望望睡，睡了，就给根子治痴呆。不睡，他就不治，让根子痴呆一辈子，让牛家断了香火，绝了后。

人弱被人欺，马善被人骑。狗日烧窑的也算德性！也跑这山坳里欺侮人？我牛家再抬不起头也没往外掺和，总比你光棍一条给人烧窑强！黄寡妇来了自尊心，宁可叫根子病着，也不叫这烧窑匠欺负了！所以，当第二天那烧窑匠按他徒弟说的时辰如期而至时，黄寡妇二话没说，跨上一步，夺了烧窑匠那破布袋儿，用了全身的力，甩出大老远。

烧窑匠被赶走了。

黄寡妇的心乱了。

男人是为了她才去掏燕窝的，才掉的崖子。男人死了，不是埋在了屋山头，而是埋在了她心窝里。她要把男人装好，到老，到死，到和男人一样入黄土。她这辈子欠牛家的、欠男人的太多。她人活着，就是为了把牛家的后人拉扯大，给牛家传宗接代。她见着了根子就见着了男人。根子聪明，没出差错，她活着也充实，也安稳。可根子痴呆了，就像那烧窑匠说的，这号人是找不到女人的。没了女人，牛家的香火也就断了。她眼前出现了男人死后的那双眼睛，那两个没有眼珠子，让人心寒的肉洞洞。她觉得这双眼睛老在盯着她，叫她生畏……望望不是男人的望望。没了男人，她却有了望望，她对不住男人。生望望时，她巴望也是怪胎，以便生不出，逼死望望，憋死自己。可望望生得好利索。生下望望后，她是想掐死望望的。看到那手忙脚乱、讨人喜欢的肉坨坨，她心软了。“生也生了，男人也对不住了，还是养了。”她想。望望留下了，跟着她，还有根子。日子过得黄连苦。一泡屎，一泡尿，一把鼻涕一把泪，直到了今天。她对不住男人，对不住牛家。为了牛家，她是什么也舍得的。她直想去喊那烧窑匠来，睡了望望，治好根子。可……可那烧窑匠长得凶，胡子兜着下巴，胸前的黑毛像猪鬃。望望太娇嫩，望望经不住睡。睡了，会要了望望的命……她又想起了男人。男人怪，她和老屋里的东家、少爷睡了也不嫌，更不问她的身世，直到生了根子也不问。这样一想，心里一亮，一个古怪的念头就直往心上爬——她要去和烧窑匠睡！为了根子，为了牛家，和那个烧窑匠睡了，男人是不会怪罪的！

黄寡妇看到了病好后的根子，看到了根子的女人，看到了根子的孩娃……

她吩咐望望看住她哥，告诉望望，她要去接先生。然后，静静地打扮一番，拐道弯，朝那烧窑匠棚里走了去……

天狗吃掉了太阳，晚风刮红了天际。星星早早地出来了，眨眨打黏的睡眼，新奇地看着人间，静视着那颤抖的烧窑棚……

四

根子的病到底还是没治好，黄寡妇再也没能耐去张罗，只好空守家门，伤心落泪。

春夏去了是秋冬，秋冬去了是春夏。

山里的树由小到大，由青变黄。太阳绕着山坳转，一圈、两圈……还走偏了向，不是从前那道了。坳子里的那条河，那条系着山魂的河，长年累月，奔流不息，带着山的气息，夹着山的尘垢，一直向远方流去。

男人的坟头长满了苦艾。秋风吹干了它的身杆，在苦艾中钻来穿去，打着转，发出“嗖嗖”的响声。苦艾籽掉在坟头，扎了根，第二年长着的还是苦艾，又夹长了些蒺藜藤，缠得苦艾头也抬不起。

黄寡妇开始给根子张罗婚事，但就是张罗不成。她说干了嘴，跑断了腿，可人家看看这麻脸的姆妈，这痴呆的儿子，头也不摇就走了。可怜的人儿！眼看着根子就要过三十了，她又有什么办法？

黄寡妇累了，该歇下了。可不行，根子一天找不上女人，她这口气就一天不能歇下。人就是为了往死里拼才活在世上的，只要有口气，就得拼口气。黄寡妇正想着，二婶子喜着脸进了屋。

“她婶子，后山茅草洼娃他大的表叔家有小女人是哑巴，人灵泛，手也巧，啥子活都做得。给咱根子娶回家，不知他婶子可应酬？”二婶子想想又说，“早先我也没敢提，可咱那侄子一年大上一年，这档子事，岁数一大就不香了。这才……唉，婶子你看着办吧。答应提，叫他叔迈个腿上趟后山，领那小女人来相相。瞧得中就提，不中管人家一顿饭，再打发人家回后山。”

黄寡妇磨蹭一会，没力地应下了。望着二婶子远去的背影，她心里一酸，眼里挤出一颗苦涩的心……

第二天，哑巴小女人就进了牛家的门。

二婶子没说假话。哑巴小女人长得眉是眉，目是目，眼睛里透着亮，忽闪忽闪，灵泛得夜猫子似的。那嘴不张，还真看不出哑巴来。她见了望望，就笑，就比画着手脚，喜欢得什么似的。见了黄寡妇，却白了脸，眉头皱得紧紧的。见了根子呢，则细细地打量，神色显得极高兴。

黄寡妇和二婶子一合计，把根子和哑巴小女人关在了一间屋子里，她俩就扒在门缝里偷偷地看。

根子犯了傻，在这紧要当口犯了傻，他龇着牙，白白的惨人。先是笑，直把哑巴小女人也笑得呆呆的。接着，就一把拽住了哑巴小女人。哑巴小女人没命地挣，挣不脱，就揪根子的头发。末了，将根子的耳朵拿力咬一口，根子号叫一声，声音尖得刺眼睛。黄寡妇和二婶子慌了神，忙推开门，赶紧拿好话给哑巴小女人说，又赶紧替根子查看那耳朵。

哑巴小女人瞅个空当，跑了，头也没回。

五

望望嫁了人。根子却还是一条汉。

根子喂牛了。坳子里的牛是队里集中喂的，这当儿，俩牛倌中，岁数老大的一个归了山，瘸腿一人喂不来。照往日，这差事是轮不上根子的。可牛黑陡地来了良心。说也是，在这山高皇帝远的山坳里，牛黑把持着一方，维系着自家的利益。他不求官当得大，只求实在、长久。队长一当就是十好几个春秋。那年月，望望生病要看先生，黄寡妇去问他向队里借些钱，他硬是不答应。黄寡妇就跪着告诉他，望望是他的骨肉。他死不相信！他只记得，那个雨夜后，他又趁黑去和黄寡妇睡过一回。还被黄寡妇狠心地从他胸脯上抠去一块肉。黄寡妇把脸弄麻后，他就不再上牛家了。可他怕那事张扬出去，就处处防着黄寡妇，不让黄寡妇看到他胸前的肉瘤。尽管是这样，还是被寡妇猜着了。黄寡妇那天跪着说："望望的血肉就是我从那人胸上抠下的，你敢脱了衣服让我看看?"他心里便认下了望望。也是从那以后，便有条无形的鞭子时常在他心里抽。他慢慢从梦中醒来，揉揉睡眼，清清脑子，这况境到望望嫁人的那一瞬到了高潮。眼下，老牛倌归了山，他凭了手中的权，召集了坳子里的人，十分正经地说："大伙听着，老牛倌享了福，这空就由根子顶了。根子栽秧没倒顺，点苞米不刨窝，犁地翻门槛、留旮旯，破坏队里生产。让他去喂牛，省得大伙受损害。"

山鸟吵醒了春睡的夜，唤来了满霞的天。夜雾像是怕这白日，挤成一缕一缕的，互不相让使劲往林子里钻。太阳出来了，阳光将夜雾又搅散在空气里，变成了晨霭，薄薄的，淡淡的。

牛们颈子上吊着铃当，"丁零、丁零"，和着山的韵律，奏着山的晨曲。那情景，直叫人想起古时的丝绸之路，想起一队走在荒无人烟的沙漠上的骆驼队。

坳子里的草，青青的、甜甜的，和着露珠，吃起来甜美、润畅。趁着光景赶紧些吃。那舌头一撩，扫落一片露珠，画出一块地盘，发出“哇”的一声脆响。还不能光顾了自个，还要拿眼睛四下看看有没有别的伙伴奔过来。若有，将屁股一竖，身子一横，挡住对方。遇上要强的，只好忍口气，夹着尾巴再去找块新天地。小犊们离不下牛姆妈，拿颈子在姆妈胯巴里擦来擦去。姆妈不理，不擦了，站一旁看姆妈津津有味地嚼青草，看得馋了，也拿嘴巴去咬那肥嫩嫩的草尖儿。一根一根地咬，像是细品，像是怕寒。那模样，牛姆妈看了直想笑。

只有一头青毛牯牛不本分，它天生两只筛子角，身子比别的牯牛们高出一大截。那蛮横的肌肉，这一堆那一堆，走起路来腾腾的。它早已用自己的雄壮征服了伙伴，成为牛们中当之无愧的父皇。牯牛红着眼睛，啃一口青草，又在莎牛的屁股上闻闻，好像在寻找着什么。虽是前一天犁了地，可一夜的积蓄，精力旺盛了，体内似有种神奇的东西在蠕动，搅得它这不是那不是，甜甜的青草儿吃在嘴里也没了滋味。它来到一头漂亮的莎牛身边，用愤怒赶走别的牯牛，再拿颈子在莎牛身上擦擦，以示亲近，显得恩爱。接着，又用鼻子闻闻莎牛的屁股，伸长脖子，抬起头，张开嘴唇，展出一排漂亮的白牙给莎牛看。莎牛却不理睬，鼻子里的气喷得“呼呼”响，一掉头，跑别的地方去了。牯牛又跟了来，这回，它没去亲近，也没再闻那屁股，前蹄猛一跃起，像一匹腾空的骏马，冷不防搭在莎牛的背上，死死将莎牛抱住。没等莎牛明白过来，一支滚烫的肉箭便射进了它的体内。莎牛不再抗争，蹲紧四蹄，一动不动，静静地吮吸着那生命的汁液……

根子抱着牛鞭，站那里，看得愣了。瘸腿没来，没人干扰他，也没人干扰那雄健的牯牛。赶往日，每逢遇上这等好事，瘸腿先是数落他："看把你馋的！牯牛上草，有啥看头！"瘸腿说完，就会立马抓过他手中的鞭杆，对准牯牛肚下的物件，使劲一鞭。这鞭子落在牯牛的肚皮下，却伤在牯牛的心坎上。牯牛逃到一边，抖着犄角，两只眼睛喷着火，死死地盯着瘸腿。

牯牛还在莎牛身上扒着，好似要把全身的力都给了莎牛一般。

根子体内的血在流淌，浑身燥热得像是处在三伏天里，再美好的东西都在眼里消失得一干二净了。

根子喂牛好精心，每日里，天不见亮，他就将牛赶出了栏，晚里带着铺卷，也睡在了牛栏里。这一来二去的，单省了那瘸腿。瘸腿除去管牛，还管根子。牛队长虽没叫他管，可他心里还是管下了，好在根子也受管。吆牛、寻牛、守栏，根子全揽了。瘸腿呢？早晨出家可以晚点，晚里回家可以早点，出了责任案子，比如牛害了庄稼、践了人家菜地，或是喂得不中看等等，也全摊在了根子身上。根子若有半点不如意，瘸腿就给他嘴脸看。

就在根子看那牯牛上草的后几天，打瘸腿嘴里传出一个爆炸性的新闻来。瘸腿说他看见根子和牛睡。瘸腿说得有鼻子有眼睛，还仿了根子做出动作来。坳子里就风风火火地传开了。

"根子睡牛，那脸装裤裆里了。"

"根子缺德，什么不好睡？睡牛！"

“根子睡牛不只一回了，难怪他把铺盖儿也卷到了牛栏里。”

黄寡妇又愣了。自打喂牛后，根子的病显然好了些，遇不上大刺激是不发的，就是找不到女人。为这，根子真就到了这般田地？她记得，一次吃完饭，根子趴在桌上，陡地嚎起来。那声音粗野、凄凉，真像疯了一般。她问根子又有谁欺他了。根子只是摇头。末了，才断断续续地说：“睡女人……我要……要女人……”她的心刀剜似的。眼下，趁着根子放牛的当口，她偷摸着看了几回，没看见。

这天晚里，下了雨，她担心根子着凉，给根子去送衣。推开门，她愣住了，根子真就趴在牛屁股上……

黄寡妇歪歪倒倒回了家。她的心难受到了极点。她活着是牛家的人，死了是牛家的鬼，艰难地活着，全是为了对得住牛家。她要把根子好好地抚，把媳妇好好地待。可根子岁数老大，又犯傻，说女人怕是没指望了。这些年来，是根子把她和男人和牛家紧紧地拴在一起的。根子落下了病，说不上女人，这根线也就断了。她没想到，到了这把年纪，还会活出丑来。想死，真的想死了。死了万事空，一切就都没了……她想起了牛黑是怎样地睡她，想起了她是怎样去和烧窑匠睡，想起了用铳子把脸弄丑，想起了望望的出世、嫁人，想起了那惹人伤心的苦阿子，想起了牛家坳里牛的传说……

她来到男人那堆黄土前，跪下，想问问男人，她该怎么办？

黄土堆不见了。黄土堆变成了男人。男人坐块石头，还和先前一样，就是显老了些。

她伸出一只手，摸摸，问：“这是……根儿他大？”

“嗯。”男人打量她一眼，“坐，你坐。”

“他大，我……我对不住……”

“别说这话，这十多年来，我一直守在这里，什么都晓得。就是不能动，帮不上你，叫你遭磨难。”男人抹一把她脸上的泪，这话说得也凄凉。

“他大，有件事想告你……根儿睡女人年纪都过、过了。根儿痴……痴呆了，没女人上牛家和他过。牛家就要断了根，就要……”她还是哭，那泪就满脸地流，抹也抹不完。

男人没顺她的话往下说。男人问：“根儿喂牛了？”

她点点头。

“我也喂牛了。好多好多的牛。坳子里先前死了的牛都活着，还有那头最先到坳子里来的牛。”

“那牛也活着？”

“活着，还过牛伢子呢！”

隔会，男人又说：“你听说过那牛是怎样过牛伢子的？”

她又点点头。

“听说了就好。听说了牛家就有香火。”

她没来得及细问，男人不见了。男人变成了黄土堆……

“你喜欢男人？”

“你喜欢根子？”

“你想给牛家传后？”

问话像是打前边发来的，又像是后边；像是天上，又像地下；像很近，又像很远。在坳子里回响、唱和，好久都不停息。她抬起头，四下看看，没人，人影儿也没有。她没回话，也没点头，却是真真切切，打心里认下了。

六

黄寡妇坐在灶前，看那红红的火舔锅底，想心事……

肚里好像在动，痒痒的。看那火舔着锅底她笑了。她想，这锅不像人，怕痒。不，要是她是这锅，也不怕痒的，任那火去舔，抓也好，咬也好。

肚里又是动。她撩起布衫，看看那圆圆的、挺高了的肚皮。她看到一个小东西。这小东西乱舞着手脚，嗷嗷叫得甜人。她怕这不是真的，就用手去摸，可摸不着。摸着的，除了肚皮，还是肚皮……

黄寡妇醒了。这梦做得好圆。她真的摸了肚皮，瘪瘪的。“你还能怀伢不？还能奶伢不?”她问。“能，就再给牛家怀，再给牛家奶。”她答。她翻来翻去地想，再也没法合眼皮。

吹过一阵风，那中间好像裹着男人的哀号声。那是她大死后，她去寻她哥时听到的。又像夹着白天里，她跪在男人的坟头，男人给她说过的那些话语：“你听说过那牛是怎么生伢的?”“听说了就好。听说了牛家就有指望。”这声音越来越明，越来越大。她没法再睡，趁着黑，披着衣，支起身来坐在床上。

她想，莫不是男人要她也和那牛一样，给牛家传后？天呀，人总归是人，不是牛！真那样，天地不容呀！可是，可是不这样，又有什么法子？坳子里打单身的男人也有了。人家二狗，怎么说也比根子强，还是打了单身。再说，她黄寡妇也不是当年的日头了，给牛家留下后，这日头也就该归窝了。

黄寡妇横下一条心，她要把根子当了男人，和根子睡。

睡了，给牛家生伢，留后。她盘算着：先将腰里慢慢缠些败絮破衣之类的旧物件，让人们习惯了，真到了怀伢时，就不会生疑了。趁黑和根子睡，不叫根子认出姆妈来。奶伢原本就不愁，坳子里的婆姨们老用那空奶子哄伢们不嚎，这样，就是当了众多的人去奶，人们也不会往心里去……

一切全想周全了，她心里一阵的酸。这场人生脱得好苦，好不值！

冥冥中，黄寡妇听到了山梁的炸响，听到了苞米拔节的声音，还听到了小鸡啄壳的响动……

春天该来了。这恼人的秋天，还有那熟睡的冬天。

没有云，星星眨着眼睛。黄寡妇浑身颤抖，她咬紧牙关坚持着，强迫自己不去东想西想。她好像掉进了一个万丈深渊，又仿佛置身于一片太虚境地。

黄寡妇再也没法合眼。在一种焦虑、痛苦的希望中，她变成了三个自己：一个进了地狱，忍受着皮鞭的抽打，黑血流遍了全身，山雕啄着心脏。一个入了天堂，给满堂子孙拥着，儿辈们正在为她做寿，鞭炮锣鼓将她迎进极乐世界。一个被前两个自己推来搡去，左右不是，想躲进天堂，却找不到路途，愿入地狱受折磨，地狱的门又紧紧关着，被另两个自己压得喘不过气来。她的确累了，想歇会、歇会了。

神圣的造物主啊，你为何要将我带到这个苦难的世界？又为何将这些重荷压在一个不幸的女人身上？难道这一切都是上天的意旨？

黄寡妇开始了她的谋划。她找来一条旧腰带，这腰带是她二十几年前背着根子下地时用过的。又找来一块也是根子用过的尿片布，将那尿布上垫些破絮，包裹着绑在了肚皮上。如此这般的，过些日子多加些，再过些日子再多加些。几个月下来，黄寡妇真的“富态”了，腰圆了，肚腆了。

二婶子戏她：“鬼婶子，就你福气，老大一把年纪，还像灌了洋米汤。”

“人都怕心气活。这辈子气怄得多了，上了年纪，人也木了，气也不晓得怎个怄法了。这不，心一活，皮也就松了。”黄寡妇话回得圆泛，直说得二婶子咯咯地笑。

二婶子笑饱了，就又拿话戏她：“死婆子，怕是跟哪个男人有了鬼吧。”说完，又是开心地笑。

二婶子的笑却牵出了黄寡妇强忍的泪。这倒不是人家一句不在意的话道破了她精心建构的机关。她与二婶子处得好，二婶子不会将她往坏处想。说出这等没轻没重的话，倒是把她当贴心人看了，她高兴呢！那泪是为她这趟酸楚的人生而流的。她强忍着不让它流出来，可怎么忍也忍不住。

二婶子奇了，就又问：“他婶子，你……你这是……”

黄寡妇自觉失态，心里一惊，赶紧回答：“高兴，是高兴，高兴咧！”说完，便踉踉跄跄，朝自个屋里走。

还没进门，黄寡妇就听见根子在嚎。她就来到根子的屋里，见根子正趴在桌上，手脚还在不停地舞动。她问根子：“根儿，哪里不舒服了？”根子摇摇头。“有谁欺你了？”根子又摇摇头。“是不是肚子饿了？”根子还是摇摇头。根子摇累了，就断断续续地说：“睡……睡女……女……睡女人……”

说也是，牛黑的大儿子今日也娶了人，那锣鼓直敲得叫人耳都麻了。根子放牛时，又看过牯牛上草，正坐在青石上，呆呆的。听了那喧天的锣鼓，看了那红红的花轿，就直想睡女人，发了疯地想。黄寡妇的泪又流了出来。她心一横，流着泪说："根子我儿，别嚎，晚里，姆妈就……就跟你弄女人睡。睡了给牛家传……传后……"

根子不嚎了，就笑，就老看他姆妈。他不信这是真的，不信就真有女人给他睡。

没有风，星很稠。满满的月儿像冬天的太阳。漆黑的屋子给明瓦里落下的月光一照，迷糊、朦胧，叫人好难琢磨……

是时辰了，黄寡妇心一横，咬咬牙，抬脚向那可怕的门洞探去。可刚进到根子的屋里，月亮却没有了，方才都是圆圆的挂在中天，突然冒出一个张着血盆大嘴的怪物，月亮被吞下一半，留下一半吃力地撑着。太空开始鸣响，轰隆隆叫人生畏，末了一声炸雷，月亮整个就被吞了下去。

是天狗，天狗吃掉了月亮！

黄寡妇心头一惊，这是怎么了，难道是老天在警示，告诫自己千万不要做这天理不容的事情？她突然像是明白了什么，猛冲了出来，紧接着又将门上了锁，十分无力地靠在墙壁上。

七

根子照旧痴傻，时不时就会冒出几句让人揪心的话语来。黄寡妇一边安慰，一边四下托人，继续张罗着给根子寻女人。

这天，二婶子突然打着哈哈，进得门来便嚷嚷开了："她婶子，后山茅草洼娃他大的表叔队里，有女人是过婚。男人走了，就是成分太高，是地主。婶子不怕受牵累，这门亲事我包了。”

说也奇，根子这回的女人娶得好快，好便当。提亲不上一个月，聘礼也没要分文，应了，娶了。女人不麻不瞎，不聋不哑。人长得虽不怎么上眼，心地却厚实，也贤惠，又做家。没几天日子，没挑吃择喝，却偷着吐了，不巧还是被黄寡妇看了去。她那颗心哟，这回才稳稳地落了地。更奇的是，根子打自有了女人，人也不痴不呆了，家里的事队里的活，样样都做得有模有样，既体贴女人，又孝敬姆妈。人们就说这是黄寡妇前生修来的福，是她大半辈子辛苦做人应得的回报。

生活有了念想，人生有了期盼，牛家有了指望，熬了几十年的这一天，到底是来了。黄寡妇最先想到的还是男人，男人死后总是难以闭上的眼睛就凸现在面前，她要把这一切去告诉男人，让男人好瞑目，让男人也和她一起高兴一回。这当口根子给牛上草没回屋，媳妇出工也不在家，她看看还有树把高的太阳，就来到媳妇的屋里，帮着扫了地，拾了床，又将梳妆桌上收拾得有了条理，末了翻出多年藏着的那铳、那套，然后理理头发出了门。

太阳歇在山顶上。晚风悠悠的，叫人感觉到无限的惬意。

黄寡妇今儿虽是高兴，心里却还是有些颤抖，颤抖着朝男人掏燕窝的崖子走去，身后就留有一串或深或浅、曲曲折折的脚印。打自男人死后，这崖子只那晚寻根子来过一次，她再没敢上过第二次。今儿个她壮了胆，来了。

“哞——”远处传来黄牛连连的叫声。那声音浑厚，也有几分的凄清，伴了晚风，在山坳里回荡……

岁　月

一

命运真会开玩笑。当我爹和我二伯被我奶用一担篾篓挑着，来到这个地方的时候，看相的先生就赌定说，这娃天庭饱满，地阁方圆，是天生的贵人吉相。看相的先生又抱起另一只篾篓里的我爹，这娃尖脸猴腮，阴气十足，是个做阴阳先生的上等料子。可偏偏不！以后的岁月，证明了我爹的出息，给了那个看相的先生一记响亮的耳光。“天意，是天意。”看相的先生想起差点让他砸了饭碗的我爹和我二伯，时不时就会冒出这么两句被他说烂了的话来。

天意，是天意！我爹从小就长得猴子一般。用猴子来比喻我爹的长相，再恰当不过。也许是我爹得到了一点猴子的灵气，机智、聪明，绝非我二伯和村里别的娃娃所能相比。我奶说，我爹是最后一个从她肚里生出来的。在爹生出来之前不到半个时辰，我二伯抢先来到了人间。二伯出世后，我奶忍着疼痛，将事先准备好的剪刀放在木油灯上烧黑，然后闭上双眼，狠心地剪断了那条牵肠挂肚的脐带。我奶将二伯用布片裹着，没来得及舔一口二伯脸上的血迹，我爹的反抗便开始了。这时，我奶才知道，她肚里还有一个我爹。我奶又得往死里挣扎，让我爹也来到这个世界。

我总觉得我该有个大伯，不然我就不该喊二伯叫二伯了。有关这件事，我查访过很多人，大伙都说不知道。我也曾不止一次地问过我奶。每次奶都板着面孔，一脸不高兴的样子。

我爹五岁时才开口说话。不久，便显示出了明显的智力优势。爹的思维方式、语调、口气都近乎成人。这多少对精心而又吃力地拉扯他们兄弟的我奶是个安慰。

我爹开口说话后不久，我奶便答应了商家将我二伯送过去给人家做继养儿子，这件事让我奶后悔了一辈子。我奶说，那年头，我一个女人家，带着两个一般大的野娃，挺着活也不是活不出来，我是指望你二伯过得更好些。我不解地问：你怎么不将爹送人呢？二伯是长子，况且看相的先生也说他是贵人吉相。我奶当时并没有告诉我，我是从与我奶近二十年的相处中渐渐体会到了个中缘由。

过继我二伯的这户人家是十分富有的。然而，和奶过惯了的我二伯，却怎么也适应不了那种环境下的生活。被人领走的当天下午，我二伯就逃了回来，二伯满脸泪痕，眼泡红肿。我奶知道二伯哭了不止一个时辰。尽管我奶事先跟二伯说了一大堆好话，但二伯走出家门不远便开始哭得让人撕心扯肺。我奶不忍目睹和耳闻，一把关上大门，痴呆地靠在门后，泪水打湿了衣襟。然而，此时出现在二伯面前的，不再是百般疼爱他的母亲。我奶板着面孔，拿根竹条，几乎是怒吼着说：看你这小杂种，不听娘的话是吧？我二伯站在我奶凶狠的目光里，眼泪簌簌直往下掉。二伯说娘你就留下我吧，我听话不怕饿。我奶那时的心硬到了极点，她没等二伯说完便猛挥起那蛇一样的竹条，二伯的脸上随即便有了一条血印。当我奶再次高举竹条准备加倍抽打二伯时，我爹扑上去抱住了奶的双腿。爹也央求着说：娘，让我去吧。我愿给人家做儿子！

我奶再也忍不住，一把拉过我二伯。我奶我爹我二伯抱在一起，哭声惊天动地……

后来，我二伯不再回家。可他想家的心是那样迫切，每每日落乌啼，月黑风高，便会有一种如泣如诉的哭声传进我奶的耳中。奶没把它当回事，相信总有一天，我二伯习惯了就不会这样对天哭号了。十来天后，那种揪心的声音果真断得像刀切了一般，我奶心里的那块石头总算落了地。只是奶万没想到，那种声音的终了，并非像她想象的那样简单！

那天，我二伯照往常一样，仍然来到离我家不到一里地远的那面草坡上。他怕娘听到哭声伤心，就抽泣着坐在那里，静静地望着家门。也许是时间过长，二伯支撑不住，身子一歪便躺在了草坡的怀抱里，在两家人都以为无事的这个傍晚蒙蒙眬眬地进入了梦乡。

事实上，这天晚上也的确没出大事。当时的我二伯，成群的蚊虫打扰不了他，夜莺的鸣叫也无法将他吵醒。只是在二伯酣睡如泥全然不知的时候，也许是条像狗的狼也许是条像狼的狗正从远方的黑暗中慢慢踱来。这条像狗的狼或是像狼的狗来到二伯身边，绕着二伯转了一圈后便停下了脚步。像狗的狼或是像狼的狗伸出它那鲜红的舌头，在二伯印有泪痕和汗斑的肚皮上舔来舔去。梦中的二伯感到十分的舒适与惬意。像狗的狼或是像狼的狗舔尽二伯肚皮上的咸味，就又沿了胸脯直移到二伯的嘴唇。二伯的嘴被舔得微微张开。慢慢地，我二伯像小时候衔着他娘的奶头那样开始吮吸这像狗的狼或是像狼的狗口中那条鲜红的舌头。此刻，我二伯与像狗的狼或是像狼的狗都感到了极度的快意与满足。在这种快意与满足中，二伯的双臂也像他小时候捉住娘的奶包那样，捉住了那条像狗的狼或是像狼的狗的头。当此时的感觉不再是光滑润畅时，二伯猛地一惊，一口差点咬断那条鲜红的舌头。像狗的狼或是像狼的狗痛彻心扉，嗥叫一声远远逃去。二伯也因此病了好长一段时间。

二

子在川上曰：逝者如斯夫！时间就这么轻轻一晃，四十年过去了。这其间的酸甜苦辣、是非恩怨，身为一个守寡的女人，我奶是无法诉说的。四十年后，我和我弟我妹纷纷来到人间。二伯也儿长女大，尽心做着作为一个男人所应该做的一切。

我爹我娘是在一个大雪压弯山峦、北风封锁冰河的冬天里走入洞房的。是年的又一年，一个不安分的男娃便将我娘折腾得死去活来后，投进了我奶的怀抱。几天后，当我娘羞羞答答，第一次将那暗红的奶头展示出来送到我口中的时候，我是那样的不满足。嘴里一边吮吸，一边嗷嗷直叫，这种情形持续了一两天。我奶看着不行就拿来一只青花瓷碗。我奶将青花瓷碗支到我娘的奶头前，然后对我娘说：小姑你慢慢挤着，用力不可太猛，通了就没事了。我娘按我奶的吩咐做了，结果只挤出那么稀罕的几滴，且清淡如水并不浓酽。我奶看看我娘那双鼓得要胀破的奶包，天塌了也不相信那里面就没有供我活命的奶水。她转过身，对在一旁急得直冒汗的我爹说：来，你来试试。我爹拿眼将我奶盯着，并不知道怎么个试法。我奶于是又说：用力吸吮。我爹仍是磨磨蹭蹭。我奶看不过眼一把推开我爹，只消一口便吮开了那条养育人类的通道。

以后的几天，我娘的奶水多得没法比，时常呛得我连连咳嗽，有时还弄得我脸上满是奶水，连眼睛也无法睁开。可好景不长，几天后，我娘的奶水突然间像被刀切了般消失得无影无踪。我饿得嗷嗷直叫，我爹急得像热锅上的蚂蚁。我娘坐月子，不能急不能躁。独我奶不慌不忙，她掐着指头，用心数着来看过我娘的那些人，然后又暗地里查访。用我们这里风俗来说，就是我娘的奶被一个来了红的年轻女子“踏了血”，须得这女子的青春带再剪张纸人一同烧了方能复原。而这事，旁人出面不合适，只有我奶去应酬。

我奶找到那年轻女子。

我奶说：哑娃，我家建建没奶吃。

年轻女子说：听说了。

我奶说：我请先人看了，得治。

年轻女子说：是得治。

我奶说：仙人说要借你的宝物才能治。

年轻女子说：如今都新社会了，那一套不灵验。

年轻女子起先是笑着脸答话，听说借她的宝物，那气色就变了，口气越来越强硬，到后来双方就翻了脸。我奶说你这狠心的女子踏了人家奶，借你宝物治治，你却像割了身上肉似的，这哪是人心。年轻女子说你那狗屁孙子没奶吃关我啥事？你疯狗乱咬人，看我不撕了你这嘴！我奶凑上去，我奶说你撕你撕你撕呀！年轻女子自然没敢。事情也只好不了了之。

为这事，我奶和那年轻女子结下冤来。不久，那年轻女子嫁了村里一位姓熊的男人。走上集体后，这姓熊的男人做了队长，且一做就是二十好几个春秋，的确给我奶和我娘吃了不少苦头。

倒是我爹，他不相信那一套，四下里请了不少大夫，大夫看后全都摇摇头。有个软心肠的为安慰我爹我娘和我奶，留下一张发了黄的药方，离去后便再也寻不到音信。

我爹那时候在县里组织部门工作，他离家百余里，假期不能长。侍候我娘坐月子，喂饱我这张小嘴的担子就全落在了我奶肩上。幸亏还有我二伯，二伯虽和我们不在一个村上，隔得也不是很远，二伯地里的活脱手了就匆匆赶到我们家，做些我娘我奶都不能做的重活脏活。

没有奶吃，生下来白白胖胖的我，眼看瘦得不成人样了。这时的我奶不得不翻出她的绝活来。她将糯米倒出一些，放清水里淘得白白净净，再拿香椿树箍的甑子蒸熟，然后阴干磨成阴米粉，阴米粉用开水一冲，或是放火炉上一炖便成了阴米糊。也有图省事直接将糯米放锅里炒熟后磨粉搅糊的，称为糯米糊。阴米糊和糯米糊都是上等的营养品。搅这种糊功夫极讲究，刚开的水最合适，用水瓶盛段时间就搅得半生不熟，我奶用它喂过我爹和二伯，我奶有经验。我奶事先备了一只大火钵和一个带把的小铝锅，再找些木屑篾签棍棒之类的燃物，用废纸引燃，放上适量的水，拿勺子不断地搅动。

只需一两分钟，糊就搅好了。后来，我二伯又专程到山里弄回一大堆松油柴。我二伯弄的松油柴才叫真正的松油柴，那上面泛着红光，颜色像腌腊的瘦肉，黑中透红，拿鼻头前一晃就香喷喷的。我二伯将松油柴弄回来后，用斧头劈开，劈成一根一根的木签，谓之松油签子。松油签子拿手上油腻腻的，燃上火，烧得滴油，发出嗞嗞的响声。用这种松油签子搅糊，又方便又省事，搅出的糊也香喷喷的。

世上的事就是这么奇怪，当我奶将第一口不干不稀不热不凉的阴米糊用她的舌尖递到我嘴边时，我的胃口全调了起来，豌豆大小的嘴巴轻轻张开，糊在我嘴里打个滚便十分好咽地吞下肚去。我奶总是将搅好了的阴米糊先放到自个嘴里，用舌头裹得温热适当，然后对着我的嘴，再用舌尖轻轻一抵，送进我的口中，直到我吃饱为止。用这种原始的方法来喂养我，起先我娘极不高兴，是在岁月的积累中娘才慢慢适应并最终认可。

从此，阴米糊取代了牛奶、糕点等等我不喜欢的东西，成为我幼小生命的必需品。

从此，我的身体像吹气泡似的长。

后来，我亲眼看到，也是用同样的方法，我奶又喂大了我弟我妹。

三

二伯那次差点咬断那只像狗的狼或是像狼的狗的舌尖后，病了好几天。二伯病好后不再回家，因为他知道他回到家里娘不会高兴。那个漆黑的夜晚发生的故事更叫他心里生寒。

二伯不再回家，我奶那颗悬着的心也就落了地。我奶想，娃究竟是娃，只要有吃有穿有日子过，时间长了就什么都会忘记的。我二伯忘了我奶，我奶心里反倒高兴些。

在我奶心中，将二伯送人并不是一件光彩的事。两年的时间一晃而过，我奶没有去过商家一回，商家也没有音讯送过来。我奶又不好去打听，一切都忍着性子硬撑着。

又一年夏天，当我爹在我奶的芭蕉扇下午睡时，我二伯回来了。二伯脸上挂着黑汗和泪珠，眼泡肿得像红桃。我二伯只穿了条蓝布裤衩，裸露的臂膀上有几道结了黑壳的伤疤。这模样跟我奶心中的二伯差得太远！我奶当时压根就没认出二伯来。她以为是外乡来了要饭娃，进屋盛饭的腿还没迈出，被二伯一把抱住了。二伯叫声娘便哇的一声哭了出来。

这时候我奶才知道，二伯到商家后并没有过多长时间的好日子。商家起先还拿我二伯当了真，瓜皮帽、小黑袍样样都备得极周全。可是后来，商家少奶奶突然就有了喜。少奶奶有喜后，商家便对我二伯生了心思。大几个月后，商家喜得贵子，于是就再没让我二伯戴瓜皮帽穿小黑袍了。再后来的事，我二伯没多说。我奶说，你二伯不说奶也明白。

我奶带着我爹我二伯，辛辛苦苦地做人，本本分分地过日子。我奶做不来地里的活，却能纺能织会浆会染。春天里，我奶坐在织布机前，双腿一上一下轮换着踏机，那雪一样洁白的布匹就一丝一线慢慢地增长。秋天，在一个朝阳如血的早晨，我奶将她织成的布匹全都搬出来，晾在事先搭好的木架上。我奶浆染的布，色彩极是鲜亮。红色像火、青色如黛、灰色似云，浓浓得如奶，淡淡得若水。就在这样一个朝阳如血的秋天里，我们家门前的稻场上挂满了各种颜色的染布。

偶有微风吹来，布随风摇摆，波浪一般，煞是好看。人们也纷纷来到这里，有说有笑，挑选各自喜欢的布料。

我奶搂起裤管，卷起衣袖，一会儿在浆盆里忙碌，一会儿在彩布间应酬。打那满脸的红光里透露出内心无比的喜悦和自豪。

那时候，我奶才二十几岁，少女的羞涩仍留在脸上，女人的城府却装在心里。特殊的家境特殊的经历，造就了她特殊的个性特殊的品质。在家里，她是百般的细腻与贤淑；于外面，却是惊人的大胆与泼辣。当第一个向她发起进攻的男人遭到毁灭性打击后，就再没有多少敢步后尘的人了，除了杜先生。我奶说：姓杜的杂种又胆大又心细，又要面子又赖皮。我奶拿极尖刻的话来刺他，他仍然嬉着脸，一点男人味都没有。有时候，我奶在机前织布，杜先生会在我奶身后站上一两个时辰。杜先生的眼睛好像盯着木机的某个部位，又像盯着我奶的颈子。杜先生什么时候站这的，谁也不知道。当我爹或是我二伯无意间看到杜先生，高兴地叫声杜叔时，我奶不理不睬，似乎什么也没听到，仍然一门心思地织着布。杜先生是村里的学问人，有满肚子的墨水，平日里挺喜欢逗弄娃们。杜先生比我奶年岁大，我奶却让我爹我二伯叫他叔，杜先生也不计较。每当我爹我二伯亮着嗓子叫声杜叔时，他便极文雅地应一声，然后将我爹我二伯双双抱起，再然后在他们脸上亲来亲去，那高兴与满足似乎要流出来。有时候，我奶为了赶活计，常常在木机前一坐就是半夜，我爹我二伯陪着我奶，替换着给我奶燃蜡掌灯。到了夜深人静，那扇半开着的窗外便会出现一个黑影，我奶仍然不理不睬，不惊不慌。那天我爹听见我奶说：夜游的鬼也归了窝，你个杂种留心背后有刀捅你。我爹看见我奶说这话头也没抬，黑影仍然站在窗前。我奶又说：大狗你去看看，喊那杂种进屋歇歇脚，我二伯起身往外走去。窗前的黑影慢慢走开，消失在一片银色的月光里……

四

我爹是在他十七岁的这年差点让那个看相的先生砸了饭碗的。那一年，我爹以状元的身份考进了县里的最高学府——惠峰县第一中学。爹上了一中后就再没有回家，直接从学校吃公粮然后再到国家行政单位工作。他先在粮食部门做职员，后来就调到县委组织部当干事，几年后又升了区委书记。

我娘差点没成为我娘。我娘是一个戏班子的旦角，在舞台上能哭能笑，呼风是风唤雨是雨。在一个雀鸟卖弄嗓子、黑猫喵喵怪叫的春天里，我娘跟随戏班子到我们村演花鼓戏，演过一场后，老天作梗淅淅沥沥下起了春雨。谁也没料到，那场春雨会绵绵不断，十天过去了仍然淅淅沥沥下个没完，我们村地处偏远，泥烂路滑，戏班子便搁在了村上。演员们闲着无聊就去听杜先生说书，我娘自然也在听书的行列里。

几天后，杜先生便去问我奶要酒喝，说是给我爹说得一门从天上掉下来的亲事。我奶没有不应的理由，就有规有矩地管了杜先生一顿吃喝，杜先生于是就将我娘带进了家门。

相亲那天，当杜先生领着我娘迈进我家大门时，我爹还在泥泞的小路上汗流浃背地往屋里赶，我爹虽努了力却仍然回来迟了，只迟了一顿饭的工夫。就在这一顿饭的工夫里，我二伯的形象已将我娘的脑子塞得满满的了。我娘有说有笑、满面春风，她早就将我二伯当作了我爹。而这一切，当时的我奶和提亲保媒的杜先生谁也没觉察到，他们大概被这天降的喜事弄昏了头脑，只有我二伯看出了不是，可是在我爹赶回来之后我二伯多次的暗示都是徒劳。

送走我娘，我二伯急着说：错了错了，全弄错了。

杜先生说：错什么了？

我二伯说：错了错了，反正错了。

我奶说：大吉大利、大红大喜的，不得瞎说。

我二伯就涨红了脖子，二伯转而给爹说：弟，你去打些蚱蜢，哥陪你钓鱼去。二伯是有意支走我爹，支走我爹后，二伯就又说：那女子她……她把我当弟了。

我奶和杜先生这时才有所觉悟。

杜先生说：有那意思。

我奶说：是有那意思。

杜先生捻捻下巴上的一撮胡须儿，眼睛眨几眨说：何不来个错打错依？那女子相中谁就嫁谁。

我二伯说：不成不成。弟是国家人，人家不会看中我。

这时候，我爹从外面走进来。我爹其实没去打蚱蜢，他是装出样子，想看看我二伯到底想说些什么，我爹说：哥说的是，我比哥本来就优越。那女子要嫁的是我，不是哥。不信，你们把条件挑明了去问问，爹停会又说：哥你也是，明知人家女娃弄错了，怎么不当面把话给挑明了？

我二伯没言语，二伯低了头慢慢往开处走。

我奶怎么也不相信，才几年工夫这娃哪样就跟换了人似的？奶说：你别把话说太绝，你哥比你差不到哪里去！

我爹还想顶几句，想想是自己娘，忍了。

就在那天晚上，我爹缠住杜先生，死活要他去戏班子找我娘。杜先生拗不过，找了。没料我娘的答复就俩字：不成！娘说她从没见过兄弟俩争一个女子的，连戏里也没见过。可谁知我爹来了倔劲，非娶了我娘不可！那以后的一连几天里，我爹一日三遍地跑，弄得戏班子里的人都厌了，我娘还是那俩字：不成！

我爹和我娘再次牵上关系，是在一个多月后，事情全是巧合。这天，我爹出差顺便回家看了趟他娘，也想打听打听戏班子的事。同是这一天，我娘因戏班子解散而突然失了依托。我娘离家太远，家里也没什么牵肠挂肚的亲人，她就想到了我爹我二伯，想到了杜先生给她的关照。那时候，我娘真正相中的的确不是我爹。可是，只有舞台生涯没有生活经历的我娘，一旦失去了依托就突然感到天昏地暗、路途艰难，而那些在舞台上称夫道妻的演员们也应了大难来时各自飞的古谣纷纷走散。我娘便很自然地想到了杜先生，想到了她曾经见过一面的兄弟俩，只要能有个归宿，有个日子过，嫁谁都无所谓了。

那时的我爹的确是个纯情的种子，在外三四年，按说接触的女子也不少了，可就是寻不下一个称心的。我奶恼了就伤他：也不屙泡尿照照，猴模狗样的还想吃天鹅肉！冲着这话，我爹更是较上劲了，死活也要找个美人胚子给他娘看看，后来就碰上了戏班子的我娘。

我爹娶下我娘，让他最担心的还是我二伯。他虽没挑明了说，可他的一举一动、一言一行，我奶我二伯全看得明明白白。

爹说：娘，哥就这么光棍一辈子？

爹说：娘，我不在家，水仙就全托你了。

爹又说：哥，让你在家担待了，弟来生做牛做马报答你。

没几天，爹将娘的门加了一道牢牢的铁闩，爹又将茅窖里夹了一堵篱笆墙，墙夹得很结实，一点缝隙也没有。

爹回家很勤，这里头除了对娘的那份恩爱外，还带有别的什么内容，全装在爹心里。

爹该说的话说了，该做的事做了，爹的心还是放不下。一天，爹突然回家，说是要将娘接去和自己一起过日子，我奶想想也是，便凑了些盘缠，让娘跟着和我爹一起进了单位……

五

山坡边的那两片地，是我奶雇人开出来的，我奶拿一片来种稻子，拿一片来种玉米。我奶一边上机织布一边到地里劳作，累是累点，可她有盼望。因为她那两个小老虎般的儿子已显示出了岁月所包裹不住的能量，令村里人刮目相看，啧啧叫绝！

识字断文的杜先生对我爹我二伯特别宠爱，这恐怕不单单是因为这兄弟俩特别是我爹极端的聪明，重要的是他对我奶的那种死心塌地死皮赖脸的追求。为了使我爹我二伯有个出息，我奶捏着肚子将他们送进了私塾，交给了杜先生，上私塾后，我爹我二伯不再喊杜叔，一口一个杜先生叫得好不亲甜。

有一次，杜先生摸着我爹的后脑勺，杜先生说：二狗，谁让你叫先生?

我爹说:我娘。

杜先生说:回去给你娘说,要叫就叫杜伯伯,别改口叫先生。

杜先生又问坐在一旁的我二伯:行不?我二伯点点头。我爹也跟着点点头。可是,当他们回家后高高兴兴地将这事告知我奶时,奶却瞪着吃人的眼睛说:别听那杂种瞎编造,按娘的话,叫先生。爹和二伯当着我奶的面应下了,背地里还是偷偷地叫上了杜伯伯。

杜先生常常借故给我爹我二伯补功课,很兴奋地往我们家里钻。杜先生晓得我奶比喜欢我二伯更喜欢我爹,总是找我爹说话。

又一天,杜先生说:二狗,今天的课文记下了?

我爹说:记下了。

杜先生说:二狗,别以为脑子灵就自以为是。

我爹说:真记下了。

杜先生说:真记下了也不行,伯要你当着你娘的面背一回。

我爹就拿眼睛瞪着杜先生。

杜先生跟着我爹我二伯来到了我们家,可我奶不在,杜先生很失望。

杜先生于是说:二狗,你记性真好。

我爹说:比杜伯伯差远了。

杜先生摸摸我爹的后脑勺,杜先生说:鬼女人好福气,硬是养了这般出息的娃子。

杜先生接着又说:你俩好生用功,将今天的生字、课文全都抄写十遍，明天再拿给你杜伯伯看，说完就急匆匆地走了。

我爹我二伯照杜先生的吩咐，将生字抄写了十遍，将课文也抄写了十遍。这时，太阳已经落山，我奶在玉米地里薅草却还没回来，我爹我二伯便一同来到了玉米地。

晚霞真红，映红了山坡，映红了玉米地。天边的一抹残云火烧了一般，大地整个儿红彤彤一片。一丝晚风吹来，玉米叶相互碰撞着，发出“嚓嚓嚓”的声音，像是窃窃私语。有株特别高的玉米秆慢慢摇曳，醉了一般。

我爹我二伯吮吸着玉米叶吐出来的清新空气，在大自然的怀抱里尽情享受。

有声音从玉米地里传出来。是我奶和杜先生。

我奶说：你死鬼总是不正经。

杜先生说：碰上你，我死鬼正经不起来。

我奶说：过几年吧。

杜先生说：你老是拿过几年哄我。

我奶说：哄你几回了？

杜先生说：都四回了。

我奶说：你死鬼记明白，再哄你十回就备轿子抬人。

……

我奶和杜先生的声音越来越小，我奶和杜先生的声音已小的没法听清。我爹我二伯憋着心跳，一同朝玉米地里丢块石头，然后哄笑着跑开。

后来，我爹发现，我奶常到玉米地里去，而玉米地里其实又什么都没有。我奶来到玉米地，这看看，那摸摸，地里的杂草被我奶薅得半根不留。那一株株的玉米也在我奶的厚爱和抚摸下，长出一颗颗又圆又满的希望。

六

那天，我爹将我娘接到单位里，一间又小又窄又低又潮的房子，吃喝拉撒，又当睡房又当厨屋，湿得发霉，闷得生肉味。再加上怀了我后，我娘总是恶心呕吐，日子过得极是烦恼。我爹是体面人，哪受得这份窝囊，在一个烦躁的早晨，我爹说：水仙，回屋吧，都怪我心眼小。我娘说：你心放得下？我爹低着头，什么也不说。

后来，在一个晴朗的日子里，我爹最终还是将我娘送回了乡下。

我娘是戏班子里的旦角，她从小就学戏，虽精戏道，却不谙农活，没走上集体，地里的活大都是由我奶我二伯包揽了。我娘新媳新妇，肚里又有不安分的孩子，闲在家里是自然的事。闲在家里的我娘，凭了自己的意愿，有时也做些洗衣缝被的细活。我娘回家后，我二伯便分了出去，在邻村搭起木屋，另起了炉灶。我二伯的木屋离我们家一二里地，家里的事招之即来，了之即去，又顾了家里，又少了闲话。只是苦了我奶，我奶说她早就知道会有这天的，她只是没料到会来得这么突然。

二伯分出去后，家里就剩我娘我奶两个女人，没有男人不成家，没有男人就给了女人更多的拨弄是非、扯皮拉筋的方便与机会。我爹不在家，娘只好把空守罗帐的哀怨全发在我奶身上，稍有不顺心，娘便会鼓起眼睛，拉着马脸。我娘极少与我奶说话，娘一开口就冒火药味，家里的空气沉闷、憋人，我奶受不了，没事就上邻家坐会儿。我娘说：屋里有鬼，莫回。我奶回了，奶不再出门，闲着就闲着。我娘又说：看我不把家里的那块金砖挖出来！我奶的嘴张了张。自个的儿媳妇，忍了。娘也觉得这日子过得没滋没味，说是戏班子的人，却又不愿和别的女人拉家常，显得极孤单极可怜。有时候，我娘憋不住了，就唱几句花鼓戏：

奴家本是蓬莱人，
何故屈嫁汉水边？
只因家父仙游早，
飘落女子泪涟涟。
……

调子悲怆、缠绵。人们起先还以为是来了戏班子，围拢了一看，见我娘孤单单一人坐在堰塘边，于是便有人说：这女子怕是想喝大杯咧，疯了！我娘不理不睬，人们只好没趣走开。

我奶见我娘十分的可怜，又拿不出办法来安慰，奶心里也捏着一把汗：这样的一个女人，这样的一塘清水，若是我娘真个往里一蹦，她怎么跟儿子交代？我奶走上前，奶说：小姑，你肚里有娃，怄不得气的，跟娘回去，明儿我让你哥去喊二狗那杂种。我娘好像没听见，娘望着满满的一塘清水，水面上有一片菜叶漂着，我奶不知我娘肚子里装了些什么，只好伴着我娘，也望着那满满的一塘清水。

从此，我娘真像疯了，常常一个人在大伙意想不到的时候出现在一些稀奇古怪的地方。我娘走一路唱一路花鼓戏，我娘的肚里像是装满了许多段子，今儿唱道：

虽说是夫君在外做高官
怎知晓明月照帐梦难全
……

明儿又唱道：

盼几时才有出头日
问何日夫君把家还
……

那时候，我躲在我娘的肚里，听着她带血的歌声，眼泪流出来。我娘觉得胀了，就将它变作废料排出体外。

当然，娘也有高兴的时候，那是爹回来了，或是我二伯来给家里干些我奶我娘都不能干的重活儿。每到这个时候，娘的话多了，脸也圆了……

走上集体后，我娘不可能像先前成天待在家里了，她已成为村里的一员，受大伙共同订立的章法管束。每天早晨，有人会上门吩咐一声：水仙嫂，今儿铲草皮。再不就是：水仙嫂，明儿挑泥巴。起初，人们突然走出家门，聚在一起，天文地武、陈芝麻烂谷子，没哪样不吹不说的，活路也不强调，开心了就轰的笑一阵子，觉得这样劳作又新鲜又好玩儿。可时间一长，人们的厌倦自然也就出来了。

我娘是戏班子出身，我娘干不来出力的活。那天铲草皮，不出一顿饭，娘的手打起了血泡，又不出一顿饭，那血泡就破了。老熊的女人哑娃见状，忙走上前来，她掏出手帕，十分亲近地说：包上吧，免得磨去一块皮。老熊的女人见我娘的手，打个惊：哎呀呀，看水仙嫂这手，嫩得像豆腐，咋不叫我二狗哥疼疼？有人跟上来说：水仙嫂，给大伙儿哼段花鼓调吧。大伙只需将手头紧紧，你那份活也就出来了。我娘的牙咬了咬。老熊的女人又说：你家老东西不是挺能做的？在家一心带娃，当心娃大了不认你做娘咧！

我娘回到家里，正赶上她儿子衔着我奶的空奶子。我娘的奶被哑娃踏后，娘便将我交给了我奶。奶也乐意把抚育孙娃的任务揽到自个肩上。于是在我啼哭不止的时候，奶便敞开她那很少敞开的胸脯，掏出空布袋般的奶子，将奶头递到我的口中。我用力吮吸着我奶的空奶子，没有奶水也叽叽作响，津津有味。

那天，我娘没说二话，从我奶的怀里一把将我夺走。奶不知根底，只吃惊地望着，半晌说不出话来。我娘也不言语，当着我奶的面，极是别扭地掏出那珍藏许久奶子，拿一只手捏着，硬生生将奶头塞进我嘴里。也许是我娘的作为吓住了我，也许是我对我娘的奶子的确不习惯，反正那天我没能如我娘的意愿，更加津津有味地吮吸我娘的奶头。相反，我眼睛一闭，哇啦啦哭了起来。我娘火冒三丈，在我嫩嫩的屁股上狠狠一巴掌，我小小的屁股蛋上眨眼就有了几道鲜红的印记。

当天夜里，我娘病了，娘说她头痛得天地全在打转转，我奶端水递茶，忙了大半夜。第二天，我奶扒在娘的门方上，看见我和我娘都静静地睡着，奶说：小姑，身子要紧，娘这就去请大夫。我娘说：你就指望我得病。我娘说完，扯上被子将头严严蒙住，我奶叹口气。后来我奶就应下了队长的分派，顶替娘来到村西头的水凼边。

水凼里长满了芦苇，北风吹来，芦花四处飘扬，飘扬的芦花十分惹人。

水凼边的空气极新鲜。

我奶说：这空气真受用。

村里人说：成天洗尿片，闻不得好空气。

我奶说：娃们的尿片带尿香。

村里人说：死婆子，弄娃弄成人精了。

我奶不吭声。

七

我们家里的房子是土改时分的，不算宽裕，也不算新色。杜先生说：能分得这房子，该知足。后来，我奶翻修了两次。我奶凭了她一双巧手，织染浆洗，一辈子的积攒全花在了房子上。我奶说：住房就像穿衣裳，人穿得太破太烂走不出去，房子住得歪歪扭扭会被人看不起。在这种思想支配下，我奶一辈子都想着修房子，想着造房子。

我们家乡造房子挺讲究，一般人家大都造三进三开，称“三合头”的房子。也有四进四开称“四合头”的。若是谁家的房子不这样造，人们就说这房子“没做正”，或说“不正”。

我家的房子“不正”。我家的房子在我奶手上修了两次，第一次是有块山墙要倒塌，修了一次。第二次是我爹我娘要“吃饼子”（我家乡称结婚圆房为“吃饼子”）。当时，我家的房子没有正房。我奶说：吃饼子没间正房，香火能旺？于是，我奶就四下张罗，准备做间正屋，好让我爹我娘吃饼子。

房子正式动工修整的那天，突然来了个阴阳司，阴阳司说：这房子不能拆。我奶问为什么，阴阳司先是不说，后来还是说了。阴阳司说：这地方风水极好，门对白虎地，腰蹲青龙脊，是真正的青龙白虎之地，若是动了，轻则致残，重可登极。那时候，我奶造房心切，对阴阳司的话虽是半信半疑，却有杜先生的怂恿，房子还是照修了。不料，拆墙拆出一罐袁大头。人们说这是吉是利，那阴阳司打胡乱说，极没根由。接着又拆出一条三尺来长的花蛇，花蛇盘做一盘，嘴里的黑箭撩来撩去，花蛇不惊不动不离开，总是盘那儿。我二伯见状，操起一把铁锹，使出了全身的力，直将蛇盘齐刷刷铲成两半，蛇身截成数节，被铲成数节的花蛇无一点血迹，锹口处的蛇皮翻卷着，露出白白的蛇肉，花蛇嘴里的黑箭仍在撩来撩去，眼睛依旧溜圆地睁着。人们又说这是犯了上了，那阴阳司这碗饭到底没白吃。房子继续修下去肯定有报应！

我奶不理睬，她心里装着囫囵，嘴里仍然撑着。我奶说：如今世道新了，有谁还信那阴阳司？杜先生也在一旁助阵说：大伙放安心，有事杜某会担待，遭报应轮不上大伙。有后生就问：杜先生，你何日能给二狗哥做继爹？杜先生拿眼一横：去去去！娃们家屁眼里稀乎乎的，说这话怪也不怪哉？人们一阵开心大笑。这笑声能提神，大伙忘记了那盘不散的花蛇，忘记了打阴阳司嘴里说出来的那些恐怖的话语，活干得是丁点毛病也无法挑出来。

在我们家乡，庄户人的大事有三件：修屋、起屋、红白双喜。若是哪户人家遇上这三件事，都会全村出动，有力出力，有智献智。那时候，我奶一个妇道人家，我爹我二伯虽有蛮力，却未成家，要修房子，并不是一件容易的事。也许是因为这，到我家帮工的人比谁家都多。人们说，这房子做得像撑伞，呼啦一下就起来了。奶高兴得合不拢嘴。我奶说：谢大伙了，等二狗吃饼子那天，接大伙喝成烂泥。人们就问：二狗几时吃饼子？我奶说：快了，快了。又有人问：酒不喝算罢，叫二狗女人唱几段花鼓戏，好歹也乐乐。我奶说：可得，可得。奶一脸的笑又上别的地方支应去了。

那次修房子，我爹在外忙工作，没时间回家打帮手。里里外外上上下下，除了我奶就是我二伯。其实，我爹真要回来了，看他那状况也起不了大作用。我爹不回来，人们不计较，反拿我二伯开心逗乐子。有的说：大狗哥，那二狗的门框扒得的，扒门框上听花鼓戏，真成神仙了。我二伯红了脖子，说不出一句应对的话来。我二伯只会干活不会说话，不像我爹那样既有心又有计谋。二伯念书不咋样，手艺学得却没人能比。

那天，二伯站在高高的山墙上，接砖、递砖，一刻也没闲着。也许是二伯太累，在他来回奔忙的时候，踏空了一脚，人还没反应过来，就重重地从墙上掉了下来，二伯眼前一昏黄，什么也不知道了。二伯双目紧闭，脸色纸白，嘴唇乌黑，死人一般。人们围拢来，有的号脉，有的掐人中，有的用双手轻轻拍打二伯的后脑勺，边拍边“大狗、大狗”地唤。这时，杜先生奔了过来，杜先生说：快去拿只碗，再上茅厕舀碗大粪水来，人们瞪了眼睛直站着。杜先生又说：站着干吗，想丢了大狗的命不是？杜先生说这话是吼出来的。没想到，平日里斯斯文文的杜先生，这会却是如此暴躁！人们更奇的是，一碗大粪水竟救活了我二伯。从那时起，杜先生在人们心目中更神了，什么事大伙儿都得去问问杜先生，杜先生说行就行，说不行就是天大的事也得打马虎眼。

捡回一条命后，二伯更加勤劳了。他好像是体尝到了死亡的滋味，担心那阴阳司的卦再次降临到自己身上，他说他得赶紧做些活计，年纪轻轻的死了不划算。

二伯出事后，泥瓦匠们都担心阴间里没招去二伯定会找个替死鬼，纷纷辞说有病有事不能再来，尾期的工程全落在了二伯一人的身上。二伯于是不分白天黑夜，劳作了十几天才将房子盖起。房子盖起后，二伯又将正房泥得光光烫烫，地上还抹了水泥，墙上刷了石灰。那石灰雪白雪白的，极是耀眼。

八

六岁半那年，我背着我奶缝制的蓝色书包，紧跟在隔壁二毛身后去报名读书。别看我在家里口气大得吓人，可到了老师面前，腿就直打哆嗦，我奶让我说的话全掉进路边的河沟里了。我们的老师是个女娃，扎着一对小辫儿，二毛管她叫小辫老师。我受二毛的影响，也这样叫她。

小辫老师说：叫什么名字?

我说：建建。

小辫老师说：多大了?

我说：二毛说。

二毛说：六岁半。

小辫老师说：父亲叫什么?

我说：叫爹。

二毛就在一旁阴叽叽地笑，二毛笑够了，二毛说：我叫二毛，他爹跟我一个姓叫二狗。二毛停了停又说：他爹的官可大咧！此时的二毛，就像我爹是他爹似的。

小辫老师说：别瞎说。小辫老师想了想，就又说：六岁半不能收的，可你……还是收了吧。我不知小辫老师想的哪门子心思，只要能将我收下，就什么话都好说。

我跟着小辫老师，学会了日月水火、山石田土。我的脑子不像我爹那样好使，学一个字就像爬一座山，没有三五天绝对拿不下来。我奶说，我总是将日月水火的“日”字写得矮矮的胖胖的。杜先生告诉我，那是个“曰”字。杜先生说：日是太阳。太阳挂在高空，当然要写得瘦些高些。我记住了杜先生的话，再写“日”的时候就不是又矮又胖的了，小辫老师就夸我真聪明。她对我娘说：建建还小，等建建大点儿就进步了。好在我没辜负小辫老师的夸奖。论出息，村里的那帮子娃中，独我进了省城，还真没一个抵得上我的。

我读了三个一年级。读一年级时，人们都说我没开窍，可我能玩，玩起来谁也没法子比。我读了三个一年级，小辫老师带了我三年。论功劳，也有她的一份。我被小辫老师带油了，小辫老师教我认生字，我就做鬼脸。我个头大，坐在最后一排，我旁边放有一只空板凳，这只空板凳是小辫老师专门预备的，她讲完课后就来到这里喘气，每天都是这样。那天，小辫老师讲完课就朝这里走来，我心思一转鬼点子就上来了。小辫老师正准备坐下时，我轻轻一脚将板凳踢开，小辫老师坐了个空，一屁股蹲在了地上，全班同学除了我都笑了。我看见小辫老师什么也没说就出了教室门。以后的几天里，小辫老师没来给我们上课。听说为这事，小辫老师还看过医生。说心里话，我没以为会将小辫老师弄得那样惨。

那年冬天下了场大雪，早晨起来，白白的雪刺得人连眼都睁不开。吃完饭，我和二毛还有阿四小双被大人们赶出家门，我穿着我爹买的齐膝盖头的靴子，二毛、阿四、小双全都用草绳子将裤脚扎紧。然后我们就上路了，一路上，我们又打雪仗又扑雪人，边逗边闹向学校赶去。

突然间，我发现前边不远处有一串脚印，二毛说：这是野兔留下的。我们一下子全高兴得跳了起来，我说：我们追吧，追到野兔平分。阿四、小双愣在那儿不说话，我说：这雪像盖子，能出门就不错了，谁还上学？于是，我们追起野兔来。我们跟在野兔后面，深一脚浅一脚地追着，追到一条堰埂下，脚印不见了。我们四下寻找，最终发现堰埂下有一个刓眼，刓眼里有两只亮晶晶的眼睛。

我们开始想办法将野兔弄出来。二毛说要用竹竿往外戳，我说最好是用烟熏，我听我奶讲过她用烟熏猪獾的故事。我为我能将我奶的故事及时借用很是得意。可是，当我们在刓眼前燃完一抱一抱的稻草时，刓眼里仍然没一点儿动静。我估摸是烟无法进去，就脱下外衣往里扇风。我们一个个累得满头是汗，野兔在里边却是有恃无恐。我们不得不改用二毛的办法，可二毛的办法也不灵验，竹竿上沾满了兔毛和兔血，野兔仍然用它的宁死不屈默默反抗。

面对刓中待擒的野兔，我们一点儿办法都没有。

这时，走来一个半大的男娃。

半大的男娃说：我有办法，可我也有条件。

我说：说出来听听。

半大的男娃说：弄出野兔大伙儿平分。

二毛说：那可不行，我们早说好了，一人一条兔腿的。兔毛归你，你要？

半大的男娃说：你们不干我就走人。

我的机灵劲又来了，我跨过一步去，我说：我那条腿给你，行了吧？

半大的男娃说：这还差不多。

半大的男娃蹲在一旁，两只胳膊抱着，挺神气。半大的男娃接着说：你们去那边林子里寻根刺条来。

我说：二毛，你和阿四去吧，我和小双在这儿守着。

我担心半大的男娃等我们全走后会神不知鬼不觉地将野兔弄了出来，一个人独吞了走路。二毛看我一眼，去了。

二毛和阿四很快就寻来一根刺条，长长的像根钓鱼竿。

我们按照男娃的吩咐，将刺条伸进剅眼，待挨上野兔后就转了十好几圈，等我们向外拉刺条时，好沉好沉。我听见野兔将剅眼抓得嚓嚓响呢。这小东西在戳破皮肉满身伤痕的时候都能咬牙挺着。现在，眼看就要落入魔鬼之手，不得不发出凄惨的叫声，我的心差点给这种叫声叫软了。在我犹豫不决之时，野兔的尾巴已出现在我们面前，接着是身子，又接着就是脑袋了。二毛不顾一切，两只手紧紧地掐住了野兔的脖子，二毛的手铁钳一般，掐上去就不会再有野兔活命的机会。

大功终于告成，半大的男娃指指不远处的村子。

半大的男娃说：我就住那边，大伙一同上我家去分野兔。

我说：要分回我们村里分。

半大的男娃说：男子汉大丈夫，你们别想耍赖！

我说：谁要赖了？等我们分够了，兔屁股兔嘴巴兔肠子再加上兔肚子全都归你。

半大的男娃说：我唤家里的狗咬你们这帮兔崽子。

我说：怕你家狗的是小狗。

半大的男娃看看我们四条小汉子，又看看我们手里的野兔，极舍不得地走了。

我和二毛还有阿四小双一同来到我家。我奶问我们哪来的野兔，我说是我们在雪地里追得的，我奶又问我们怎么没去上学。我说雪大天冷，学里不开课，我奶不再追问。我们开始分野兔，我们照事先的约定，一人分得一条兔腿，阿四和小双说我和二毛出的力大，就将后腿推给了我俩。

那天中午，我让我奶将野兔肉烧得香喷喷的，我和我奶、我娘还有我娘为我生的小弟弟围作一团。正准备吃饭时，小辫老师来了，我心里怦怦的。脑里想，这下玩完了，我奶不会饶了我，我娘更不会饶了我，我赶紧让座。我说：老师，您坐。我奶也站起来，奶说：烦劳你，真不该。没菜，随意吃顿便饭吧。小辫老师连连推说吃过了吃过了。可我奶太热情，我奶嘴里说着，三两下就盛来一碗白花花的大米饭。小辫老师推不过，就坐下了。看见小辫老师那样好的胃口，我猜想，她肯定没吃午饭。老师竟说起谎来，我心不怦了。我说：这是我爹带回来的野兔，鲜着呢！老师您尝尝。我一边说，一边往小辫老师碗里搛兔肉。小辫老师说：这孩子，比谁都懂事。

后来的事就甭说了，反正我说了谎，反正那野兔肉你小辫老师也吃了，我认罚就是。但我相信，再罚也罚不到哪去。

九

阴历四月天，是插秧的上好日子。鱼儿浮出了水面，青蛙蹲在青苔上，鼓着两个鸡蛋模样的气泡眼，哇哇哇叫得亲甜。太阳不火不辣，晒得那田里的水也暖融融的。

我们队分了四个小组，四个小组全是按村子的自然位置划分，我娘被编在三组。我们队一共有四个村子，四个村子排成椭圆形，两个不大不小的村子各为一个小组。我们的村子挺大，我家刚好处在两个小组的交接处，分三组可以分四组也可以，两个小组的组长都抢着要我娘。可不知为什么，老熊却硬是将我娘分在了三组，要知道，老熊的女人哑娃也在三组呢。

我娘的活路熬出来了，我娘能唱花鼓戏，插秧是所有农事中最累人的活计，我娘唱几段花鼓戏，人们讲几句笑话，有说有唱还有得笑，太阳很快就偏西了，偌大的一块地也在不知不觉中被插得绿油油一大片。

我娘熬过来极不容易。第一次下田插秧，我娘以为那活不像铲草皮，一动铲手就会磨出几个血泡来。我娘跟在大伙屁股后，学着大伙卷起裤管，搂起袖口，像模像样地拿起了秧把。可是，我娘的手脚太慢，一个秧把没插完就被牢牢地关在了笼子里。关笼子是我们地方的习俗，这习俗不知打何年何月兴起。人们就知道，在那么一块田里，有那么一帮子男女老少，谁靠里边（通常称在左边的为里边），谁就得拼了命的往后插，要是外边的人插到了后边，将里边的人甩在了前面，谓之“关笼子”。关笼子也挺有讲究，规定为里七外八，就是说里边的人插七蔸，外边的人得插八蔸，才能关里边的人，关住了才叫本事。我们那地方还有一个习俗，叫作“插秧田里无老少，打谷场上无大小”。凡男女老少，到了这个时候都会六亲不认，各显其能，谁关住别人谁就光彩，谁被谁关住谁就丢人，关进了笼子是天大的耻辱。老熊的女人哑娃说：没本事去干单个，别扯得大伙都受牵连。我娘不言语，我娘低着头，像她在舞台上唱花鼓戏一样的投入。只是这种投入一点收效也没有，反被陷得更深，关得更牢！

这情节组长看在眼里。组长是个小伙子，组长的手脚在我们地方最快了，他曾代表大队上县里参加插秧比赛拿过亚军，插起秧来用人们的话说就是“像麻雀子飞”，组长终于看不过眼。组长说：水仙嫂，我来吧，您上外边去。我娘仍然不言语，冷模冷样的一点面子都不给。组长也不再多说什么。组长在我娘后边，直接将我娘的笼子截断。我娘插完那快被截断了的豆腐干，就来到外边重新下蔸。

下水田干活，我娘最怕的是蚂蟥。我们那地方蚂蟥特别多，又大又凶狠，一旦被叮上，极难甩脱。有时候，不揪掉一块皮肉那小东西就决不会松口。即便是松了口，被叮咬的地方那血也会慢慢往外冒，且要流出几倍于蚂蟥吸去的血方能停下了。特别是有种叫牛蚂蟥的，下起嘴来不疼不痒，待你察觉，它已吸得满满一袋，鼓鼓的放着红光。有时候根本就不让你知道，它便吸满喝饱后悄悄溜掉，只留下满腿的一片血红。我娘第一次下水田干活时没提防，就被那些贪婪的家伙们吸去过好几袋。我娘望着满腿的鲜血，心里直起鸡皮疙瘩。后来，我娘就显出了特殊，每每下地干活，便将裤管牢牢扎紧，把两腿包裹得严严实实。人们说：到底是唱戏吃混饭的，金贵。我娘不当回事，裤脚仍然扎得铁紧。可是几天后，我娘重又卷起了裤管。究其原委，并不是因为她怕人闲话，而是有一条牛蚂蟥不知什么时候，更不知是从什么地方钻进了她那扎了裤脚的裤管里，沿了我娘的腿一直爬到我娘的小肚上。我娘觉得那地方总是怪怪的，隔了裤子抓了好几次仍然还是怪。我娘忍不住就来到一个僻静的地方，当我娘脱下裤子，看到一条鲜红鲜红胀得泥鳅般的蚂蟥时，眼前一黑几乎晕了过去，打那以后，我娘就再不敢扎住裤脚了。

第二天，我娘真的干起了单个。组长说：水仙嫂，不怕慢，只怕站。这人都是一步一步过来的，还是一块干吧。我娘说：谁比谁贵贱了？猪狗也不愿受那份窝囊气！我娘干起单个后，少了拘束，腰痛了就上田埂歇会，口渴了就回家喝口水。一天下来，别人插完一亩多，她只能插完四五分，可她心里乐意。第三天，老熊就来干涉了，老熊说：水仙大妹子，现在什么都讲集体，你干单个有影响。我娘说：我不稀罕那几个工分。老熊说：工分是小，你的任务完不成。老熊又说：你回到组里，众人抬一，任务就分摊了。我娘想想是这理，就随了老熊回到了组上。老熊来到组里，将组长喊一边，却亮了嗓子说：水仙是唱戏的，这唱戏的手脚自然就慢了些，你们听了她的戏，也算享受了不是？她的任务就得由你们来完成！老熊说完头也没回就走了。

老熊走后，人们都不吱声。好长一段时间，老熊的女人哑娃开口了。哑娃一巴掌拍掉腿上的一只蚂蟥，哑娃说：谁让你叮上我这贫血鬼？活该倒霉！哑娃像蚂蟥一样叮着我娘。我娘下田，她就下田。我娘到林子里去方便，她也到林子里去方便。哑娃看准了我娘下蔸后，她就抢着紧挨着我娘来下蔸，有意将我娘关进笼子里，且关得深深的牢牢的。

我娘牙一咬，拼了。

这一拼不是一天两天的事，我娘用了整两年的时间。在那些日子里，我娘回到家里，空着手也在分秧插秧，走到哪里，只要有空，她就不厌其烦地重复着那单调乏味的动作。人们说我娘是疯了，没有谁能知道娘心里的痛苦，更没有谁知道我娘这样做到底是为了什么。

我娘终于练出来了！

练出来了的我娘，用同样的办法将老熊的女人哑娃关进了同样的笼子。

老熊的女人哑娃没言语了，就说我娘如何跟我二伯有一腿，说完了又说我奶跟杜先生也有一腿。老熊的女人哑娃说：哪号种子出哪号苗。我娘冲了上去，两个女人扭作一团，相互揪紧对方的头发死也不放，各自拿了最尖刻的语言来伤害对方。

于是，我娘就又从三组划到了四组。

三组组长留了，可老熊这回没同意。

十

念高三那年，我刚好十八岁。我虽然读了三个一年级，可我没读二年级，一天二年级也没读过。读第三个一年级时，我突然开了聪明孔，什么东西都接受得比别人快。我奶说，这一点我极像我爹，一蠢就蠢得屙牛血，一聪明就聪明得能上天。我爹很高兴，当我拿着门门满分的成绩单正准备报名上二年级时，我爹回来了。我爹出了几道题让我做。不是我吹牛，我爹的题目没出完，我的答案就全出来了，而且是百分之百的正确。我爹于是就领着我来到学校，小辫老师热情地接待了他，我们的校长也热情地接待了他。我看见我爹跟小辫老师、校长还有我后来的班主任说了些什么，我就上了三年级。就这样，在我一生中，读二年级的历史便成了空白。

我继承了我爹聪明的基因，又随了我娘长得极逗人喜欢，大伙儿就说我日后一定会很有出息。可是，读高三也就是我十八岁时，我的美梦却被击得粉碎。那年，某军区到我们县里招空军，又要是应届高中毕业生，又要是刚好十八岁，还要家里的背景好，我的条件再符合不过。况且征兵的首长一眼就看中了我，征兵的首长问：你想当空军吗？我说：想。征兵的首长又问我叫什么名字，家里有些什么人，生活负担重不重等，我都一一作答，我很骄傲能用这样的语气来回答征兵的首长所提出的问题。后来的一切都像我想象的那样不费吹灰之力就通过了，可是在复检的最后一天，我的脑子却出了毛病。

那天，医生将我左看右看，又将我手中的体检表正看反看，弄得我好不自在。

医生问：你的头受到过碰撞没有？

我说：没有。

医生问：你得过脑膜炎没有？

我说：没有。

医生问：你打过疟疾也就是摆子没有？

我说：没有。

医生问：有谁打过你嘴巴没有？

我说：有。

医生说：这就是了。

医生说完，手里的笔轻轻在体检表上点了几点。

我急忙问：不会有什么问题吧？

医生摇摇头。

我最终还是没有过关。

其实，那一巴掌打得重是重点，不过也只一巴掌罢了。还是我七岁时的一天，学校放了假，我和我奶一同去给队里捡棉花，棉花株子长得高高的，像一棵棵皂荚树。相比之下，七岁的男孩却是那样的矮小。我穿行在棉田里，有如和二毛、阿四他们捉迷藏一样的兴奋，我玩得正起劲时，突然听到不远处隐隐约约有类似流水的声音，我觉得好奇就爬上前去观看，我看见老熊的女人蹲在一丛很密的棉株里解着小手。在我正准备转身想偷偷溜走时，一不小心被老熊的女人发现了，老熊的女人笑着说：建建，看稀奇是吧，回去看你娘的。老熊的女人并不起身，仍然像先前那样蹲着。

我被老熊的女人说出一身冷汗！

我和我娘同床睡觉已有三年多的时间。小时候，我没奶吃，我娘坐完月子，就将我支给了我奶。无论是白天还是黑夜，顶多只在我哭得透不过气来时，我娘才一把搂过我，将她那十分金贵的奶汁挤出一点点再喂到我嘴里。我和奶奶睡到四岁，我娘给我添了个弟弟。弟弟来到这个家后，我的位置便给弟弟占了去，我于是又回到了娘的身边，睡到了娘的脚头，从四岁到七岁，一睡就是三年。

老熊的女人哑娃的话，我当时并没往心里去，就像一切都没有发生。回到家里，我还是像往常一样，做作业，逗弟弟，帮我奶做些能做的活儿。可是到了晚上，当我娘端着一盆温水走进房间的时候，就朦朦胧胧有种异样的感觉涌上了心头。我对我娘太熟悉了，不管白天劳动多累，也不管晚上到了什么时辰，每天睡觉前她都要烧一大盆热水，将身子洗得干干净净的，然后再上床。我知道我娘已脱光了衣服，等到有了浇水声，我便鬼使神差般，轻轻将门推开一点缝隙，扒在了门方上。

我第一次有意地看到了娘美丽的胴体。

就在我兴奋又不知所以时，门突然开了。娘说：你这没教养的东西！娘接着便在我脸上死命扇了一巴掌。

我的鼻子被打破，鼻血豁地流了出来。我说：娘，是我错。你打吧。我再也不敢了！

当天晚上，我便被娘赶了出来，重又回到了我奶身边。直到我娘又为我生了个小妹后，我和我弟，我们兄弟俩才独立出去睡觉。

我吃了娘一巴掌，头疼得几天没能上学。我奶四下找医生，花了不少钱，好容易才将我治愈。没想到，那一巴掌竟将我的美梦扇破。

十一

在我高中毕业就要走上社会，我奶也积攒了她全部心血打算将房子彻底做正时，我爹被“两开”回来了，党籍、工作眨眼间全没了。我爹是在外面和某个女人有了男女关系后被“两开”的。事情发生后，我爹叫屈，爹说是那女人主动的。可所有的解释都是苍白无力的。我爹最终还是没能逃脱“两开”的命运。

我爹回家后不久，又不知从什么地方来了一份信函。信函说我奶是地主婆子，要老老实实地接受改造。信函直接寄到了老熊的手里。突然的变故，我们全家人都蒙了。我爹不言不语，只是唉声叹气。我娘茶不饮饭不沾，一个劲地哭诉她命不好，有时还哼几句悲怆的花鼓调。只有我奶，煮饭洗衣，喂猪放牛，好像什么事都不曾发生。我奶说：日子过得顺了，总有不顺的时候，这是报应。我觉得我奶话里有话，便择了一个合适的时间问我奶。

我说：奶，那一切全是真的？

我奶说：不真又哪样？

我说：不真我们可以去澄清呀。

我奶说：大人的事，你娃小别掺和。

我说：这会儿，人家都欺到头上了。

我奶想想说：那一切全是真的。

我绝望了，最后的一线希望也彻底破灭。但我很冷静。我爹我娘已近似木偶，如若我再一木偶，我担心我奶也会支持不住，这个家就毁了。我装成没点事儿，下地干活，与人往来……一切都和先前那样。我想，我和奶不受打击，多少会给我爹我娘一些安慰。

我爹回来的第二天，就被老熊安排去犁地。爹说：让我歇上一天吧，就一天。老熊笑笑，说：书记包我们队呢，是他让我分派的。老熊说完两手一摊，显出一副无可奈何的样子。我爹也觉得他回来后应该去给书记报个到，顺便好求个关照。我爹想，他在位时，并没什么跟书记过不去的，回家探亲每次碰上了还会递支烟，有说有笑很是亲热。他在外工作一二十年，没有功劳有苦劳。现在回来了，去求个关照不为过。可我娘不让。娘说：人都这样了，求人也是白求！我爹说：好汉不吃眼前亏，求人只需舌头打个滚。人家说一句，够你用上一辈子。

我爹还是去了。可是后来，爹并没有得到多少关照，相反，犁地、挑牛粪等等，哪样活重老熊就分派我爹干哪样。爹憋不住了，就又去找书记。书记说我给你们队长说了，人家不买账我搬着竹竿也戳不着天呀。

不久，我家的房子被拆了。老熊说：你家的房子是土改时分得的，白让你们住了这多年，现在得收回充公。老熊话锋一转，接着说：当然啰，上面的政策也不是一棍子就将人打死。这后边的三间是你们修的，留你们住吧，前边的统统得拆！我爹想了想说：我们一家七口，就三间房难住下。能不能请队里宽大一些，房子留着，折成价我们交钱给集体。老熊说：队里要办百头养猪场，椽子檩子还有瓦，全都不够，这百头养猪场是新生事物，你要支持。你在外工作这多年，见的世面大，过的桥比我走的路都多！连你都不支持，我这工作还怎么做？我爹无奈，像一只斗败了阵的公鸡，浑身被啄得伤痕累累。

第二天，老熊便分派人手，开始拆我家的房子。

我奶坐在一旁，愣愣地看着，那布满皱纹的脸上挂着两行无力的泪。

房子拆了，我奶吩咐我爹就地搭起一间草屋。这草屋便成了她日后凄清的居所。

不久，我们队驻进了工作队。为了提高觉悟，激发广大干部群众的生产积极性，由工作队出面，主持召开了一次“抓革命、促生产”的动员大会，工作队特意让老熊作了报告。老熊说：他是讨米来到这地方的，他家祖上在哪，爹娘是谁，直到现在他都不知道。他只听说在他出生前爹就染病离开了人世，他娘生下他没满月就被逼着去给一家地主的小少爷做奶娘，以抵还男人欠下的债务。他娘后来被狠心的地主折磨死了……

老熊是头一回讲他的家史。老熊讲得很投入，当然，也很感人。

老熊还在讲，台下安静极了，不少人流下了同情的眼泪。后来，不知是谁领头呼起口号。在那响彻云霄的口号声中，我看到我奶脸色苍白，仿佛有些支撑不住。没等口号呼完，奶便像死人一样瘫在地上。

十二

那次动员大会后，我奶明显地变了。木木讷讷、跌跌撞撞，一连好几天都不吃不喝。

我拉着我奶的手。

我说：奶，你要想开些。天塌了也不会拿你怎么样。

我奶说：报应，是报应。

我说：什么报应?

我奶说：报应，全是报应。

过了一天，我奶又突然拉着我的手。

我奶说：娃，有件事……奶话没说完又吞了回去。

我说：奶，有话你说出来，别憋着。

我奶说：娃，奶托人给你寻媳妇。

我说：娃还小。娃不要媳妇。

我看到我奶眼里有别的话语。奶不说是还没到该说的时候。

我给弄糊涂了。我奶跟我说那一切全是真的。可是，不管在别的什么场合，奶却一口咬定她不是地主婆。

紧接着就传出我奶偷看老熊屁股的丑闻。我不信，打死也不信！老熊的屁股有啥看头？我奶年纪轻轻就守寡，杜先生对我奶百依百顺，我奶从未动过心。几十年也熬过来了，到了一把年纪，决不会活出丑来！

可是，传话的人却是那样认真。那口气那神情八成不会有假。传话的人说：那天中午，你奶事先躲在老熊的后门处，等老熊打着饱嗝搂着裤管去蹲茅坑时，你奶就跟着去了。你奶是被老熊的女人发现的。你奶没想到那女人会压着老熊的脚跟去上茅厕，就被老熊的女人逮了个正着。

我最终还是相信了。我觉得，我奶一定有事瞒着。她肯定是在查找一样东西。我不想问。我奶不告诉我，可能是没到时间。到了该告诉我的那天，即便我不问，奶也自然会说给我听。

我也观察了，奶这些天一直很怪。有时候，望着房梁呆呆的。到堰里洗菜洗衣服明显没有了先前的利索，总是磨磨蹭蹭，极舍不得离开的样子，就似那堰塘里有什么在等着。还有的时候，夜很深了，便会传出我奶的哭声，声音凄婉、悲切。我奶是硬性子，再苦再难从没哭过，那晚，我奶将头用被子蒙着，泣不成声。

我不能拿什么安慰我奶，除了参加队里生产，便是默默地、暗暗地守着我奶。我心里老有个黑影缠着。我有预感，这预感像块石头直压得我没法喘气，在这种担心中，我奶将我叫到了她的面前。

我奶说：你不总是问奶要大伯？奶今天就告诉你。

我说：谁？

我奶说：答应奶，装肚里别讲给外人听。

我说：娃答应。

我奶说：就是老熊那杂种。

我奶说：那天的会上，你都听了？

我说：听了。

我奶说：去给地主家做奶娘的女人就是你奶。

我更是吃惊地望着。

我奶接着就告诉了我一个哀怨凄凉的故事。

奶说，其实那家老爷并不是没心没肺，虽说是去还债，可人家没拿她当外人待。就是好歹都不让她回家，她牵挂着孩娃，想尽了法子也难脱身。后来有一天，老爷终于松口了，但当她风风火火赶回家时，不料家里已生变故。婆婆归了山，孩娃也被人带走，家虽已无，债却犹存。无奈之下，她只好返回老爷家，继续为婆家偿还债务。一年多后，老爷突然提出要娶她做小。她生是男人的人，死是男人的鬼，这怎么可以！当她多次回绝老爷后，老爷不再是以前的老爷，强行和她睡了觉，并派人严格看守，夺取了她仅剩的一点自由。她欲逃没路，寻死无门，只得在极度惶恐和万般牵挂中眼巴巴地看那日出日落。最终，老爷还是强娶她做了小，她至死不从，几次寻短见都被一好心的用人救下，再后来，这位好心的用人又帮她逃了出来……

我奶逃出后，才知道自己有了身孕。她想毁了肚里的孩子，可终归是自己身上的血肉，再加上我大伯又没有下落，牙一咬便将孩子留了下来。半年多后，在一个布满乌云的黄昏，在一间遮不住雨水的草屋里，我奶一胎生下了二伯和我爹……

我仍然有些惶惑，世界之大，天地之宽，但这事也太巧。可我奶的话我不得不信。我奶最后说：当真奶是去看他的屁股？奶是去看那屁股上的胎记！

后来没几天，我奶又去过老熊家。这使我想起那天我奶告诉我那个凄凉哀怨的故事后的情景，我说：奶，我们去澄清。我奶摇摇头。我又说：奶，我们去认了大伯。我奶仍然摇摇头。奶摇摇头后说：娃，听奶的话，你大伯再怎么说也不能认。可我奶偷偷到老熊家里，不是去认人又是去做甚？

我奶从老熊家里出来，又有了些变化。奶比以前更显得木讷了，眼睛里浑浑的，全是死光，嘴里先前那样的唠叨也没有了。

我再次来到我奶的草屋。

我说：奶，队长怎么说？

我奶很吃惊的样子，我奶说：你晓得了？

我说：不晓得。

我奶迟疑了一下，就将事情的前前后后全都告诉了我。

那天，我奶走进老熊家。老熊正同他女人一起吃晚饭。老熊的女人问：有事？我奶没有回应。奶自个搬只板凳坐下，单对了老熊说：那天的会上我听到你说你爹在你出生前就死了，你娘刚生下你就去给地主家里做奶娘。老熊说：这跟你没干系。我奶说：告诉我，你说的全是真话？老熊说：我几时说假话了？我奶的头低下了。她是想抑制一下突然打心底里翻上来的泪水，可那眼泪还是不听话，一个劲地往外涌。

我奶撩起衣袖将眼睛揉揉，然后猛地抬起头，直问老熊说：你是不是叫三三？你是三月初三生的。尽管我奶鼓起了很大勇气，可她问完这些仍是泣不成声地低下了头。我奶将头埋在双腿间，继续哽咽着说：那天，我去看你上茅厕，是想认你屁股上的胎记。你小的时候，屁股上就有块胎记。没想到，你人大了，胎记也大……大了……我奶说到这里，再也无法往下说。

我奶说她不知道老熊当时是什么表情。她只晓得屋子里静得可怕，老熊、老熊的女人哑娃都没吱声。过了好长一段时间，我奶才听老熊说，他那天讲的全是假的。我奶不相信，我奶说：那你屁股上的胎记呢？老熊说：有胎记的人多了去了，就我们周围也可找出好几个来。这时候，老熊的女人哑娃开口了，哑娃说：你老没脸的不得瞎编造。我奶的眼泪又出来了。我奶说：你不认我做娘也行，可我求求你，别再整治你二狗弟了。他是你同娘生的弟呀，三三。我奶说完，双膝一并，跪在了老熊面前。

没想到，失散了几十年的母子相认，竟是这般情景！

也许，在动员大会上，老熊真是说了假？他压根就不是我大伯？

我急着问：后来怎样了呢？

我奶说：他什么也没应，只一个劲地要我走。还吓我说，你再不走，我就喊民兵来捆你走！

我奶于是就走了。我奶说，她不是怕民兵来捆人，她是怕旁人知道了她是老熊的娘，连累老熊。

十三

我奶告诉了我这一切整一个月，丢下我、我爹、我娘还有我弟我妹们，突然地走了。我奶告诉了我这一切后，不再木讷，不再抽噎，眼里也像有了些亮光。一切如同隔世，一切都像没有发生。我想，我奶是心里承受的压力太重，憋得太久，一旦讲出来，就轻松了许多。我记得，我奶当时讲完这些后说：娃，日子过不顺，总会有顺的时候，你要耐着性子等着。听了这话，我心里怦怦的。我总觉得事情有些不大妙。我说：奶，你也要看远些，好日子在后头呢！我以为我奶是听了她一生中最最宠爱的孙娃的劝导，谁知她用了整一个月的时间蒙骗了我。在我心中那块石头还没有完全搁实时，她那样突然地丢下了她一辈子所眷念的儿孙们，也丢下了她那宝贵的人生。

那是一个酷热的夏天。

午睡的我被二毛没头没脑地叫醒，二毛来邀我和他一起去给山坡边那片即将枯死的秧苗抽水。二毛说：时间还早，再杀一盘。我揉揉眼睛，什么都没说就进入了角色。这盘棋我们没像以往那样很快就决出胜负，杀得难解难分。时间在我们紧张的对抗中偷偷溜走，在我们目空一切，心中唯棋是有的时候，我奶突然出现在我的房门前。我奶好像吃了一惊，奶说：这屋里还有人？那时的我，怎么也没将这话听进耳去，仍然想着如何毁掉二毛的当头炮。

我奶来到我面前，默默地站了会。

我奶什么也没说又慢慢地离开去。

那盘棋下完，出工的时间已过，我和二毛带上用具，匆匆忙忙直往山坡上赶。

我们将三马力柴油机抬上了山坡。

我们将水泵水管也抬上了山坡。

在柴油机欢快的叫声中，清清堰塘水哗啦啦流进了那干枯的稻田里。

二毛说：这里我候着。你去拿棋来，我俩再分高下。

也许是二毛提醒了我，我突然想到了我奶。我在心里安慰说：不会，不会的。我奶绝不会那么傻！我安慰着自己，捏着一颗焦急的心，一路小跑，向家里赶去。

来到门前，我看到有两条黄鳝裹满了灰尘，在地上吃力地扭动、挣扎。黄鳝是我前天泥水草捉回来的，我奶拿水桶养着，怎的来到了这里？我无暇思考，急忙将门打开。

我惊呆了！我奶牵着一根麻绳，十分安静地睡着了。

我扑了过去，抱起我奶，站在那只曾经最后托起我奶的板凳上，将套在我奶脖子上的麻绳解开。然后坐下来，将我奶紧紧搂着。

不久，我爹回来了，我娘也回来了，屋里一下子聚拢来好多人。有的说快送医院，有的说快请医生。杜先生赶来了，杜先生俯下身，他翻开我奶的眼皮看看，又看见我奶裤裆里也尿湿了。杜先生叹口气，摇摇头说：别请了，她活得太累，让她走吧。可我爹不，爹猛一把揪住杜先生的衣领，牙咬得咯咯响说：你算哪号东西？滚一边去！我看见我爹第一次跟杜先生发脾气。杜先生也不示弱，说：你娘走这路，你就能推脱？又有人站出来劝解我爹和杜先生。

我慢慢站起来，像小时候我睡着了奶将我抱床上一样，两条胳膊托着我奶，一步一步走向那间只属于我奶的草屋，极是小心地将我奶放在草床上。然后坐在我奶身边，拿起那把旧蒲扇，一扇一扇为我奶去热解凉。

我奶躺着，平常得就跟真正睡着了一样。

我们开始料理后事。

我奶的后事办得再简单不过。按当时的惯例，一切都得从简，吊亲、送葬仍然按我们地方的乡俗走了过场。

开追悼会的准备工作是我二伯和杜先生暗地里进行的。在开不开追悼会的问题上虽费了些周折，但追悼会还是开了。

悼词出自杜先生的手笔。杜先生花了整一个晚上的工夫。第二天，人们来到我家门前的场子上，突然听到杜先生介绍我奶的身世时，无不耳朵陡竖，眼睛圆睁。

虽然时间过去了几十年，可我现在仍记得那篇短而又短的悼词。杜先生在我奶去后的第二年也驾鹤仙游了，他为我奶致悼词时的声音犹在我耳边回响。

杜先生说：

民女邓某，一生勤劳，半辈沧桑。幼小丧失父母，成年恪守空房。因抵债被逼替人做奶娘，却未料日暮背名蒙冤枉。为造屋耗尽毕生心血，人生了只能尸存草房。岁月流不知长子飘落何处，盼团圆曾几度私下查访。草棚里一胎生二子险些成鬼魂，大路旁母子遭瘟疫差点把命殇。满腹楚痛终是无人道缘由，一腔苦水只好对月话衷肠。命运多孽恨苍天，人生几何问爹娘……

青山垂泪，大地悲歌，只因你走得太匆忙、太匆忙！说声永别，道声安息，但愿你那受屈的灵魂早升天堂！

……

十四

我爹跪在我奶前。

我娘跪在我奶前。

我二伯跪在我奶前。

我爹我娘我二伯都和人们一样，听得耳朵陡竖，眼睛圆睁。

老熊站在人丛中，老熊的头低着，老熊来到这里后没有声张，默默地走到棺木前，似乎想看一眼躺在里面的人，但棺盖已经合拢，他有些失望。杜先生的悼词他强撑着听完后，便偷偷地打着踉跄离开了。

我奶在八条汉子的肩膀上，回到了那块真正属于她的泥土中，用她的血肉之躯将那块泥土浇灌得吱吱冒油。

送走我奶后，我爹我娘便开始清理我奶的遗物。我奶生前曾告诉我，她积攒了一些钱，要在那一年将房子彻底做正的。我爹说，他是最有资格得到那些钱的。爹问我：奶生前给你说什么没有？爹又说：你奶最疼你了，她不会将钱带到棺材里去……

我发现我奶将她半辈子的积蓄留给我，是在十多天后的一个晚上。那天，我突然觉得枕头里有什么东西硬硬的，待我打开来，全是些两块五块的票子，另外，还有两个生了虫子的月饼。我没有高兴。我的眼泪一下子流了出来，我抱着那些钱，抽泣了整整一夜。

我爹没找着钱。

我爹问过我二伯，爹没问我，问了我也不会说。

烧“五七”那天，我用我奶留下的钱买回一些上等的布料，做成一栋三合头的灵屋房子。我和我爹还有我二伯抬着房子，拿着鞭炮、纸钱，慢慢来到我奶的坟头。我们将纸钱烧给了我奶，又将房子也烧给了我奶。我说：奶，你就安心住吧。住坏了，娃给你修。你为房子操劳一生，该享享福了。爹和二伯上完坟走后，我便掏出奶留给我的钱，一把火全烧给了我奶，这次我没有流泪，却咬破了嘴唇。

这时候，杜先生来了。杜先生双膝一并，跪在我奶坟头，娃们似的号啕起来。我从没见过有男人这样哭法。我说：杜爷，您这何苦？我奶生前您关照得够了，您这般没天没地，我奶会伤心。杜先生不哭了，他说：你娃小不知事，你奶对我老鬼是真心的。她没嫁我也怨不得她。你奶曾给我说，她活不下去了。她不忍心见你大伯那样对你爹你娘，可她又怕认了你大伯让你大伯也跟着受牵连，才选择了这条不是路的路。可我……我没能拦住你奶。杜先生还告诉我，那天，他在屋山头皂荚树下纳凉，听娃们说我家门前有两条黄鳝在爬。他以为是娃们图乐子瞎编造，就没往心里去。杜先生说：你奶死前还在痛苦地选择。她舍不得这人生，不忍离去，就用两条黄鳝来告诉人们。平白无故的，家门口哪来黄鳝呢？要是我老鬼不糊涂，也救下你奶了。是我害了你奶呀！杜先生说完又抽泣起来。

我的心急遽颤抖，我看到我奶临死前的目光。这目光从期盼到绝望，最后在这个世界上慢慢消失。我敢说，我奶用我抓的黄鳝向人们发出那种可怕的信号时，最先想到的肯定是我。她希望人们能够及时赶到，更希望她的孙娃从天而降。然而，人们没有，她的孙娃也没有！

我奶去了，留下来的只有遗憾与悲痛、忧伤与凄凉。

我的眼泪还是流了下来。

后 记

岁月悠悠，眨眼间二十几年过去了。最终还是应验了我奶的话。

我奶说：日子过不顺，总会有顺的时候。你要耐着性子等着。

这一天终于等来了。我们家住进了楼房，比我奶一生中所期待的那种三合头的房子洋气多了。我念大学进了省城，结婚有了女儿，我女儿聪明伶俐，不像我爹那样四五岁才张嘴说话，也不像我小时候，读完几个一年级才开聪明孔。她五六岁便弹得一手好钢琴，还能说不少的英语单词。一九七九年底，我爹平反恢复了工作，后来，我娘也被大队的戏班子请去当了坐堂师傅。

老熊不再是队长。我奶的追悼会后，他明显地变了，办事不如以前果断利索，执行政策也是犹犹豫豫的。有好多次，我看见他一人站在我奶坟前，当他一发现我时又会慌慌张张地走开。终于在我奶去世后的第二年里，辞去队长职务，成为一名最最普通的农民。我家的冤案洗清后，我私下里去认过他，可他还是如先前一样，咬定说那全是假的。

我在我奶的坟头立了一块石碑。石碑上刻着她的儿孙后辈们的名字。坟上柏树长得郁郁葱葱，在微风的吹拂下，像是醉了一般。